文春文庫

座席ナンバー7Aの恐怖

セバスチャン・フィツェック
酒寄進一訳

文藝春秋

マヌエラに捧ぐ
十七年の長期フライト、まだまだつづく。
じつに幸せ！

ＥＵ連合はパイロットへの心理テストを推奨

薬物検査と精神鑑定の併用
ＥＵ連合作業部会はジャーマンウイングス機墜落事故の後、
パイロットのコントロール強化を要求。
「ディ・ツァイト」紙
二〇一五年七月十七日

目次

座席ナンバー7Aの恐怖

主な登場人物

【レジェンドエア　ブエノスアイレス発ベルリン行　乗員・乗客】
マッツ・クリューガー……精神科医
カーヤ・クラウセン……チーフパーサー　かつてのマッツの患者
ヴァレンティノ……客室乗務員
アウグスト・ペレヤ……機長
リュディガー・トラウトマン……マッツの隣の席の乗客
ザリーナ・ピール……座席番号7Aの乗客　写真家　子連れ

【地上】
ネレ……マッツの娘　妊婦　拉致される
ダーフィト・クップファー……ネレの元恋人　ネレがみごもった子どもの父親
フェリ・ハイルマン……精神科医　マッツの友人
ヤーネク・シュトラウス……フェリの婚約者　弁護士
リヴィオ……フェリが病院で出会った男
アンドレ・クロプシュトック……ネレの主治医　著名な医師
ペール・ウンゼル……高校無差別銃撃犯
ヨハネス・ファーバー……カーヤの高校時代の同級生
アメリー……カーヤの高校時代の友人
マルティン・ロート……パーク・クリニック医長
ヒルシュ……上級首席警部
フランツ・ウーラント……誘拐犯

プロローグ

「いつになったら取り調べができるんだ?」

パーク・クリニックの医長マルティン・ロートは神経内科病棟の集中治療室へ向かっていた。そのとき臆面もなく、この馬鹿げた質問をされ、殺人課の刑事の方を振りかえった。

「取り調べ?」

「ああ。いつになったら意識が戻る?」太り気味の刑事は自動販売機からだしたコーヒーの残りを飲み干し、ゲップをこらえ、挑発するようにあごを前に突きだした。「死体が二体、重傷者がひとり。あいつは断腸の思いで一生を過ごすことになる。一刻も早くねじあげないと」

「ねじあげる」

年齢のわりに童顔で、のっぺりした顔のロート医長は、年々広がる悩ましい部分禿《はげ》を指でかいた。この刑事がブルース・ウィリスの廉価版であることと、馬鹿な口を利くことと、どっちがよりお粗末か測りかねた。

「あの患者が搬送されてきたとき、刑事さんもいっしょにいたでしょう」

「ああ、いたさ」

「では、なにか気づいたのでは？」

「死にかけてる。わかってるとも」刑事は医長の背後を指差した。曇りガラスの二枚扉がそこにあり、病院の一般フロアと集中治療室を隔てている。「だがあんたら医者があそこの魔法の箱であいつを生かすため手を尽くしてんだろう。あいつが目を覚ましたら、いくつか訊きたいことがある」

医長は大きく息を吸い、心の中で三から〇までカウントダウンしてからいった。

「では、いまはわたしからいくつか質問があります。ええとお名前は……」

「ヒルシュだ。ヒルシュ上級首席警部」

「正確な診断をだすのは早計ですが、閉じ込め症候群の疑いがあります。わかりやすくいうと、患者の脳は身体との接点を失っています。つまり意識が脳内に閉じ込められてしまったわけです。話すことや見ることはおろか、わたしたちと意思を疎通させることもできません」

「その状態はどのくらいつづくんだ？」

「およそ三十六時間と見ています」

刑事は目を白黒させた。

「取り調べができるのはそれからか？」

「いいえ、そのあと患者は死亡します」

医長の背後でカチャッと音がした。電動式の二枚扉が左右に開いた。

「ドクター・ロート。急いで来てください。患者が」

女性のアシスタントドクターが頰を紅潮させて集中治療室から足早にやってきた。医長は彼女の方を向いた。「どうした?」

「まばたきが確認できました」

なんと!

「本当か? すばらしい!」医長は喜んで、刑事に別れの会釈をした。

「まばたき?」ヒルシュ刑事は医長を見た。まるでドクター・ロートがガムを踏んだのを喜んでいるとでもいうように。「それが朗報?」

「最善の結果です」そう答えると、医長は歩きながらさらにこうつけ加えた。「おそらく行方不明者を見つける唯一のチャンスです」

もっとも、そんなことはほとんど望み薄だと思っていたが。

I

ネレ　ベルリン　二日前
午前五時二分

「間違いにはふたつある。人生を困難にするものと、人生に終止符を打つものだ」

頭のいかれた奴の言葉がネレの耳に届いた。

くぐもった声。荒い息づかい。

ネレには男の唇が見えなかった。男はトレーニングマスクをかぶっている。弾力のある黒いネオプレン素材。白いエアーレジスタンスバルブ。スポーツマンがトレーニングのために、そして精神病質者が快楽のために使うものだ。

「最低」そんなことをいっても詮ないことはわかっていたが、ネレは大きな声でいった。トレーニングマスクの男がボルトカッターをひろげた。ネレはチャンネルを変えた。

〈民族音楽の暑い秋〉。

外はざあざあ降りだった。なんてギャップだろう。テレビ番組はろくでもないものばかりだ。まあ、無理もない。だれが日の出前からテレビを観たりする?

ネレは舌打ちして、ザッピングをつづけ、テレフォンショッピングのチャンネルで止めた。

〈ロニーの家事ヘルパー〉。

台所道具の新製品。絵具で化粧をしたような男が宣伝していた。赤い皮膚、シアン色の唇、真っ白な歯。めちゃくちゃいかした炭酸水メーカー、残り二百二十三台。たしかにそういうのがあったら、この数ヶ月、だいぶ楽ができた。

そうすれば炭酸水をひとりで担ぎあげなくてすんだ。ヴァイセンゼー地区ハンザ通り裏のアパートの五階。四十八段のつるつるにすり減った階段。ネレはそれを毎日数えた。

もちろん炭酸水メーカーより、屈強な男の方がいい。九ヶ月前と比べて十九キロも体重が増えてしまったいまの「状態」では。

だが、その状態を作りだした奴は追いだしてしまった。

〝相手はだれだ？〟検査結果を伝えたとき、ダーフィトはネレにたずねた。

婦人科医のところから帰ってきて、気持ちの受け皿を求めているときに、そういうことを訊くか。

〝俺はいつもゴムを使ってたぞ。そんな無謀なことすっかよ。ちきしょう。それじゃ、俺も検査しなくちゃだめじゃんか〟

パンと張り手がいい音をたて、これで関係はおしまい。といっても、腹立ちまぎれに叩いたのは彼女ではない。あいつの方だ。ネレの顔が横を向き、体のバランスを失った。

CDラックもろとも床に倒れ、怒りをぶつけるのにちょうどいい標的になった。

「ふざけてんのか?」ダーフィトはネレを蹴った。二度、三度。背中、頭、もちろん腹部も。ネレは腕で必死に腹部をかばった。

うまくいった。ダーフィトは狙ったところを蹴ることができなかった。胚《はい》は衝撃を受けず、流産することはなかった。

「病気のガキを俺に押しつけて、一生面倒見させようって腹だろ」彼はネレをどなりつけたが、それっきり蹴るをやめた。「俺にも考えがある」

ネレは、ダーフィトの靴先で蹴られた頬骨に触った。別れることになったあの日を思いだすと、今でもそこがうずく。

彼がキレるのはこれが最初ではなかった。だがこれほどの暴力ははじめてだった。

ダーフィトは文字どおり羊の皮を被った狼だ。人前ではいい顔をする。ユーモアたっぷりで、腰が低い。そいつにこんな残虐な一面があるとは、ネレの親友でも知らないことだった。ふたりだけになり、だれにも見られていないときしか、その顔は見せないからだ。

どうして毎度そういう奴とつきあってしまうのだろう。性《さが》としか思えない。その前につきあった男たちもすぐ暴力に訴えた。連中はネレの幼そうな容姿と生意気な態度を見て、あこがれの対象である一人前の女ではなく、所有の対象である少女だと思ってしまうのだろう。もちろん彼女が抱える病気も、弱者と見られることにひと役買っている。

でもダーフィト・クップファーはもう過去の男だ。そう思って、ネレはほっと胸をなでおろした。あたしには未来がある。

幸いネレはあいつに家の鍵を渡さなかった。

追いだされてから、あいつはしばらくネレを追いまわした。電話と手紙で人工中絶しろと何度も迫った（〝歌手なんかじゃ、自分の食い扶持《ぶち》も稼げねえだろ！〟）。ときには脅迫もした（〝エスカレーターで転んでも知らねえぞ〟）。

法的に人工中絶が可能な期間が過ぎた三ヶ月後、あいつはあきらめて接触を断った。ただし復活祭の月曜日にネレの玄関先に置かれていた籐《とう》の籠は除く。その籠はベビーベッドのように飾りつけてあり、ピンクのクッションとふわふわの毛布の中にドブネズミの死骸があった。

ネレはそのときのことを思いだして怖気《おぞけ》をふるい、両手を温めようとソファのクッションの溝に差し入れた。だがそこは、この住まいで一番冷たい場所だ。

親友は警察に通報すべきだといったが、警察がなにをしてくれるだろう。この何週間か奴は路上駐車している車の三台に一台のタイヤをナイフで切っている。そんな奴に打つ手があるだろうか。ドブネズミの死骸程度で身辺警護してくれるわけがない。すくなくともネレは自己防衛をした。ダーフィトがこっそり合い鍵を作っている恐れがあるので、アパートの管理会社にいって鍵を新しくしてもらった。

とはいえ、あいつには感謝すべき点もあった。殴られたり、ドブネズミの死骸を送りつけられたりしたからではない。あいつの罵詈《ばり》雑言《ぞうごん》だ。

　あいつがおとなしくしていたら、理性の声に耳を傾けたかもしれない。赤ん坊を出産するのは危険すぎるという声が心の中で聞こえていた。ウイルス抑制剤の早期投与のおかげで、ネレの血中からヒト免疫不全ウイルス（HIV）が検出されることはなかった。その意味では、感染のリスクはまずないとされた。だが危険はゼロではない。

　リスクを犯してもいいだろうか。病気を抱えた二十二歳の彼女がそんな責任を負いきれるだろうか。経済的な基盤もないのに赤ん坊を抱えるなんて。母親は早くに死に、父親は国外に移住してしまった。

　子どもをあきらめ、歌手をめざしても、だれも後ろ指を差さないだろう。足がむくみ、腿が太くなり、腹がふくらむのはいやだ。ハンサムだが怒りっぽいあいつとの関係は先が見えていたのに、まだつづけたい気持ちもあった。どうせ子どもの誕生日会や会社の創立記念パーティーでマジックを披露して糊口を凌《しの》ぐくらいが関の山のしがないアーティストだ（ダーフィト・クップファーは本名ではない。憧れのヒーローであるコパフィールドのコパとクップファー（共に「銅」の意）に引っかけたお粗末な芸名だ）。

　ネレは時計を見た。

　あと二十五分でタクシーが来る。

　早い時間帯なので、三十分もあれば病院に着く。一時間は早く到着できる。受付時間は朝の七時。手術はその三時間後。

馬鹿なことをした。でもこの決断でよかった。ネレはそう思いながら微笑み、両手で丸々した腹をなでた。

主治医のクロプシュトックから子を産むようすすめられる前からそう感じていた。手術を受けなくても、胎児がＨＩＶに感染する危険は五分の一以下だ。良好な血液検査結果と完全看護という万全の体制だから、帝王切開手術中に停電が起きる確率よりも危険は低い。

それでも危険性はゼロではない。

ネレはまだ子どもの名前を決めていなかった。女の子か男の子かも知らない。ネレにとってそんなことはどうでもよかった。新しい人間を身ごもっていることがうれしいのであって、性別など関係なかったのだ。

ネレはもう一度チャンネルを変えた。またしても体がほてってきた。出産後、自分だけの体になったとき、この体温上昇がなくなるかと思うとうれしくなる。両手をクッションの溝から抜こうとしたとき、右手になにか固いものが刺さるのを感じた。

なんだろう。

前になくしたイヤリングだろうか。

ネレは横を向いて、右手で探った。そのときまた激しい痛みを感じた。

「痛い」

人差し指を溝からだすと、おどろいたことに指先から血が出ている。虫に刺されたときのように指がドクドクいった。あわててその指を口にくわえ、それから傷口を見た。鋭いナイフで切ったような小さな切り傷。

どういうこと。

ネレは立ちあがって、書き物机のところへ行った。一番上の引き出しに絆創膏が入れてある。引き出しを開けると、リューゲン島の貸別荘のパンフレットが出てきた。ダーフィトはバレンタインデーをそこでいっしょに過ごそうといっていた。それももう過去の話だ。

あいつのことでいまでもまっさきに思いだすことといえば、はじめてデートしたとき、席をはずして雲隠れしなかったことだ。エイズを発症しないようにするため一日三回のカクテル療法をしていると知ると、たいていの男は逃げだす。彼はちがった。彼ならネレが尻軽女でも薬物依存症患者でもないと信じてくれそうな気がした。HIVに感染したのが注射や相手構わずセックスをした結果ではなく、蝶のせいだという彼女の話も。

その蝶はとても美しい。いつも彼女といっしょだ。右上腕の内側。

元々、その虹色の蝶はタイでバカンスを過ごしたときの楽しい思い出になるはずだった。だが今ではシャワーのたび、消毒していない汚れたタトゥーニードルを思いだす。そして神が軽はずみな若者に厳しい制裁を下すことを。どうやら神は、ISの戦士がホモセクシュアルの人間を屋根から突き落とすことよりも、プーケットの場末で酔ったティーンがあやしげなタトゥー・バーを訪れることの方が気に入らないらしい。

ネレは指に絆創膏を貼って、ソファに戻ると、クッションを持ちあげた。

銀色に光るものが目にとまった。うっとうめいて、手で口をふさぎそうになった。

「なんでこんなものがここに？」クッションに貼りついているカミソリの刃をそっとはがす。その刃は両面テープで左右のクッションにしっかり貼りつけてある。わざとだ！

ショックに打ちのめされて、ネレはソファに腰を下ろした。手にしたカミソリの刃は、まるで暖炉の火の中から取りだしたばかりで白熱しているように感じられた。ネレは身ぶるいした。その拍子に、カミソリの刃が手からすべって、横のクッションに落ちた。

ネレは胸をどきどきさせながら時計を見た。タクシーが到着するまでの時間を逆算した。

あと十五分！

だがもう十五秒たりとも自分の住まいにいたくない。

あらためてカミソリの刃を見つめた。テレビの画面に合わせて、カミソリの刃の色が変わった。

どうしてクッションのあいだにはさまっていたんだろう？　しかも指を当てそうな場所にピンポイントで。

それに刃の表面になにか書いてない？

刃には血がついていたが、落ちたときに裏返って、そこに文字が見えた。細字のペンで手書きされている。

ネレはカミソリの刃をふたたび手に取り、ドクドクしている人差し指でその文字をなでた。

〝おまえの血は人を殺す!〟

ネレは無意識のうちに唇を動かした。生徒がはじめて朗読の練習をするときのように。

あたしの血が人を殺す?

ネレは悲鳴をあげた。

あいつが家に忍び込んだことがわかったからではない。

ネレの体内でなにかが破けたからだ。

激しい差し込み。サソリに刺されたような痛み。それも感じやすい場所に。薄くて敏感な皮膜を素手で引き裂かれるような感覚だ。

短く、鋭い痛みはすぐに消え、そのあたりが濡れた。

ネレは不安になった。

股間のシミとおなじように不安が広がる。暗色系のソファカバーがますます黒くなり……終わりが見えない。

それが最初に思ったことだ。ネレは何度も何度もそのことを考えた。

止まらない。

破水だ。流れでていく。

次に考えたのはもっと悪いことだ。そしてそれは当然の帰結だった。

早すぎる。

赤ん坊が生まれてしまう！

2

赤ん坊は助かる？　こんな状況でも助かる？

カミソリの刃のことなどもう忘れていた。もはやどうでもよかった。ネレはパニックに陥り、ただひとつのことしか考えられなかった。数週間前、先生がいってた。赤ん坊はもう自力で生きていけるって。ちがう？

出産予定日は二週間先だ。

帝王切開なら感染の危険が低い。だから念のため手術の予定を前倒しした。こうなることを避けるためだったのに、自然分娩がはじまる。

破水のあとでも手術はできるの？

ネレにはわからなかった。おちびちゃん（お腹の中にいる子をそう呼んでいた）が無事に生まれることを祈るほかない。

どうしよう。タクシーはいつ来るんだっけ？

あと八分。

そのあいだなんとかしないと。

ネレは立ち上がった。羊水が完全に流れだしてしまいそうだ。

おちびちゃんにはよくないのでは？　ぞっとする光景が脳裏に浮かぶ。陸に上がった魚のようにお腹の中で空気を求めてもがく赤ん坊。

ネレは玄関までよろよろと歩いていき、用意しておいた入院用バッグをつかんだ。着替え、ワイドパンツ、寝間着、靴下、歯ブラシ、化粧品。それからもちろん抗ウイルス薬のパック。Sサイズのオムツ。病院にもあるとは思うが、担当の助産婦ユリアーナは、なにが起きるかわからないから念には念を入れた方がいいといっていた。たしかにそうなった。

どうしよう。

心配だ。

ネレはドアを開けた。

他人を自分のことのように心配したことなど一度もなかった。そしてこんな孤独を味わうのも生まれてはじめてだ。

ふた親ともいない。親友も、ミュージカルの追っかけでフィンランドに行っていてここにはいない。

階段でネレはすこし立ち止まった。

着替えるべき？　濡れたジョギングパンツは冷たい雑巾を足にはさんだような感じだ。羊水が何色か確かめるべきだった。緑色だったら動いてはいけない。それとも、黄色だったっけ？

注意すべき色なのにすでに動いてしまったとしたら、着替えるために部屋に戻って事態を悪化させるのはよくないはず。ちがう？

ネレは住まいのドアを閉めた。階段の手すりをしっかりつかんだ。朝が早いからだれにも出くわさないだろう。よかった。

ネレは恥ずかしかった。けれども、なぜ恥ずかしいのかわからない。出産は普通のこと。だが、こういう状況に巻き込まれて喜ぶ人間はまずいない。それに口をきいたこともない隣人からその気もないのに、手助けしようかと声をかけられるのも微妙だ。

一階に下り立つと、ネレは表玄関を開けて、落ち葉と土の匂いがする秋の空気の中に出た。雨が止《や》んだばかりだ。

幅広いハンザ通りのアスファルトが街灯を反射してギラギラしている。歩道の縁石のそばに水たまりができている。でもよかった。タクシーが待っていた。予約時間の四分前。願ったり叶《かな》ったりだ。

運転手はメルセデス・ベンツにもたれかかって本を読んでいた。助手席側の開いている窓からその分厚い本を席に置き、肩まである褐色の髪をかきあげると、ネレの方へ走ってきた。彼女のおぼつかない足どりを見て、なにかあったと気づいたようだ。怪我か、重いバッグのせいで前屈みになっていると思ったのかもしれない。あるいは、ただの親切心かも。

「おはよう」運転手は軽い口調でネレにあいさつし、彼女のバッグを受け取った。「空港？」

運転手の口調には軽くベルリン訛があり、吐いた息はコーヒーの匂いがした。Vネックのセーターはひとサイズ大きく、コーデュロイパンツもだぶだぶで、足を運ぶたびに細い腰から落ちてしまいそうだった。ビルケンシュトックのつっかけサンダルにスティーヴ・ジョブズ風の眼鏡。見たところ、バイトでタクシー運転手をしている社会学科の学生のようだ。

「いいえ。フィルヒョウよ。ヴェディング地区」

運転手はネレのお腹をちらっと見て、事情を察したように微笑んだ。

「わかりました。いいですよ」

運転手はネレのためにドアを開けた。濡れたジョギングパンツに気づいたが、なにもいわなかった。たぶん夜勤で、もっと気色悪いものを見たことがあるのだろう。後部座席にはビニールカバーが敷いてあった。

「じゃあ、出発」

ネレはタクシーに乗ったものの、なにか大事なものを忘れたような気がしていた。といっても、しっかりにぎっているバッグには携帯電話も、充電ケーブルも、財布もちゃ

ん と 入っている。

父に連絡！

タクシーが発車すると、ネレは時差を計算し、ショートメールを送ることにした。この時間にブエノスアイレスにいる父親に電話するのは悪いと思ったからではない。自分の声から不安がっていると気づかれたくなかったのだ。

破水したことを書くべきか迷った。不必要に心配させてどうする。知らせたところでどうにもならない。それに、どうせ頼りになるわけない。父にそばにいてほしいのは、心細いからではない。ただ役に立つからだ。

父は母を見捨てた。ネレと赤ん坊を支援することで罪滅ぼししてもらわなくては。ただし父の支援は使い走りや買い出しや資金面にかぎる。赤ん坊を預けるつもりは毛頭ない。ネレは出産前に父親に会いたくなかったので、手術当日に来いといってあった。

「いよいよ！」ネレは携帯電話にメッセージを打ち込んで送信した。ただそれだけ。あいさつ文もなしにメッセージを送ったら父は失礼と思うかもしれない。自分の冷淡さをネレはすこしだけ恥じた。だがそのとき母の目が脳裏に浮かんだ。その目は無防備でうつろで、死の恐怖が刻まれていた。母は人生の終わりを前にしてひとりでその恐怖に立ち向かったのだ。ネレはこれでもまだ父にやさしすぎると思った。セラピストの助言を聞き入れて、数年ぶりに父に連絡を取ったのだ。そのことで父が幸せを感じるなんて許せない。

ネレは前を見た。さっき運転手が読んでいた緑色の分厚い本が、ハンドブレーキと運転席のあいだにはさまっているのを見つけた。

プシレンベルの医学事典。

社会学科の学生ではなく、医学生だ。

そのとき、おかしなことに気づいた。

「ねえ、メーターがついてないけど」

「えっ？　ああ……うっかりしてた」

赤信号で止まったところで、彼はタクシーメーターのスイッチを押した。こわれているようだ。「これでもう三度目だ……」彼は文句をいった。

後ろからオートバイが近づいてきた。

オートバイが真横で止まったので、ネレはそっちを向いた。オートバイの男はミラーシールドのヘルメットをかぶっていた。男がネレの方にかがみ込んだ。ネレの顔がヘルメットに映ってみえた。オートバイはぐつぐつ煮えたぎる溶岩湖のようなエンジン音をたてていた。

ネレは困惑して前を向いた。

「青よ！」ネレは甲高い声でいった。

運転手はタクシーメーターから顔を上げて、ごめんといった。

ネレはまた横に視線を向けた。

オートバイの男は走りだそうとせず、あいさつのつもりかヘルメットを指先でとんと叩いた。ネレは、男がヘルメットの中で悪魔のような笑みを浮かべていると思った。ダーフィトのことが脳裏をよぎった。

「代金はいらないよ」

「えっ?」

運転手はルームミラーで彼女を見てウィンクし、ギアを入れた。

「運がよかったね。タクシーメーターがぶっこわれてる。料金はいいよ、ネレ」

運転手の最後の言葉に、彼女ははっとした。

「どういうこと……?」

なんであたしの名前を知ってるわけ?

「あなた、だれ?」

信号を過ぎると、タクシーはゆっくり右折して、なにかの施設に入った。

「ここはどこ?」

柵の金網が破れていて、レンガ造りの煙突が二本、まるで死後硬直した指のように暗い空にそびえていた。

タクシーはがたがた揺れながら廃工場らしい施設の奥へと入っていった。

ネレはドアをつかみ、ハンドルを動かした。

「止めて。降ろして」

運転手が振り向いて、ネレのふくらんだ胸を見つめた。

「心配しないで」運転手は微笑みながらいった。やさしい言葉をかけられても、状況が状況だ。

そして次の言葉に、ネレは耳を疑った。

「きみの母乳が欲しいだけだから」

体内にある拳骨で下半身を思いっきり殴られたような感覚に襲われた。

「ううう！」ネレはルームミラーで自分を見ている運転手に向かってうめいた。そのとき錆びついた表示板がヘッドライトに照らされた。

〝牛舎〟と書いてあった。

陣痛がはじまった。

3

マッツ　ブエノスアイレス
現地時間午後十一時三十一分

〝いよいよ！〟

マッツ・クリューガーはアタッシェケースを通路に置くとiPhoneをだし、娘のショートメールをもう一度見た。その短い言葉に、最初読んだときには読み解けなかったメッセージが隠されているような気がした。

マッツはハンカチで額の汗をふき、列のところで行列が動かなくなったのを不思議に思っていた。すでに三十分の遅延だ。真新しい機内を天井の白いライトが照らしている。座席はライラック色で、芳香剤と絨毯《じゅうたん》用洗剤の匂いがする。補助動力装置の音を聞きながら、彼はコックピットを背にして旅客機の右側通路に立っていた。地上から二十四メートル。八階建てのオフィスビルよりも高い。あるいは、どこかの新聞に書いてあったようにキリン五頭分の高さだ。

動物の喩《たと》えが好きなその記者は、飛行機の全長をシロナガスクジラ二頭分と書いていた。

いよいよ！

マッツが四分前、搭乗するときに受信したショートメールは、彼の気持ちを舞いあがらせると同時に、その気分にブレーキをかけた。

マッツは初孫に会えるのが楽しみだった。たぶん抱かせてくれるだろう。だがその一方で、この短いメッセージのようなネレの冷淡なまなざしにさらされるのを恐れていた。

娘が許してくれると期待するのはあまりに脳天気だ。マッツは心の専門家だ。そんなに浅はかではない。彼は妻を見捨てた。そのことでなにを壊してしまったか重々わかっていた。だから、ドイツに戻って出産に立ち会ってくれ、とネレがいってきたときにはいまひとつ釈然としなかった。やりなおすために手を差し伸べてくれているのだろうか。それとも頬をひっぱたくつもりだろうか。

「やっと動いた」リュックサックを担いだ前の男がいった。たしかに行列が動きだした。やっと動いた？

マッツとしては、五百六十トンの機体が駐機しているあいだは通路に立っていたかった。四年前には貨客船に乗ってアルゼンチンに移住し、ブエノスアイレスで精神科医として開業した。じつは飛行機に乗るのが恐く、飛行機恐怖症対策セミナーにも通ったが、あまり役に立たなかった。〝不安を受け入れて、無理に克服しようとしない方がいい〟とか、〝ゆっくりと深呼吸しよう〟とか、自分も恐怖症患者に対してよく使う言葉だ。そのとおりにすれば気持ちが落ち着くのは事実だ。だが人間は、地上一万メートルの対流圏を翼のついたパイプで飛ぶようにできていない。わずかな失敗も命取りになる零下五十五度の環境。ホモ・エレクトスがいる場所ではない。

もちろん技術的なことが心配なわけではない。空中だけでなく、地上でも、水上でも、人は命の危険にさらされる。問題は人間の方だ。飛行ほど人間の不完全さを証明する機会はないからだ。

マッツが最後に飛行機に乗ってから二十年以上が経つ。今回は世界最大の二階建て旅客機を選んだ。しかも世界最長のノンストップ航空路。ブエノスアイレスからベルリンまでの一万一千九百キロをこの巨体は十三時間少々で飛ぶ。六百八人の乗客が席に着くまでの時間は計算に入っていない。ネレの妊娠は数週間前からわかっていたので、海路にすることもできたが、ちょうどいい船がなかった。

いよいよ！

マッツはアタッシェケースを持って、コーヒーの香りが漂う調理室のそばを通った。主翼の上の非常口のあたりだ。女性の騒がしい声がして、また行列が止まった。

「あなたにはわからないのよ！」

精神科医が無視できない言葉だ。

マッツは調理室にいる背の高い客室乗務員を見た。紺色の制服はオーダーメイドのようだ。客室乗務員はコーヒーメーカーの横に立ち、赤ん坊を抱いた赤毛の若い女性と話していた。

外気温は二十八度。からからに乾いているというのに、客室乗務員のジェルを塗りたくった金髪は雨に濡れ、風でぼさぼさになったように見える。だがよく見ると、そういうヘアスタイルにするため鏡の前でかなり時間を費やしたようだ。

「もうしわけありません」

その客室乗務員はそういってあやまったが、そのときこっそり自分のごつい腕時計をうかがった。女性の方はバブバブと小声を発する赤ん坊をうまく腰に当てて抱いている。

「オンライン予約では家族用シートにしたのよ」女性は疲れた様子でいった。マッツに背を向けていたので顔が見えなかったが、声がふるえている。いまにも泣きだしそうだ。

「おい、おっさん、起きてるか?」マッツの背後で若者がぼそっといった。マッツが通路をふさいでいたのだ。だが調理室でのやりとりが気になったので脇にどき、後ろの人たちを先に行かせた。

「お気持ちはわかります」客室乗務員は女性をなだめようとした。落ち着いて振る舞っているが、その声からは苛立《いらだ》ちがうかがえた。

「わたしの一存では決めかねます。チリで積み込んだベビーベッドの規格が違っていまして、お客様のシートの前にある隔壁の金具に合わないのです」

「じゃあ、これから十三時間、赤ん坊を膝に乗せていないといけないの?」女性は腰を揺らして、赤ん坊をあやした。「ズーツァが床擦《とこず》れして夜泣きするわ」

気持ちはよくわかりますというようにまたうなずき、客室乗務員は時計を見た。

「なにか対処できればいいのですが、これぱかりは致し方ありません」

「わたしに任せてくれますか?」マッツが口をはさんだ。そしていったそばから後悔した。

ふた組の目がおどろいて彼を見た。

「すみません、なんとおっしゃったの?」女性がマッツの方を向いてたずねた。

正式には「ギャレー」と呼ばれる調理室の照明は異様に明るかった。若い女性の顔のシミやシワがくっきり浮かんで見える。目の色は髪の色とおなじで赤く、疲れているようだ。口紅はおとなしめで、そばかすと色を合わせている。アクセサリーと服装を見るかぎり、母親としてよりも、いまだに女として見られたがっているらしい。

「わたしの席を譲ります」

ひさしぶりのドイツ語だったので、うまく口がまわらなかった。喉が詰まって言葉が出なければよかったのにとマッツは思った。

「あなたの席？」女性はたずねた。

マッツは彼女の眼輪筋がかすかに収縮するのを見逃さなかった。女性は疲れつつも、喜んでいるようだと思った。

「7Aを提供します」マッツはいった。

「それはビジネスクラスですが」客室乗務員はあぜんとしていった。襟に貼った銀色の名札には「ヴァレンティノ」と書かれていた。この美しい金髪男の姓なのか名前なのか、マッツにはわからなかった。

客室乗務員は一度にふたつの疑問を持ったようだ。こんなに長いフライトで、なんで見ず知らずの女性に快適なリクライニングシートを提供するのだろう。それよりなんでこの人物はエコノミークラスの行列に並んでいるのだろう。

「あいにくビジネスクラスにはベビーベッドの用意はないのですが」客室乗務員が口をはさんだ。

「しかしシートは幅広いから、赤ん坊を横に寝かせることができるでしょう」マッツは赤ん坊を指差した。「広告によると、シートはベッドにすることができるはずですね」

「本当に席を替えてくださるの？」母親は半信半疑でたずねた。

マッツは、なんで自分はこんなことをいいだしたんだろうと思った。興奮すると不安が増すものだ。だからさっさと席について、安全のしおりを暗記するくらいしっかり読み、非常口の場所を確かめ、客室乗務員の実演を見たあとイメージトレーニングをはじめるつもりだった。それなのに、搭乗して数分も経たずにプランを逸脱してしまうとは。なんて馬鹿なことを！

それに赤ん坊を連れた母親を7Aにすわらせて、責任が取れるのか。

マッツはよくこういう行動を取ってしまう。患者の施療にあたっているときは沈着冷静なのだが、自分のことになるとつい感情にまかせて不合理なことをしてしまう。

とっさの思いつきで口走ってしまったが、もうあとには引けない。

「席を移ります？」

女性の顔に影がかかった。表情のわずかな変化を見慣れていなくても、彼女の瞳に困惑の色が浮かんだのはだれの目にも明らかだ。

「あなたは……？」

「クリューガーです」

「知り合いになれてうれしいです、クリューガーさん。わたしはザリーナ・ピールです。でも問題はベビーベッドがないことだけではないんです」彼女は調理室とキャビンを隔てる壁を指差した。そっちに彼女の席があるらしい。「わたしの席は酒に酔ってうるさい男性グループに囲まれているんです。それでもいいんですか?」

なんてことだ。

ザリーナが丁重に断ってくれれば、マッツはやさしくうなずいて立ち去れたのに。だがそんな二重苦にあっているのではますます放っておけない。

「別にかまいません。席を交換するわけではないですから。他にも席を予約しているんです」

「それは……どういうこと?」ザリーナは目を丸くして彼を見つめた。

「わたしはひどい飛行機恐怖症でして、墜落の統計に従って席を複数予約したんです。墜落したとき、乗客の生存率が高い座席があるんです」

客室乗務員は眉を吊りあげた。「それで?」

「それを全部予約しました」

「本当に?」ザリーナはたずねた。

「可能なかぎりですけど」

「あれは、あなたでしたか」ヴァレンティノはいった。

客室乗務員が知っていても、マッツはおどろかなかった。奇妙な座席の予約があったことは乗務員のあいだで話題になっているはずだ。

「何席予約したんですか?」ザリーナがたずねた。

「四席。ビジネスクラスの7Aの他に19F、23D、47K」

ザリーナが目を丸くした。「四席も？」あぜんとしてたずねた。

本当は七席予約するつもりだったが、他の席はすでに先約がいた。だが空いている席を予約するだけでも厄介だった。航空会社には体重オーバーの乗客が複数の席をオンライン予約できるシステムがあるが、これはあくまでも並びの席の予約で、機内のあちこちの席を取れるようになっていなかった。航空会社に希望を伝え、自分が頭のいかれた者でも、テロリストでもないと信じてもらえるまで、何度電話をかけ、メールを送ったかしれない。最後にクレジットカードの利用限度額でもひと悶着あった。当然、総額がかなりの額になったからだ。だが幸い、収入は悪くないし、独り身なので、この数年たいして金を使っていなかった。

「だけどなんでです？　席をひとつに絞りきれなかったんですか？」ザリーナがたずねた。

「フライト中に席を移るんです」マッツの返事はますます相手を混乱させた。「席の安全度は離陸時と着陸時、あるいは陸上を飛行中か、海上を飛行中かで違うんです」

女性は神経質に髪をかきあげた。

「ではビジネスクラスの席にはいつすわるんですか？」

「すわりません」

マッツが服を脱いで裸踊りをはじめても、これほどきょとんとした顔はしなかっただろう。

　マッツはため息をついた。正直にいうほかない。

「二〇一三年にアメリカとメキシコの国境付近の砂漠で旅客機の墜落実験が行われたんです。民間航空機のクラッシュテストです」

「7Aがもっとも安全だってわかったんですか?」母親はたずねた。

　絶句していたヴァレンティノは、このあとつづくマッツの説明にさらに口をあんぐり開けることになる。

「クラッシュテストのダミー人形の形状から、墜落時、7Aは確実に死に至ることが判明したんです。ボーイング機の機外に放りだされたのは7Aだけだったんです」

　赤ん坊が咳をして、むずかった。マッツはこういって、話をしめくくった。

「7Aは機内でもっとも危険な席です。験《げん》担ぎみたいなもので、そこを空席にしておきたかったんです」

4

〝九十五パーセントの生存率！〟

飛行機恐怖症対策セミナーの講師が参加者に微笑みながらその生存率を告げたとき、マッツはすでにその統計を知っていた。

〝仮に墜落するようなことがあっても、九十五パーセントの生存率があるのです。飛行機に乗るのは、エレベーターに乗るのとほとんど変わりません〟

セミナー講師はこの喩えで、最悪の例を挙げたことに気づかなかった。というのも、マッツの精神科クリニックがあるブエノスアイレス市レコレタ地区の古ぼけたビルで二年前、管理人が点検中にエレベーターに押しつぶされて死ぬという事故が起きていたからだ。その日、いつもより遅く帰宅することになったマッツは五階でエレベーターを待っていて、管理人の断末魔の悲鳴を聞くはめに陥った。

とはいえアンフェアなことはしたくない。セミナー講師があげた事実と統計が他の参加者に役に立ったのはたしかだ。だがマッツにはなんの慰めにもならなかった。

今回のフライトに向けて、マッツは何ヶ月も前から準備してきた。過去の墜落に関する報告にすべて目を通し、無数の旅客機の設計図を調べ、搭乗するときにはすでに一家言持っていた。それなのに細心の注意を払って選んだ座席を知らない人に明け渡し、機内での貴重な時間を無駄にするとは。しかも離陸に際して死を運命づけられたシートに人がすわるとは！

「死」という言葉が脳裏に浮かんだのは、47K席で窓に体を向けながら死んだように眠っている乗客を見たからだ。その男は麦わら帽子をかぶっていた。ハネムーンで訪れたスペインで妻が浜辺の露店で買ってくれた麦わら帽子を思いだす。男の麦わら帽子は頭からすこしずれていて、顔がよく見えないし、体に毛布をかけているため、息をしているかどうかもわからなかった。

その男は疲れ切っているのか、どんなに騒がしくても眠れるという特技を持っているらしい。

マッツはもう一度、自分の搭乗券を確認し、列にまちがいがないことを確かめた。どうしたらいいだろう。ビジネスクラスの席を若い母親に譲ったのはやはりまちがいだったか。

さっきはちょっと英雄気分を味わった。彼女は大げさに喜び、目に涙まで浮かべてマッツと握手した。

「グーグルでザリーナ・ピールを検索してください」彼女は別れ際にいった。「ピール・ピックチャーズでもいいです。わたしは写真家です。ポートレート写真か家族写真が必要だったら、声をかけてください。いい写真を撮りますよ」

これで自分の決断にケチがついた。彼女にもっとも危険な席を譲ることで、運命に挑戦する恰好になった。47Kが熟睡状態の乗客に占拠されたのはその報いだ。声をかけても、軽く触っても、肩を揺すってもまったく反応がない。

さて、どうする?

真ん中の席も通路側の席もまだ空いている。運がよければ、そのままだれもすわらないだろう。搭乗完了という機内放送が流れた。

仕方ない。マッツは内心ため息をついた。

アタッシェケースを真ん中の席に置いて、通路側の席に腰を下ろした。

どうせ自分の計算が合っているかどうかは確実ではないわけだし。

マッツは準備段階で、ペルー航空五〇八便の座席図を手に入れていた。一九七一年十二月二十四日リマからプカルパへ向かったロッキードL一八八エレクトラだ。同機は落雷で空中分解し、密林に墜落した。乗客乗員全員死亡と報道された。

ただしひとりだけ例外がいた。ユリアーネ・ケプケだ。クリスマスの奇跡と呼ばれた。当時十七歳の彼女は機外に放りだされた。シートベルトで座席に固定された状態で、三千二百メートル下に墜落。鎖骨を骨折し、腕と目を負傷したが、生還した。

彼女の座席は？　19Ｆ！

もちろんロッキード機は、いま乗っている旅客機よりはるかに小型だった。だが機体はいまでもパイプ状で、座席配列に大きな変化はない。マッツは両機の離陸重量、縦横高さ、容積を比較した。計算間違いをしていなければ、ユリアーネ・ケプケがすわっていた座席はこの旅客機の47Ｋに相当する。

ユリアーネ・ケプケが生還できた理由はいまもって科学的に解明されていない。

だがこの座席にすわって三千メートルの高さからの落下を生き延びられるのなら、もっとも危険な離陸時にそこにすわっても損はない。

「飛行機恐怖症？」横からしわがれた声が聞こえた。

マッツは通路をはさんだ左の席に目を向けた。親しげに微笑んでいる男性の顔があった。マッツのすぐあとに来て、そこにすわったばかりだ。ちょっと見には、イギリスの有名な俳優に似ている。マッツは名前を覚えるのが極端に苦手なため、白い髭を生やし、ヨットマンのように日焼けした顔のこの男がだれに似ているか思いだせなかった。

「なんですって？」マッツはたずねた。男は目配せをして微笑んだ。むち打ち症のときにつける頸椎《けいつい》カラーのような紫色のネックピローを首に当てている。

「ドイツ語を話すのでしょう？」

マッツはうなずいた。

「いきなり声をかけてすみません。でも鏡を見た方がいいですよ。顔色の悪さが、あるドキュメンタリーで見た人とそっくりだ。ただしその人がすわっていたのは飛行機の座席じゃない。テキサス州の刑務所で電気椅子にすわらされていたんですよ」男は笑った。ベルリン訛まるだしだ。

楽しい思い出が蘇った。婚約中のカタリーナと踊り明かした朝、立ち寄ったメーリングダム通りの露店。結婚式のとき、道に迷った口の悪いタクシー運転手。乳母車の中のネレをはじめて見て、うれし泣きした最初のアパートの管理人。怒るとベルリン訛になる平和教会の牧師のこともちろん思いだす。牧師はカタリーナの葬儀にも列席したそうだ。マッツは顔をださなかったが。

「リュディガー・トラウトマン」

男が通路ごしに手を差しだした。マッツはズボンで指をふいてから握手を交わした。不安のことを患者の前で話題にするとき、マッツはペットとして飼われる蛇のボアコンストリクターを引き合いにだすのが好きだ。飼い慣らせば首に巻いても平気だと思うのはまちがいだ。油断すると、いきなり締めつけられることがある。胸を締めつけられると、息ができなくなり、血圧が上がる。

マッツの場合、まだそこまでひどくなかった。

蛇に喉を締めつけられる感覚に襲われたが、まだ不安の元凶を払いのけようと悲鳴をあげて身もだえするほどではなかった。

「マッツ・クリューガーです」彼は通路をはさんだ相手に自己紹介した。博士の称号は名乗らなかった。マッツは博士号に価値を置いていなかったからだ。パスポートにも記載していない。だが彼の博士論文は今でも心的外傷後ストレス障害に関するスタンダードとして読まれている。

「すみません。パートナーから、わたしはしゃべりすぎるといわれてまして」トラウトマンはマッツの怯《おび》えたまなざしを見て、勘違いしたようだ。「でもご心配なく。フライトのあいだずっとしゃべったりしませんから。これから一万二千ドルの錠剤をのみます」

トラウトマンはすこし腰をずらして、ジーンズの尻ポケットから小さな白い錠剤のパックをだした。

「一万二千ドルの錠剤？」マッツはたずねた。この話題に乗って気を散らした方がいいと気づいたからだ。蛇の締めつける力が弱まることはなかったが、強まることもなかった。風変わりだが、話が合いそうな相手としゃべっているおかげだ。

「自撮り棒を持っています？」相手がたずねた。

「えっ？」

「持ってないんですね。ほら、携帯電話を取りつけて、自分を撮影するときの棒をご存じでしょう？」

「ええ、もちろん」

「わたしはあのくだらない撮影道具のメーカーに初期投資したんです」

「それはもうかったでしょう」

トラウトマンは笑った。「ええ、たしかに」

彼はマッツの耳元でなにかささやこうとするかのように身を乗りだした。だが声は大きかった。近くの非常口までしっかり聞こえそうだ。

「もっと前の方にすわろうと思えばすわれるんです」トラウトマンはコックピットの方を指差した。「ファーストクラス。一回のフライト一万二千ドル。シャンパンをすすって、陶器で食事をして、ふわふわのベッドですやすや眠る。わたしは馬鹿ですか？」

「それは反語ですね」

トラウトマンは大声で笑った。

「いかにも。わたしは馬鹿じゃない。だからここでこの錠剤をのむんです」

彼はパックから押しだした錠剤を一錠、親指と人差し指でもてあそんだ。

ロラゼパムだろう、とマッツは思った。

「この悪魔の薬をのめば、五分で前後不覚になります。家内に木槌で頭を一発殴られたときみたいにね。それっきり、なにもわからない。ファーストクラスの代金が節約できるというものです。自撮り棒がいくら売れているからって、これほど簡単に素早く稼げやしません。どうですか、あなたも一万二千ドルの錠剤をひと粒。半額でおわけしますよ」

トラウトマンは自分の冗談で笑った。

「いいや、けっこう」ちょっとそそられたが断った。たしかにフライト中、ベンゾジアゼピンを服用して夢の世界に飛ぼうと考えもした。だが墜落事故が起きて炎上した場合、眠っていては機内から逃げだせない。確実に死ぬだろう。

「わたしは起きている方がいいです」

「どうぞご自由に」トラウトマンは肩をすくめ、靴を脱いだ。それから搭乗前に自動販売機で買ったらしい水で錠剤をのみ込んだ。

そのとき、左右の肘掛けに当然のように腕を乗せているこの大柄な男がだれに似ているか気づいた。ショーン・コネリーだ。もっとも目の前の男の方が、ほっぺたがふくらんでいるが。

「では、よい空の旅を」トラウトマンはネックピローに頭を預け、シートベルトが当たっている丸々した腹に両手を乗せて目を閉じた。「つらいことになるでしょうけど」

ああ、たしかに、まちがいない。

マッツは窓側で眠っている乗客を見た。

それから前の座席の背もたれに組み込まれたタッチスクリーンモニターをタッチして、事故時の対応を説明する機内安全動画を見た。

客室乗務員が後ろからやってきて、乗客がシートベルトをしめているか目で確認した。マッツがしめているのを見せると、客室乗務員はにこっと微笑んだ。だが47Kの乗客は毛布をかぶっていて確認できないのに、客室乗務員は放っておいた。

おいおい、確認してないぞ。こんないい加減なことでいいのかと思い、客室乗務員を呼びとめようとしたが、不安のせいで息が詰まって、言葉が出なかった。

なんてことだ……。

マッツはまた右を見た。汗をにじませ、胸に激しい圧迫を感じながら。

いまなにか聞こえなかったか?

自信はなかったが、窓側の席を占拠している男が寝言をいったような気がした。たったひと言。だが、マッツをひどくとまどわせた。

「ネレ」といったように聞こえたのだ。

彼の娘の名前だ。

ネレ

5

三角屋根のそのバラックはサッカーグラウンド並みの広さがあり、二階建てバスが入りそうなくらい天井が高かった。

排泄物と古い乾し草と湿った灰の臭いがする。屋根はトタン板で、壁は薄い合板。すきま風が抜けそうな作りなのに、こんな朝早くからすでに不快なほどむしむししていた。それとも蒸し暑く感じるのは、冷や汗がネレのうなじを伝って流れ落ちるからだろうか。

「ここはどこ？」とタクシー運転手にたずねた。ネレは結束バンドで両手両足をしばられていた。

ストレッチャーの上で！

ニッケル合金製の丸眼鏡をかけた長髪の男は返事をしなかった。

最初の陣痛で苦しんでいるのをいいことに、男は抵抗できないネレをタクシーから引っぱりだした。そのあいだ男は一切口を利かなかった。ネレを折りたたみ式のストレッチャーにしばりつけ、中ががらんどうの、ぞっとするバラックにそのストレッチャーを転がしていった。

　ネレはすでに妊娠三十週で微弱陣痛を経験ずみだが、タクシーの後部座席で味わった耐えがたい激痛には心の準備ができていなかった。

　それは酸につけた拳で子宮を引き抜かれるような感覚だった。それでいてどっちへ引き抜かれようとしているかわからない。痙攣《けいれん》は股間と背中の両方で感じられたからだ。

「ここはどこ？」

　彼女の声が窓のないバラックに反響した。天井に不規則に並ぶ垂木から下がっている複数の投光器があり、内部を照らしていた。

「昔、ここには仔牛がいたんだ」

　返事があると思っていなかったので、ネレは顔を上げた。タクシー運転手はストレッチャーを引っぱりながら、すのこ状の床の上を進んだ。左右には柵がわりの曲がった鉄棒や錆びたパイプがある。

　ネレは入口で「牛舎」という表示板を見たことを思いだした。内部が汚れ、がらんとしているところを見ると、使われなくなってひさしいようだ。たしかに畜産場の臭気が残っている。

　だが囲いは、いわゆる木造やレンガ造りの厩舎とちがい、鉄パイプで作られた檻《おり》のようだった。光と空気は入る作りだが、駐車スペースよりは狭い。

　これって監獄じゃない！　ネレはふいに思った。

彼女は監獄の通路を押されていくような感覚に襲われた。昔、棒に結わえつけた家畜が露命をつないでいた囲い。

そこがこれから自分の監房になる！

「もうすぐだよ」誘拐犯がいった。こいつはタクシー運転手でも、学生でもない。頭がいかれた奴だ。

このおぞましいバラックのどこへ連れていこうというんだろう。いかれた男は、自分を奮いたたせようとでもするかのように独り言をいいはじめた。ますますぞっとする状況だ。

「注射をしないですむのはよかった。もちろん練習したから注射もできるけど、しないにこしたことはない。そう、その方がずっといい」

「なにをいってるの？」ネレが叫んだ。

「きみにはわからないと思うけど、陣痛がはじまってよかったね。さもないとオキシトシンを注射して陣痛を誘発しなければならなかった」

ぎょっとして、ネレはまた顔を上げた。なにをされるか理解した。だが無理とわかりつつ、彼女の脳は理解することを拒んだ。

彼女が入れられた囲いには、さらにぞっとするものがあった。囲いの縁に三脚に取りつけた本格的なカメラがあったのだ。そしていいかげんに掃除しただけの、すのこ状のコンクリート床に、重そうな鎖があり、腰の高さくらいある、中身が空のプラスチックボックスにつながっていた。そのボックスには開閉可能な網がついている。見たところ、ペットを飛行機に乗せるときのペットキャリーを連想させる。

「いや！」悲鳴をあげると、ネレは手枷《てかせ》を動かした。

い・や・だ！

ぞっとしたのは、その囲いに頭から押し込まれると思ったからではない。鎖につながれるのを怖れたからでもない。

ネレはその文字に反応したのだ。

柵の上に吊された札に、それは書かれていた。

「ネレ」。そこは彼女のために用意された場所なのだ。おまけにプラスチックボックスには「ネレの赤ん坊」と書かれている。

「あたしたちをどうする気？」

ネレの声は恐怖のあまり平板だった。まるでロボットの声のようだ。

すると、おどろいたことに誘拐犯があやまった。

「ごめんよ」といって、ねじれた柵をスライドさせてから、ストレッチャーを押す位置にまわった。

「ごめん。だけどこうするしかないんだ」

誘拐犯は牛糞の異臭がする囲いにストレッチャーを押し入れた。

そいつの涙を自分の目で見なかったら、ネレは自分の頭がおかしくなったと思っただろう。犯人の声がふるえている。不安と絶望にうちひしがれていてもはっきりと聞き取れた。そしてなぜかわからないが、誘拐犯は絶望感をネレと共有しているのだ。

誘拐犯は泣いていた。

さめざめと。

6

マッツ
ベルリン到着予定時刻まであと十三時間五分

離陸滑走開始。その声は頭から発したものではなかった。

〝死者が千人、それがどうした？〟理性の声がそうたずねた。飛行機恐怖症対策セミナーの講師の声にどこか似ている。だがすこしかすれていて、エアバスが加速したときの騒音でよく聞き取れなかった。マッツは肘掛けをがっしりつかみ、頭を下げた。

〝だいじょうぶ。統計では飛行機事故での死者は年平均千人で、たいしたことはない〟

マッツがとうに知っていることだ。だが、つまらないことだ。

統計などなんの役にも立たない。むしろその逆だ。

キャビンの照明が明滅して、ジェットエンジンが噴射した。旅客機の利用者年平均六千万人のうち死ぬのはわずか千人。飛行機は世界一安全な輸送手段。だがそれを証明するための調査も計算も、このとき頭から吹っ飛んだ。

〝有償旅客キロ（十億キロ）あたり死者は〇・〇〇三人だ〟セミナー講師は統計を受講者の前で計算して笑った。数値が低すぎるため、ドイツ連邦統計局はゼロに換算したほどだ。統計的に見れば、フライトでは死亡事故が一切ないことになる。

このあいだインド洋で消息を絶った旅客機の乗客の遺族にそれをいってみるんだな。マッツの胸と首に巻きついた不安という名の蛇が、さらに締めつけをきつくしながら耳元でささやいた。ガタガタいう音が聞こえるか？　これでだいじょうぶだというのか？ここの滑走路が舗装されたとは知らなかったよ。

マッツはちらっと右に視線を向けた。眠っている男の頭ごしに窓の外を見た。窓をよぎる空港ターミナルの明かり。エンジン音がさらに大きくなり、機首が上がるのを感じた。

推力を得るための速度、時速二百八十キロに達したのだ。それでも頸動脈の血流速度よりも遅い。

〝いよいよ〟

マッツは唾をのもうとしたが、口の中が乾いていた。首元に手を伸ばし、見えないネクタイをゆるめた。ガタガタいう音がしなくなり、巨大な機体が浮かびはじめた。手を振りまわして暴れたくなった。

天井を見る。クリーム色の収納棚がカタカタ鳴っている。調理室からガラスの当たる音が聞こえた。液晶モニターは世界地図に変わり、虫くらいの大きさの飛行機の絵文字が浮かんだ。針路は大西洋にとっている。飛行ルートが半楕円の破線で示されている。

飛行時間　十三時間三分
風速　二十七ノット
高度　三百六十メートル
目的地までの距離　一万三千九百八十七キロ

嘘だろう。もうそんな高いところに。

だが目的地までまだそんなにあるのか。

座席の傾斜は、ジェットコースターがスタート地点へ上っていくときの角度に似ている。ジェットコースターなら、もうすぐ急降下する。

墜落。

マッツは首を横に振って、前の座席の背もたれにあるポケットからエチケット袋を取った。吐き気を催したからではない。もっとひどくなったとき、息を吐きだせるなにかが欲しかったからだ。海面でバラバラになり炎上する機体が脳裏に浮かんでどうにもならなくなったときの頼みの綱だ。

マッツはまた窓の外を見た。

それがまちがいだった。

ブエノスアイレスの光の絨毯が眼下に広がっていた。

下に！

マッツはあらためてモニターを見た。南アメリカ大陸の西の洋上に、怯えた表情の自分の顔が浮いている。トリックを試みることにした。

偏頭痛がするときは、指圧が効く。痛みには痛みが効くということだ。

これが急性の精神的苦痛にも有効であることに、彼は早い時期から気づいていた。飛行機恐怖症を和らげるには、別の精神的苦痛が必要だ。

だからカタリーナのことを考えた。

床に落ちた妻の毛髪。食べたものを便器に吐いたときにまじっていた血。

昔のことだ。

マッツは、カタリーナが生きている最後の証《あかし》を思いかえした。寝室のドアの奥から聞こえる咳。家を出ていくとき、玄関でもその咳が聞こえた。

「ここにはいられない」蛇の声が聞こえた。あのときも蛇にそそのかされて、妻を見捨てた。

〝ここにはいられない！〟蛇がまたいった。四年も経って。その声にまじって、座席の下から油圧装置の作動音が聞こえた。飛行機恐怖症対策セミナーで聞かされた地面を掘削するシールドマシンの音とおなじだ。

車輪とフラップが格納された。

うまくいった！　マッツは胸をなでおろしたが、気分は好転しなかった。

傾斜角度がゆるくなった。蛇が締めつけをゆるめ、すこし息がつけた。しかし蛇の重みがまだ胸を圧迫している。

それでもなんとかなっている。

離陸は着陸に次ぐ二番目に危険なタイミングだ。飛行機事故の十二パーセントを占める。それが無事に終わったのだ。旅客機は巡航速度へ移行しつつあり、エンジン音も静かになった。

これで一万機の一機になった。

スイスの研究者によると、世界中で同時に飛行している飛行機は一万機に達するという。乗客は百万人を越える。

さながら空中大都市だ。

マッツは左右を見て、眠っているふたりがうらやましかった。窓側の席を占拠した奴はさっきよりも帽子を深々とかぶっている。トラウトマンは口を開けてかすかに寝息をたてている。

こんな座席では、ゆったりすることなどできそうになかった。試しに目を閉じて、

〝居心地はよくないが、危険ではない〟というセミナー講師の呪文を頭の中で反芻《はんすう》した。

すこしのあいだは耐えていられた。およそ五分。だが五時間は経ったように感じられた。結局、ほとんど落ち着くことなどできなかった。わめきちらして、非常口に走らなかっただけでもよしとすべきだ。だがそれも長くはつづかなかった。次に瀕死の妻の姿を思い浮かべることにしたが、それもうまくいかなかった。すくなくとも思ったようにはいかなかった。

そのまま目をつむっていると、突然、オリエント風の香料を効かした香水の濃厚な匂いが鼻をくすぐった。

この香水の匂いは……。

その匂いと結びついた記憶は、体が反応するほど激しいものだった。全身が総毛立ち、右の口の端が引きつった。急にまぶたが痙攣し、その結果、目を開けた。不安と期待をないまぜにして。

最初はありえないと思った。通路を前方に向かって足早に歩く女性を目にして、脳のイメージを目が補完しているだけだと自分にいい聞かせた。女性は中背で、褐色の髪が肩にかかっている。背中は細く、尻が大きい。その女性は背もたれのヘッドレストに順に手をつき、丘を上るような姿勢で歩いている。といっても、飛行機はもうほとんど水平になっていた。

黒い丸首セーターのすそが腰をおおい、太腿近くまである。

尻が大きいのを気にして隠しているのだろう。

女性は慣れた様子で歩いていた。すこし内股にして歩幅を小さくしている。〝ちょうどサッカーボールでドリブルをする感じ〟妻がそういう歩き方をしたとき、よくそういって笑ったものだ。

〝あなたにいわれたくないわ！　義足の海賊みたいにぎこちなく歩くくせに〟妻はいつもそういいかえした。

マッツは目に涙を浮かべながらシートベルトをはずした。シートベルト着用のサインは消えていなかったが、立とうとした。その女性のあとを追おうとしたのだ。色の濃い秋バラのような肌をした妻を思いださせる香水の女性。その服装といい、歩き方といい、軽くウェーブのかかったヘアスタイルといい、妻とそっくりの女性。いや、エコノミークラスとビジネスクラスをわけるカーテンを開けるときのしぐさまで。

左手を使った。

左利き！

カタリーナとおなじ。

四年前に死んだ妻と。

7

「まだシートベルトをしめて、すわっていてください！」

客室乗務員のヴァレンティノがいつのまにか横に姿をあらわし、形ばかりの笑みを浮かべてマッツを座席に押しもどした。

「用を足したくなって……」そういったが、効き目はなかった。

「シートベルト着用のサインが消えるまで待ってください。安全のためです」

この口うるさい奴の脇から通路を見ようと、マッツは頭と肩をまわした。しかし香水を振りまいていた女性はもうビジネスクラスの方に消えていた。

「だいじょうぶですか？」ヴァレンティノがたずねた。

マッツは答えなかった。ちょうどそのとき体に振動を感じたからだ。マッツを子ども扱いしている。飛行機の振動とはちがう自分にしか感じられないものだ。振動は上着の内ポケットで起きていた。ｉＰｈｏｎｅだ。

まずい。電源を切っておくのを忘れた。

ありえないことだ。飛行機恐怖症患者の彼がもっとも簡単で基本的な安全措置を疎《おろそ》かにしたとは。犬に出会うとパニックになる人間が、郵便配達人の服装で出かけてしまったようなものだ。

「だいじょうぶです」マッツがそう返すと、番犬のように立っていたヴァレンティノは歩きだした。

きっとリマインダーか目覚まし時計のアプリだろうと思って、ｉＰｈｏｎｅをだしてみた。ところがおどろいたことに電話の着信だった。

〝発信者不明〟

一瞬、面食らって、マッツは画面上の通話ボタンを押さずにいた。

電話がかかってくるなんて。レジェンドエアのホームページにあったPR動画を思いだした。携帯電話と無線ＬＡＮは二〇〇九年からすべての機内で受信できるといっていなかったか。

たしかそういっていた。

しかも無線ＬＡＮは無料。ただし通話は他の乗客の便も考えて三分間に制限されている。

たしかにｉＰｈｏｎｅの画面にはアンテナが五本立ち、「LC-FlightNet」と表示されている。

マッツはまわりをうかがった。左右の乗客は眠っている。他の乗客もこっちを見ていない。

ｉＰｈｏｎｅで音楽を聴くために持ってきた小さなイヤホンがあるのを思いだした。

病院かネレからの電話かもしれない。切れないうちにとあわててズボンのポケットからイヤホンをだし、内ポケットに戻していたｉＰｈｏｎｅとつないだ。

こんがらがったケーブルのスイッチを押して電話に出た。

「もしもし？」マッツは口を手でおおってささやいた。「ネレか？」

「クリューガー？　マッツ・クリューガーだね？」

マッツはすぐその声に覚えがあると思った。名前を覚えるのは苦手だが、声を記憶することには自信があった。この声を何時間もじっと聞いた経験がある。だがその声の主には一度も会ったことがない。だからかなり面食らった。他の数百万の人とおなじように、マッツも、この声の主である世界的大スターの顔しか知らない。ジョニー・デップやクリスチャン・ベールとおなじく。この声の主が吹き替えている俳優たちだ。

「どなたですか？」マッツはたずねた。

「名前は適当につけてくれてけっこう」メランコリックで、すこしかすれた感じのあるバリトン。その声はとつとつとしていて、発音があまりはっきりしない。それに別のだれからしい息づかいがまじって聞こえる。そっちが電話で話している本当の人物だろう。ジョニー・デップの吹き替え声優が電話をかけてくるはずがない。相手はボイスチェンジャーを使って、自分の声を有名人の声に変えているのだ。たぶんトム・ハンクスやマット・デイモンやブラッド・ピットの選択肢もあるんだろう。

「話は他でもないおまえの娘のことだ」その声にはあいかわらずべつのだれかの息づか

いがまじっていた。「よく聞け。さもないと娘は苦しみもだえて死ぬことになる」

マッツは激しくまばたきした。「苦しんで？　赤ん坊がどうかしたのか？」

マッツの膝がふるえた。死んだ魚のように舌が麻痺して動かなくなり、相手の声が急に遠く聞こえて、耳鳴りがした。死にゆくシナプスの切れる音が、相手の言葉とともに激しくなった。

「すぐに近くの化粧室へ行って、次の指示を待て。二分で行かなければ、娘は死ぬ」

死ぬ？

だれだ、とマッツは叫ぼうとした。だがそいつはマッツにその暇を与えなかった。相手の言葉は百発百中の矢のようにマッツの心に命中した。

「三分後、新しい指示を与える。ドクター・クリューガー、そのとき電話に出なければ、ネレは死ぬ。機内のだれかに話しても、ネレは死ぬ。もちろん警察か機内の保安要員に知らせてもおなじ結果を生む。わたしの耳と目はいたるところに張り巡らされている。機長が飛行針路を変えるとか、無線を遮断するとか、警察が調べはじめたとか、おかしな動きがすこしでも見られたら、おまえの娘と赤ん坊は苦しみもだえて死ぬことになる」

カチッと音がした。電話を切られたようだ。その直後、マッツはメールの着信音を耳にした。

ネレが……苦しむ？　苦しみもだえて死ぬ？

いまの電話は本当のことだろうか。聞きちがいではないだろうか。

「もしもし？　もしもし？」

マッツはやっとの思いで電話をすこしだけ上着からだしてみた。通話が終了したことは確かだった。代わりにメールを受信していた。

だれかの冗談だ、とマッツは自分にいいきかせようとした。

マッツがベルリンへ向かうことはだれも知らない。兄のニルスでさえ知らないことだ。兄はスペイン人の妻とともに十年近く前にアルゼンチンへ移住した。母親の悲劇があったあと、マッツはしばらく居候《いそうろう》させてもらった。その兄にも知らせていなかった。

そもそもマッツ本人がぎりぎりまで搭乗しようか迷っていた。だれが電話をかけてくるだろう。いや、待て……。

ネレが知っている！

マッツは突拍子もないことを考えた。

これは娘の復讐か。マッツを不安にさせようという魂胆か。一番大変なときに家族を見捨てた罰？

両手がふるえ、うまくパスコードが打ち込めない。なんとか打ち込んで、メールの添付画像をひらいて悲鳴をあげそうになった。写真を見るなり、不安という名の蛇が彼の首を絞めたのだ。

ネレの写真。

丸々とした腹部。

苦痛にゆがんだ顔。

汚い猿轡《さるぐつわ》。

しばられた手足。

ストレッチャー。

嘘でありますように。マッツは頭の中で神に祈った。母親の化学療法に効き目がなかった時点で神を信じるのをやめていたというのに。その写真が加工されていないかよく見てみた。フォトショップならこのくらいのことはできる。だがマッツはネレの目をよく知っていた。すこし斜視であること。白目に走る毛細血管。めったに見たことはないが、これは明らかに絶望したときの目つきだ。絶望したときでなければ、ひどい心痛に苦しんでいるときだ。恋患いしたときや、幼稚園時代からの親友が交通事故で死んだときに見せた目つき。この写真は本物だ。ネレは本当に死の危険にさらされている。

だから〝あと二分。さもないとおまえの娘は死ぬ〟という送信者不明メールの脅迫の言葉を信じた。

8

マッツは歩くというより、足をもつれさせながら進んだ。一番近い前方の化粧室へ行きたいのに、体のバランスが取れない。シートベルト着用のサインが消えてから、飛行機は夜空に敷かれたレールの上を走るように飛んでいるというのに。

途中、子どもを三人連れた家族がいた。子どもたちは前の座席の背もたれを動かし、親が大きな声でやめるようにいってもいうことを聞こうとしなかった。その先にはノイズキャンセリングヘッドホンをつけた夫婦がいて、それぞれのモニターでコメディ映画を観ていた。

マッツはどろっとしたシロップをかきわけるようにゆっくりと前進した。幼児、年金生活者、男女、南米人、ドイツ人、ロシア人、アジア系。いびきをかく人、笑う人、しゃべっている人、新聞をめくる人、お菓子やサンドイッチのパックを破く人。この旅客機の後ろ三分の一だけでも、百十二人の乗客がいる。彼らのさまざまな動きにまじって、掃除機のような単調なエンジン音が聞こえる。マッツが主翼に近づくにつれ、その音が大きくなった。だがそれでも脳内で反響する電話の言葉がかき消されることはなかった。エンドレステープのように繰りかえされるその言葉に、脳内はジェットコースター状態だった。

〝……警察か機内の保安要員に知らせても……おまえの娘と赤ん坊は苦しみもだえて死ぬことになる……〟

マッツは中央部通路側の席にすわっている年輩の男性の足につまずいた。

〝……苦しみもだえて死ぬ……〟

「すみません」マッツは足をぶつけた乗客と、その拍子にヘッドレストをつかんでおどろかしてしまった前列の女性にあやまった。

マッツはさらに前へ進んだ。ふたりがあきれて首を横に振っているのを背中に感じた。目の前が暗くなった。幸い33列のそばにある化粧室まで来た。順番を待たずにすんだ。中折れドアを一気に開けて狭い化粧室に入る。ドアをロックすると、天井灯が明るくなった。

目に涙がたまっていた。ショックを受けたせいで偏頭痛がする。といっても、パニック障害の随伴症状で眼球の奥にこれほどの偏頭痛を感じるのははじめてだ。なにかの冗談さ。ばかげた話だ。うまくはいかないが、人畜無害な説明ができる者がいるとしたら自分くらいだ。

ほんの一瞬、あの電話は飛行機恐怖症対策セミナーの一環かもしれないと勘ぐった。だが心の対症療法だとしても、これはやりすぎだ。それでも電話をかけてきた奴が、墜落する不安を忘れるほどのストレスをかけることに成功したのは事実だが。マッツは鏡を見た。何歳も老けて見える。額の汗をふいたとき、iPhoneが振動したのでびくっとした。

発信者不明。最後通牒だ。マッツは通話ボタンを押して、できるだけ小さな声でいった。

「あんたはだれだ。いったい……」

脅迫者が口をはさんだ。

「黙って聞け。これから話すことでおまえがどんなにショックを受けようが、こっちの知ったことじゃない」

「しかし……」

「黙って聞けといってるだろう」

マッツはごくんと唾をのんだ。化粧室ではすこし鈍く聞こえるエンジン音が渦潮のように自分をのみ込みそうだ。

「おまえの娘は破水した。陣痛がはじまり、もはや帝王切開はできない。しっかり話を聞かなければ、電話を切って、ネレが陣痛で失血しても放置するぞ。わかったか？」

「ああ」すこし間を置いてからマッツはいった。

「ところで一度しかいわない。しっかり聞くんだな」

またカチッと音がした。聞き慣れているのに違和感がある、あの声優の声になった。

「おまえの娘を誘拐した。いまのところ元気だが、医療処置はしていない。娘がいまの状態で赤ん坊を出産して助かる見込みはほぼない。仮に死ななかったとしても、娘を誘拐した頭のいかれた奴が娘を生かしておくかどうか。救うための条件は……」

マッツは目を閉じて、洗面台に片手をついた。

「条件は、おまえがこちらのいうとおりにすることだ」

わかった。いうとおりにする。なんでもする。

マッツは自分が英雄ではないことを知っていた。ネレからは卑怯者呼ばわりされた。ある意味そのとおりだ。カタリーナが一番大変なとき、そばにいてやらなかった。妻が死ぬところを見たくなかったのだ。愛する人がなすすべもなく、死というベルトコンベアで運ばれていくことに耐えられなかった。だが今回はちがう。ネレの命を救うためならなんでもする。いますぐ。つべこべいわずに。

マッツはそう思っていた。すくなくともこのときは。

「機内におまえのよく知る人物が乗っている」電話の向こうの声がいった。

カタリーナだ、とマッツは思った。もちろんそれはありえない。妻は四年前、肺癌になり、彼に看取《みと》られることなく孤独のうちに死んだ。なぜなら彼は彼女を見捨てたからだ。ジョニー・デップ風の声、マッツが「ジョニー」と名付けたその声には破壊的な力があった。

「元患者だ。おまえは見事にそいつの心の苦痛を癒した」

〝サイコセラピーで完全に癒されることはない。できるのは軽減することだけだ〟マッツはそういってやりたかったが、電話を切られ、娘を救う手立てが失われることを恐れて、ぐっと堪えた。

「ドクター・クリューガー、娘の命を救いたいのなら、その精神爆弾を機内で起爆させるんだ」

「なんだって？」

「元患者を捜しだし、元の精神状態に戻すんだ」

「そ、そんな無茶な……」

ジョニーがまた口をはさんだ。

「おまえの患者は長期にわたって重度の心的外傷後憤慨障害を患った。暴力的空想とともに生じた攻撃的な病状悪化。患者は自分だけでなく、可能なかぎり多くの人間を死に至らしめようとした。自分に加えられたことへの復讐だった」

ドアがガタガタ揺すられたので、マッツはびくっとした。「使用中」という赤い表示を見なかったのか、あるいは化粧室を使用している者に早くしろという意思表示なのかもしれない。

「わたしにはまだなにがなんだか……」

「おまえの施療で、患者はしばらく前に破壊的な心理状態から解放され、普通の生活を送っている」

それで？

「逆戻りさせろ。患者の暴力的空想を再活性化させるんだ。あらためて殺人をしたいという気持ちを呼び起こさせる。そして飛行機を墜落させる」

ええっ。

最後の言葉がギロチンのようにマッツを打ちのめした。首が胴体から離れ、頭が体を制御できなくなった。

マッツは蓋をしたままの便器にすわり、ドアにはめ込まれた灰皿を見つめた。その横には禁煙マークが貼ってある。矛盾の極みだが、マッツの置かれた状況と比べればまだ説明がつく。実際、化粧室に灰皿を置くことは規則で決まっていた。禁煙を無視する乗客が、灰皿がないため吸い殻をゴミ箱に投げ捨てて火事を起こしたら大変だからだ。電話の相手が突きつけた矛盾にも、おなじように納得のいく解答があればいいのだが。

「正気か？」マッツはささやいた。「六百人の乗客を殺せというのか？」

自分も入れて。

「十八人の乗務員も加えれば、六百二十六人」ボイスチェンジャーのせいだろう、相手の声は妙に抑揚がなく、無感情だった。

「しかし、わからない。なんで……？」

「こちらの動機など知る必要はない。LEA23便がレーダーから消えれば、娘は解放され、治療が受けられる。だがエアバスが無事にベルリンに着陸すれば、娘と赤ん坊は死ぬ。それだけ知っていれば充分だろう、ドクター・クリューガー」

またドアが揺すられた。今度は外で文句をいう男たちの声がした。だがトイレが近い乗客の事情など構っていられない。

「いいたいことはわかった。だが他になにか方法があるだろう。なにもそんな……」

大量殺人をしなくても。

「時間を無駄にしているな、ドクター・クリューガー。説得しようとしても無駄だ。さっさと患者を捜すんだな。患者の精神の起爆剤を再活性化させるのに、一分でも無駄にはできないはずだ」

「わたしの患者?」

「女だ。だれのことか、もうわかったんじゃないかな」

マッツは思わずうなずいた。

ジョニーがいった病歴をもつ女性はひとりしかいない。理論的に飛行機を墜落させられるのも、彼が診た多くの患者の中で彼女ひとりだけだ。

「ああ」マッツはかすれた声で答えた。

マッツが恐れたその名を電話の向こうの声がいった。

「カーヤ・クラウセン」

9

マッツ　十年前

「食事がなんでこんなに安いか考えてごらん。理由があるはずだ」

十二歳のネレは肩をすくめた。素人向けの講釈よりも、棚に並ぶイチゴ・ヨーグルトの方が娘には大事なのだ。娘はさっきからそのヨーグルトに目をつけていた。

「本当だぞ」マッツはデザートを取ると、トレイを一歩前に押した。行列はゆっくりとだが着実にメインディッシュのコーナーへと進んでいた。

「ミートボールとポテト、リンゴジュースとホットドリンクで四ユーロ九十五セント。安すぎだ」

「あたし、コーラにしていい？」そうたずねて、ネレはさっと振りかえった。カタリーナは化粧室に行っていた。

「コーラ？」マッツは眉を吊りあげてたずねた。「母さんはいいといったかい？」

「うん」

「なんていってた？」

ネレは目をくりくりさせた。

「あのね、パパ。パパには自分の意見がないの？」

マッツは笑って、ネレのぼさぼさの髪をなでた。

「ドリンクは会計したあともらえる。父さんがいいといっても、母さんからは隠しとおせないぞ」

トレイをのせる金属のカウンターが湾曲して、左に延びていた。平日の昼はそれほど混まないので、すいすい前に進んだ。本当なら、ネレは学校のはずだった。だが水道管の破裂で休校になったのだ。

「いらっしゃいませ!」

白いコック帽をかぶり、調理の熱で顔が赤焼けした小太りの女性コックが前の客の皿にクランベリージャムをたっぷりのせながら、マッツたちに微笑みかけた。マッツはさっきの話のつづきをした。

「さっきいいたかったことだが、イケアは安いことが売りだ。妥当なものもあるが、そうでないものも多い。安く食事ができるのは、ここにある家具がめちゃくちゃ安いとおまえに思わせるためだ」

「パパ」ネレは、なんでも心理学的に説明しようとする父親のしつこさにいらついていた。マッツは核心をいった。

「ショッピングをする前に、みんな、まずこのレストランに集まるのには理由がある。おいしい匂いがして、値段を見ると、うわあ、カツがたったの一ユーロ九十九セント。そうすると、ここで売っている他のものも安い気がしてくる。これを印象操作という。わかるかい?」

「パパ!」

「わかったよ。もうやめる」

ネレは首を横に振り、いいたいのは別のことだと行動で示した。

「パパの携帯電話」

「えっ?」

マッツはズボンのポケットに触った。

本当だ。鳴っていることに気づかなかった。

「フライドポテトかマッシュポテト、どっちにするか決めたか?」マッツはネレにたずねてから、電話に出た。「もしもし?」

「わたしよ、フェリ」

そのときコックがマッツに注文を聞いた。コックを待たせたくなかったマッツはいった。

「今イケアにいるんだ。あとで……」

「だめよ。ぐずぐずしていられないの。悪いけど緊急事態」

マッツは目をすがめ、人差し指でおなじものにしてくれと、微笑んでいるコックに合図した。

「患者はだれ?」そうたずねると、マッツはちらっと時計を見た。昼の十二時三十四分。フェリチタスが緊急臨床心理サービスのホットラインを担当していることは知っているが、たしか週末の午後十時からのはずだ。心の隙間から暗い考えが這いだす夜中。

「名前はカーヤ・クラウセン、十八歳」フェリがいった「学校のトイレから電話をしてきている」

「自殺か?」マッツはできるだけ小さな声でたずねたが、コックに聞こえてしまった。

コックから笑みが消えた。

「それだけじゃない」フェリは焦って答えた。「校内にいる全員を殺して自殺するといってる」

10

マッツ　きょう
ベルリン到着予定時刻まであと十二時間三十分

「だいじょうぶですか？」

マッツが化粧室のドアを開けると、客室乗務員のヴァレンティノが中をのぞいた。

「ええ」マッツはそういって、客室乗務員の脇をすり抜けようとした。ドアを叩いていたのはヴァレンティノだったのだ。「どうしてです？」

「あなたを見た乗客の方々が、健康状態を心配されたのです」

ヴァレンティノはマッツがさっきつまずいた方をあごでしゃくった。だがふたりの女性客室乗務員と機内食のカートが視界を遮っていた。

マッツは時計を見た。

夜中の〇時半。こんな時間に食事?

そういえば、出発が遅延したのだった。予約したとき、〝夜食〟と書いてあった。ちょうどそれが配られているらしい。

「元気ですよ、ありがとう」

ヴァレンティノは確信が持てないらしく、化粧室の匂いを確認した。マッツはいらつき、ため息をついた。

「煙探知機があるんじゃないですか?」化粧室でたばこを吸ったと思われるなんて心外だった。

そのとき気づいた。アリバイとなるよう洗面ボウルに水を流していなかった。ヴァレンティノは水の音がしなかったことに気づいていたのだ。疑われても仕方がない。洗面ボウルを使っていないのも一目瞭然だ。

「わたしが飛行機恐怖症なのはご存じでしょう」マッツはこの客室乗務員に真実の一部を伝えることにした。「パニック障害を起こしたんです」

「ふむ」ヴァレンティノはすこし信じてくれたようだ。だがそのあと彼が薄ら笑いを浮かべたので、マッツは面食らった。「最終的に選んだ席でもだめですか?」

マッツは両手を上げ、微笑んでみせた。この男に目をつけられるのは、これで二度目だ。きっと錯乱したと思われたにちがいない。疑り深い客室乗務員に見られていても、なんの助けにもならない。

「ちょっとひとりになりたかったんですよ。個室でひとりになると、気持ちが落ち着くので」

「そういうものですか」

その言葉には皮肉とあざけりがこもっていた。マッツの心に怒りの炎が燃えあがり、博愛の心を焼き尽くした。

いっても詮ないし、自己満足でしかないのは重々わかっていたが、いわずにいられなかった。

「わたしになんの用があるんですか？」ヴァレンティノにだけ聞こえる大きさでいった。

「複数の座席を予約して、化粧室に入った。どちらも犯罪には当たらないと思いますが。あなたは地上勤務が希望なんでしょう。管理するのがお好きなようだから、航空管制ですかね。糊の効いたワイシャツを着ている。航空会社からは支給されそうにないですから、ご自分で買ったのでしょう。靴も磨いたばかり。さもなければ、絨毯の毛くずがつくから、そんなにぴかぴかのはずがない。それから二十秒ごとに無意識に手で髪をすいていますね。それだけしっかりジェルを塗ってモルタル状態なら暴風雨でも髪は乱れない。つまりあなたには忍耐力がない。だから返事がいますぐ欲しい。できることなら、ドアを蹴飛ばしたいのではないですか？　管制塔では同時にレーダー上を動いている二十の機影を冷静に見わたす必要がありますから、あなたには不向きですね。ちがいますか？」

図星だろう、とマッツは思った。すべてが正解ではないだろうが、彼の言葉で客室乗務員の仮面に小さな亀裂が走った。ふるえる下唇からそれとわかる。だがヴァレンティノはすぐ気を取りなおし、微笑みながらマッツを見下ろした。

「わたしのことをよくご存じですね」ヴァレンティノは作り笑いを崩さずにいった。

もちろんだともと思いつつ、マッツはまたしても自制できなかった自分に腹を立てた。これで、ヴァレンティノはこの飛行機の中で最大の敵になった。

本当はこういうお粗末な心理学的手品が、マッツは嫌いだった。だがいまは非常事態だ。妊娠している娘が生死の境をさまよい、おまけにいかれた奴から大量殺人をしろと脅迫されている行き場のない怒りを弱い立場の者にぶつけてしまうのも無理からぬことだ。

「すみませんが、あの……」

マッツはいいすぎたことを詫びようとしたが、そのときヴァレンティノがぎょっとして一歩さがった。

「どうしました?」マッツはたずねた。だがなにが起きたかすでに予感していた。そして口の中に広がる味で、それは確信に変わった。

血だ。

血が鼻からたれている。

なんてことだ、こんなときに!

興奮すると、よく鼻血が出る。たいしたことはないが、不快だ。

マッツは顔に手を当てて、化粧室に戻ろうとしたが、そのとき名案を思いついた。

「ひどいじゃないですか」マッツはヴァレンティノに言いがかりをつけた。

ヴァレンティノは面食らって眉間にしわを寄せた。

「えっ？」

「どうしてこんなことをしたんですか？」

「なにをです？」

ヴァレンティノの困惑の度合いが増した。

「わたしを殴った！」

マッツは血のついた指を見せ、血が絨毯にしたたり落ちるにまかせた。

「いや……そんなことは……」

「そうですか。ではなぜ鼻血が出たんでしょう？」

マッツは声を荒らげた。左通路はカーテンが閉めてあるので、注目されないだろうが、右の通路の座席にすわっている若い女性がこっちを気にしている。

「すぐにカーヤ・クラウセンを呼んでもらいましょう」そういって、マッツはヴァレンティノに心理的ノックアウトを加えた。

「カーヤ、どうしてそれを……？」

「すぐにチーフパーサーと話がしたい！」

II

ネレ

ううう――!

陣痛の痛さは次元がちがった。いままで体験したことのないものだった。

しかもまだ序の口。たぶんいまは十段階の二段階ぐらい。それでも下腹部にハンダゴテでも入っているような感覚だ。

ふうっと息を吐く? それとも息を吸うんだっけ?

くだらない映像を見たけど、みんな、ふうっと息を吐いていたわけじゃない。

ネレは出産準備コースを受けていなかった。無理もない。帝王切開と決めていたのだから呼吸法など関係なかった。全身麻酔をかけて、赤ん坊が出産時の出血に触れる危険をなくすことになっていたのだ。

勘弁して。誘拐、このおぞましい状況、この苦痛……自然分娩の危険を心配するどころではない。

これは尋常じゃない。

牛舎でしばられ、ぼさぼさ頭の、ダックスフントみたいな目をした、いかれた奴に見られている。

「やだ、ううう――」

ネレはこのなにもないバラックで、そもそもなにをうめいているのかさっぱりわからなかった。陣痛計も、心拍数モニターも、タオルもない。この場にいるのはカメラをセットしたおかしな奴だけ。ネレがうめく姿を撮影している。

できることならカメラのレンズを蹴飛ばしてやりたいが、足をしばられているので思うようにいかなかった。

ただ、このいかれた奴はまだネレのジョギングパンツを脱がす必要を感じていなかった。やはり医学生なのか、まだなにも見えないとわかっているのだ。

ここにいるかぎり、だれも助けにきてくれないだろう。ネレはぞっとした。いずれ誘拐犯に服を脱がされる。

「う、う、ううう――」

ネレの悲鳴が消えた。陣痛がおさまり、比較的長い無痛の期間に入った。だが、どうせまた陣痛がぶりかえし、脂汗《あぶらあせ》をかくだろう。

「どうしてなの？」やっと息がつけるようになって、ネレはどなった。「あたしをどうするつもり？」

こいつはなんで小さな子どもみたいに泣きじゃくっているんだろう？　涙と鼻水をふ

いてばかりいる。

「ごめんよ」誘拐犯は愛情を込めていった。

「それならこれをほどいて」

「できないんだ」

「簡単なことでしょ。結束バンドを切れば……」

「それじゃ、みんな学ばない」

「だれがなにを学ぶというの？」

「みんなだよ。人間みんな」

誘拐犯はカメラの前に出てきた。

「本当はこんなことをしたくないんだ。きみに悪意はない。きみの赤ちゃんにもね」

「ヴィクトリアというのよ」そういってから、ネレは自分でもおどろいた。〝勝者、生き延びた者〟という意味。その名はリストになかったが、ぴったりだ。ただし女の子の場合だ。男の子ならヴィクトールにすればいい。これからは赤ん坊をその名で呼ぶことにした。誘拐犯は物を扱っているのではなく、名前と感情をもつ人間を相手にしていると感じるだろう。

「病院で分娩しないと、ヴィクトリアは死ぬのよ」

「嘘だ」

「嘘じゃない。あたしはエイズなの。ヴィクトリアに感染してしまう。帝王切開をしなければ、この子は死んでしまうのよ」

誘拐犯はニッケル合金製眼鏡をはずした。

「し……知らなかった」

眼鏡のレンズをセーターのすそでふくと、またかけなおした。

「だけど、もう後戻りはできない」

ネレは叫びたくなったが、この馬鹿げた会話をできるだけ静かにすすめることにした。誘拐犯とかろうじてつながっている接点を自分から断ち切りたくなかったのだ。

「名前はなんていうの？」

「フランツ」

「それじゃ、フランツ。あなたを訴えたりしない。誓う。あたし自身、警察が苦手だから。ねえ、解放して。いいでしょ……」

「だめだ」フランツは髪の毛をかきむしった。「できない相談だ。問題はぼくらじゃないんだ。きみでも、ぼくでも、きみの赤ちゃんでもない。まずきみの目を、それから世界の目をひらくことが目的なんだよ」

「あたしの？　あたしがなにをしたというの？」

「きみがだしたゴミの中身を調べた」

「なにそれ？」

フランツは囲いから出て、黄色い袋を持ってもどってきた。

「ほら、これ」そういうと、フランツは中に手を入れ、空っぽの牛乳パックをだした。

それがもっとも重要な証拠だといわんばかりに。

〝心配しないで。きみの母乳が欲しいだけだから〟

たしかさっきもそういっていなかった？

「それがどうしたの？」

「きみが飲んだ」

ネレは我慢できなくなって、大きな声をだした。

「ロングライフ牛乳、三・五パーセント。そうよ！　いいかげんにして、それが犯罪だというの？」

フランツは口をへの字に曲げた。

「そういう質問が出るというだけで、こういうことをする必要性があることになる」

「どういうこと？　なにをする気、フランツ？」

「すぐにわかるよ」誘拐犯はそういうと、ゴミ袋をつかんで元に戻した。

12

マッツ

マッツは思わずぐるっとその部屋を見まわした。

見るのははじめてだ。ユーチューブや旅行パンフレットでも見たことがない。レジェンドエア航空が世界でもっとも豪華なファーストクラスを用意していることは知っていた。〝スカイ＝スイート。雲の中のあなただけの宮殿〟という謳い文句も見たことがある。

だがいまここで目にしているものは、その謳い文句でもまだ控え目な表現だ。スカイ＝スイートはグイド通りのマッツの自宅とおなじくらい広かった。アッパーデッキの窓十二列分のスペースがあり、マッツのアパートとちがって、ここにはインテリアデザイナーが選りすぐった最高級の銘木と絨毯、そして革製のクッションがあしらってあった。全体が柔らかいクリーム色にまとめられ、壁は暗色のマホガニー材で明るい色の食卓と心地よいコントラストをなしている。そしてその食卓にはカプチーノ色の革張りの椅子が四脚。

「すてきでしょ?」マッツをここへ案内してきたカーヤ・クラウセンがいった。

マッツが声を荒らげ、乗客が騒がしくなったため、ヴァレンティノはしぶしぶマッツの要求をのんで、チーフパーサーに連絡した。こんな状況だったが、カーヤ・クラウセンは昔世話になった精神科医とひさしぶりに再会できたことを素直に喜んだ。

カーヤは、ヴァレンティノとの一件をふたりだけで邪魔されずに話そうと提案した。だが場所を変えてといわれたとき、それがここのことだとマッツは思いもしなかった。

三間からなるスイート。ふわふわの絨毯に靴が沈む。ちょうどコックピットの真上だ。ここへ来るため、ふたりは機首に設置されたらせん階段を上り、高級なロンドン風カクテルバーを通り抜けた。一万メートルの上空で、ファーストクラスの客は本物のバーテンのサービスを受けられるのだ。ぴかぴかに磨きあげられた半円形のバーでロングドリンクやスペシャルティコーヒーが飲めるし、ジンの品揃えもすばらしい。スカイ＝スイートは分厚くて防音効果の高いドアで手前のラウンジから遮られていた。

機首にあるということは、衝突した際、機内でもっとも危険な場所だ。だがこの緊急事態にあっては、そんなことを気にしていられない。

「あれはダブルベッド?」マッツはたずねた。訊くまでもなかった。部屋の奥に開け放った引き戸があり、その先の部屋にベッドがある。たくさんのクッションがマットレスをおおっている。

「フランスのダウンとエジプトのリネン」カーヤは微笑むと、マッツにきれいなハンカチを渡した。

マッツはハンカチを鼻に当てていることを失念していた。幸い血は止まっていた。

「すまない」そうささやいて、マッツはゴミ箱を探した。そのときリビングと寝室のあいだにもう一枚、扉があることに気づいた。

やはりそこは化粧室だった。さっき入った化粧室が四室は収まりそうな広さがあり、ガラス張りで、シャワー室まである！

マッツは血のついた自分のハンカチをゴミ箱に捨てて、ふたつ並んでいる洗面ボウルのひとつで顔と両手を洗った。

「なぜフライト前に教えてくれなかったんです？」カーヤが後ろから声をかけた。

「煩《わずら》わせたくなかった」実際にはカーヤが乗っているなど考えてもみなかった。彼女が大きな航空会社でチーフパーサーになったことは知っていたが、ドイツの航空会社だろうと思っていたのだ。

「四席予約した客がいることは、かなり話題になっていました」カーヤはいった。

「だろうね」

カーヤに顔を見られていないと感じたとき、マッツは鏡を通して彼女の様子をうかがった。

おどろいたことに、カーヤは美人になっていた。ロングの金髪がよく似合うし、十キロは体重が増えて、体型もすばらしい。あごと上唇の右側のピアスの穴は化粧で隠している。うまいものだ。肩幅が広く、背筋がすっと伸びて見えるのは、ボディラインを強調する制服を着ていることだけが理由ではない。

カーヤに手招きされて、リビングの食卓をはさんで向かい合わせにすわった。本物のシルクのように見える電動ブラインドは下りていた。窓と食卓のあいだの幅広い棚にのっている銀製のランプが暖かく柔らかい光を放っている。

「先ほどは失礼しました、ドクター・クリューガー。ケンはすぐかっとなる質《たち》ですが、手を上げるとは思いませんでした。しかも先生に。本当に申し訳ないです」

「ケン？」マッツはカーヤの名札を見た。「やはりヴァレンティノは名字か」

カーヤは笑った。

「いえいえ。わたしたちがそう呼んでいるだけです。彼の外見からきているんです。彼の恋人もすこしバービー人形に似ているものですから」

バービー人形。

その言葉の響きが赤ん坊と、ネレがいま味わっている苦痛を思い起こさせた。もちろんからかわれているのでなければだが。

「だいじょうぶですか？」カーヤはマッツが緊張したことを見逃さなかった。

「あまりいいたくないんだが、飛行機恐怖症でね」

「先生が？」カーヤは微笑んだが、すぐに真面目な顔に戻った。

「眼科医だって眼鏡をかけることはある」マッツはいった。

カーヤはしばらくなにもいわず、大きな青い目でじっとマッツを見つめ、それからうなずいた。

「なるほど、それでわかりました」

「というと？」

「いえね、先生ほどわたしの心に深く分け入った方はいません。たぶん心の問題を知っているから、よくわかるのでしょう」

マッツはうなずいた。ただしその考え方に賛同はしなかった。痛みを知るために、すねに斧を振りおろす必要はないからだ。

「化粧室でちょっとパニック障害を起こしてね。わたしは過剰に反応したかもしれない。ケン、つまりヴァレンティノに殴られたかどうか、じつはよくわからない」

カーヤは目を白黒させた。

「ではどうして血をだしたんですか？」

機内が乾燥しているからとか、鼻血が出やすい体質だと言い訳をしようとしたとき、急に頭を押さえた。わざとではない。こめかみに鈍痛を覚えたからだ。

カーヤは立って、寝室を指差した。

「とにかく休んでください」

「いや、いい」マッツは首を横に振った。そのせいで頭痛がひどくなった。鼻をつまんだが、幸い血は乾いていた。

「これではアップグレードを狙ってズルをしたように見える」

　カーヤが微笑んだ。

「先生は席を四つも予約して、支払っているじゃありませんか。しかもビジネスクラスの席は他のお客に譲られた。だれもズルをしたとは思いませんよ」

　カーヤは腕時計を見た。

「そろそろファーストクラスのお客様の世話をしなければ。先生は気にすることはありません。スカイ＝スイートはいつも空室ですので。会社はイメージ戦略のためにこのスイートをもうけているんです。公式料金はひとりあたり三万二千ユーロですが、そんなに払う人はいません。それだけあればプライベートジェットに乗れます」

「こんなことをしてまずくないのか、クラウセンさん？」

「わたしには、乗客の席替えを決定する権限が与えられています」

　カーヤはスカートをなでつけた。

「だからわざわざ葉書をだしたんです、ドクター・クリューガー」

　マッツは雲の絵はがきを思いだして、うなずいた。絵はがきはしばらく冷蔵庫に貼ってあったが、いつのまにかはがれて落ちてしまい、家政婦に捨てられてしまった。

〝ドクター・クリューガー、わたしはチーフパーサーになりました。夢の実現とはなりませんでしたが、まずまずです。先生のおかげです！　わたしでお役に立てることがあったらいってください〟

カーヤの夢はパイロットになることだったが、高等中学校時代の事件で大学入学資格試験を受けずに終わったため、その道は閉ざされた。

「当機でごいっしょできてうれしいです」カーヤは母親でもあるような表情で微笑んだ。「わたしにしてくださったことへのお礼にできるかぎりのことをします」

マッツは手を横に振った。

「よしてくれ。仕事でしたんだ」

「いいえ。先生がいなかったら、わたしはいま、生きていなかったでしょう。わかっています。この仕事についていなかったし、すてきな婚約者とも巡り合わなかったはずです。わたしたち、子どもを作ることにしているんです。すごいでしょう?」

カーヤは指にはめたダイヤモンドの指輪をマッツに見せた。

おどろきだ。

十年前の彼女を考えたらありえない。クリニックのソファにすわった彼女は髪を黒く染め、骨と皮しかないゾンビのような存在だった。その子がアマゾネスのようにはちきれんばかりのボディを持った美人に変身するとは。テレフォンショッピングの眉唾ものの広告映像でしか見られないような使用前/使用後の姿だ。

「あなたが元気でよかった」マッツはいった。本心だった。カーヤは彼のキャリアの中でもおそらくもっとも成功した症例だ。治療について話をしても平気な患者でもある。

その彼女の精神をこれから壊せというのか!

いいや。そんなことはできない。

マッツは、彼女の後ろ姿を見ながら深呼吸した。

そんなことをしてはだめだ。

彼女を犠牲にするわけにはいかない。脅迫者の異常な要求には従えない。大量殺戮《さつりく》の道具にするため元患者を精神的に破壊するなんてもってのほかだ。

そのとき、ネレのことが脳裏をよぎった。

「クラウセンさん？」マッツはたずねた。彼女は扉を開けて、スイートから出ていくところだった。

カーヤは振りかえって微笑んだ。

「なんでしょうか？」

マッツは唾をのみ込んだ。指がふるえた。

どうすればいい？

彼女がおなじ便に乗り合わせたのは偶然ではない。何者かが仕組んだのだ。この機内で、そしてなによりベルリンで、だれにも被害を与えずにこの事態を乗り切るなんらかの手掛かりがきっとそこにある。

といっても、ネレと赤ん坊を救うには、だれにも邪魔されずに電話がかけられる時間と場所が必要だ。スカイ＝スイートはその場所としてうってつけだ。

きっとなにか手がある、とマッツは頭の中で心を奮い立たせた。まだ十一時間もあるじゃないか。

カーヤの既往症に頼るのはプランBとして後回しにする。

必要に迫られたときだけだ。

プランAが失敗し、にっちもさっちも行かなくなったときにかぎる。

ベルリンに着陸するぎりぎりまで待つべきだ。

それでも布石は打っておいたほうがいい。マッツは自分に嫌悪を覚え、吐き気がした。

頭の中に浮かんでいるある言葉がカーヤの心になにを生むかよくわかっていた。その言葉は長い爪となって、心の傷跡から小さなかさぶたをはがすだろう。彼は言った。

「当時、きみの話に感じた矛盾に踏み込まなくてよかった。当時は見て見ぬふりをしたがね！」

13

フェリ

睡眠時間が長いわりに、その日、彼女はかなり早い時間にシャワーを浴びた。きょうの予定を考えたら無理もない。

やだ、きょうの予定なんて本当に考えた？　フェリは口に手を当てた。

親友のヤスミナがこのことを知ったら、すぐジークムント・フロイトを引き合いにだすだろう。彼女とちがって、ヤスミナは精神科医ではない。ただの基礎学校の教師だが、保護者たちと丁々発止と渡り合わなければならない保護者の夕べでは、緊急臨床心理サービスよりもはるかに、心の機微に通暁している必要がある。

「うれしい、とってもうれしい！」フェリはにこにこしながら、髪をシャンプーして洗い流した。

一分半もすると、作り笑いに脳の方がだまされて、本当に幸せな気持ちになった。この方法を表情フィードバックと呼ぶ。患者がペンを横にして口に入れて笑みを作るだけでも効果覿面《てきめん》だ。

でももちろんこんなことをするまでもない。

わたしは本当に幸せ。

フェリは蛇口をしめて、シャワールームから出た。

「きょうはわたしの吉日！」

フェリは濡れた髪をタオルで巻いて、ガウンを羽織った。

ヤーネクはいつも濡れたまま浴室を歩きまわり、灰色のタオル地のガウンにそのまま腕を通すが、フェリは湿った布地が嫌いだった。

暖かく乾いていて、ふわふわしているのが好みだが、それをすべて叶えるのはむずかしい。

エンドルフィンの分泌はまだ感じられなかったが、微笑みながら洗面台に向かい、ヤーネクが器用に蛇口の縁に残した歯磨き粉の跡をティッシュペーパーでふいた。

「プチパンにする？」彼が寝室から声をかけてきた。

「トーストがいい」そう返事してから、フェリはさらにこう付け加えた。「すぐ行くわ、あなた」

その瞬間、電話が鳴った。振動でコマのように動きだした携帯電話を洗面台から取って、相手の番号を見た。

番号に覚えがあるが、連絡先には登録していなかった。

なにかいやな予感を覚えながら電話に出た。そして相手の声を聞いて、その気持ちはいや増した。雑音がまじり、遠く聞こえ、かすかに反響している。風洞の中にでもいるのだろうか。

「フェリ？」

「マッツ？」無意味なあいさつの応酬になりそうだった。

だがおなじ精神科医で、かつて一番に信頼していた彼の方は時間を無駄にせず、すぐに本題に入った。

「た……助けてほしいんだ」

「どうしたの？」フェリは自動的に緊急臨床心理サービスのモードに入ってしまった。

そのまま通話を終了させてもよかったのに。

それとも罵声を浴びせるべきか。

助けてほしい？　どういうこと？　この四年間、まったく音沙汰がなかったのに、いきなり電話をかけてくるなんて。それもきょう。

しかし怒りを堪《こら》え、当然の口撃を控えた。ひとまずは。

「ネレが……危険な目にあっているようなんだ」

「どういうこと？」

「いましがたシャリテー大学病院に問い合わせた。ネレはきょう、そこで出産することになっていたんだ」

首がかゆくなって、フェリは神経質に引っかいた。ストレスでシミができるのはごめんだ。きょうばかりは絶対にいやだ。

「ネレが妊娠？」

「ああ」

「それはおめでとう」

「今朝、帝王切開の予定だった。ところが病院にあらわれなかった。同窓の医師に確かめた」

「よくわからないんだけど」

皮膚のかゆみがひどくなったが、フェリはなんとか両手を首から離した。

「娘の電話にもかけてみた。出ないんだ」

「なるほど、それは変ね。でも別の病院にしたとは考えられない？」

「そんな簡単に手術の場所を変えられないさ。そのくらい知っているだろう、フェリ。それに……」

「それに、なに？」

マッツは間を置いた。フェリは電話の向こうでなにかの案内が聞こえた気がした。

「電車に乗っているの？」しゃべらずにいると、騒音がますます大きく感じられた。

「飛行機だ」

「あなたが？」

空を飛ぶのは一時間でもごめんだ、歯科医のところで十時間の治療を受ける方がまだましだ、とマッツは日頃いっていなかったか。

「飛行機に乗るなんて、どういう風の吹きまわし？」

マッツはため息をついた。

「ネレが出産のあと、ひとりでいたくないといってね。それでブエノスアイレスからベルリンに向かっているところさ。ところが……」

「なに？」

「ところが離陸した直後に電話がかかってきた。ネレを誘拐して、殺すというんだ」

「嘘っ……」フェリはまたもや口に手を当てた。鏡から顔をそむけてささやいた。「それ……本当の話？」

「それをつきとめたい。いまのところ疑う余地がない」

「わかった。警察に連絡する」

「だめだ。絶対にだめだ」

　フェリは神経質に笑った。

「なら、わたしにどうしろというの？」

「ネレの住まいに行ってくれないか」

「なにをすればいいの？」

「わからない。中を覗いて、彼女の持ち物を調べてほしい」

「ちょっと待って。どうやって家に入るのよ？」

「確かにそうだ。すまない。焦ってて、冷静に考えられない。だけど、裏で糸を引いている奴がわかるかもしれない。隣人か管理人と話してみてくれないか。無茶は承知だ。だけどきみにすがるほかない」

「誘拐犯はあなたになにを要求しているの？」

　間《ま》があいた。騒音が激しくなった。昔のミキサーを思いださせる音だった。その音を引き裂くように、マッツはいった。「それは……いえない」

「最低」

「わかってる」

　フェリの下唇がふるえた。おどおどした声になりそうでいやだった。

「あなたがぷいといなくなって四年になるのよ。たしかに一夜だけのこと、出来心だった。でも、わたしを娼婦かなにかのように放りだす権利はあなたにない」

「ああ」

「そしてあの一件で、あなたにはもう頼みごとをする権利なんてない」

「きみのいうとおりだ。だ……だが、だれを頼ったらいいかまったくわからないんだ。ベルリンには、きみ以外、信頼できる人間がいない」

「ひどい」フェリは通話を終了させ、脱力して目を閉じた。

　息が詰まり、胸がふるえた。

「あいつか?」

　フェリはびっくりして振りかえった。

　浴室に鍵はついていない。つけるまでもなかったからだ。フェリはヤーネクが戸口に立っていることに気づかなかった。ボクサーショーツだけの恰好で、トーストとジャムとパルマハムとハチミツ、そしてコーヒーのカップ二客をのせたトレイを両手で持っていた。

「ベッドで朝食だなんてすてき」フェリはそういって、鉛筆を口にくわえたような笑みを作った。

「マッツだったのか?」ヤーネクがたずねた。

彼の褐色の目は、いつもよりもメランコリックな色味になっていた。マッツの話をヤーネクにしたのは失敗だった。ふたりは互いに正直でいよう、古傷など気にしないと誓い合った。そしてマッツは、フェリがずっと引きずっている一番大きな古傷だった。といってもフェリとマッツがカップルになったことは一度もなかったし、彼がフェリの熱い思いに応えてくれたのはひと晩だけだった。

「ええ、マッツだった」

フェリはおずおずとうなずいて、ヤーネクに一歩近づいた。身長に五十センチ近い差があるため、彼を見上げなければならない。

彼がトレイを持っていなかったら、その毛むくじゃらの胸にもたれて目を閉じ、シダーとジャコウのセクシーな匂いがかげるのに。

「なんの用だったんだ？」

「わたしたちにおめでとうをいったのよ」不自然な長い間を置いてから、フェリはいった。「心にもないことをいうなっていっておいた」

ヤーネクは首をかしげた。

「ふむ」彼の疑念をすこしは晴らせただろうか。よくわからなかった。

「さあ、朝食にしましょう」フェリは彼に微笑みかけ、ヤーネクの横をすり抜けるときに尻をつねった。

「でもあなたは一枚以上食べてはだめよ」フェリはからかった。筋肉質の体に贅肉などほとんどないことはわかっていたが。

ヤーネクも相好《そうごう》を崩した。フェリの笑みよりはるかに自然だった。

「きみにいわれたくないな。五キロやせるといったのはだれだっけ？　結局三キロやせただけ」

「馬鹿」フェリは笑って、彼に向かって小さなクッションを投げた。

「やったな……」

ナイトテーブルにトレイを置くと、彼はフェリに飛びかかった。

「やめて。お願い。わたしの負け」

彼の腕に抱かれるたび、彼の力強さにおどろかされる。若い子ならわかるが、五十歳の弁護士なのだからすごい。

「愛してる」ヤーネクはいった。「ダイエットしていようが、いなかろうが、どうでもいい。ひとつだけ確かなことがある」

フェリはキスをされるがままになり、目をつむって彼の言葉を聞いた。

「ウェディングドレスを着たきみはきょう、すばらしいだろう」

14

マッツ

パニックに対する体の反応が変わった。

自己分析ができることにおどろきつつ、マッツは胃がむかむかすることに気づいた。はじめての体験だ。ストレスがかかると、皮膚がかさかさになり、唇が腫れ、皮膚炎になるのが常だ。皮肉なことに食欲が減退して、体重が減るという利点もある。

幸い胸焼けと胃痙攣はいまのところ起きていない。

だが異常な状況は常ならぬ徴候をもたらす。

急性胃潰瘍を起こしたかのようだった。すぐに焼けるような痙攣がはじまり、そのときカーヤの目が曇るのが見えた。同時に彼女の上唇がかすかにふるえた。

マッツの言葉が彼女の心を射貫《いぬ》き、最初の落石が転がったのだ。どういう意味なのか、カーヤはたずねるだろう。あれだけ壮絶な運命を、マッツはただの「一バージョン」ないしは「物語」としかみなさず、本当だと思っていなかったのか、と。

彼女に心の問題を生じさせたことを考えれば、自分の腹が痛むのは当然と思えた。

ようになった。

マッツは唾をのみ込んだ。耳の奥でバキッと音がして、エンジン音が鮮明に聞こえるようになった。

マッツは手を上げて、前に差しだした。自分の指が風を受けた羽のようにふるえるのを見た。マッツは目の前のテーブルにはめ込まれたリモコンをなんとかはずすと、三度試してブラインドのスイッチを見つけた。ブラインドが音もなく上がり、壁の中に消えた。

透明の窓はブラックホールのようだった。ずらっと並ぶ窓から外に漏れる明かりは、光る液体のように暗い奈落に吸い込まれる。マッツは翼の先端の赤色灯を見た。一定のリズムで闇を切り裂く。点滅があまりに一定で、ＳＯＳのモールス信号のようだ。

Save Our Souls（我らを救いたまえ）。

六百人の命を救う必要がある。

常軌を逸した脅迫者から……。ちがう……。マッツは考えなおした。

わたしからだ！

機内でもっとも危険なのはわたしだ。

マッツは途方に暮れ、手で顔をおおってため息をついた。

彼はあらかじめ、いろいろなリスクを考えていた。滑走路で着陸した飛行機がぶつかる。離陸時に炎に包まれる。テロリストにハイジャックされる。荷物に隠して爆発物が持ち込まれる。

だがどんな探知機でも見つけられない、完璧な大量殺戮手段となる爆弾、つまり人間の心のことは想定しなかった。

恩師がいっていたじゃないか。

〝人間はだれでも人を殺す能力を有している。だれにでも、壊れる瞬間がある。他人のこうした精神的ゼロ地点を見つける悪辣な奴が少ないのは幸いだ〟

わたしはなんて馬鹿なんだ、とマッツは思った。

精神医学を専攻し、博士号を取得した。クリニックの壁には医師免許状と学位記が飾ってある。だが正しい起爆剤さえ見つければ着火できる時限爆弾がだれの中にもあるなどと考えたこともなかった。

マッツは、体にかかる圧が強くなったことに気づいた。飛行高度が上がったのだ。頭上の55インチ液晶画面に視線を向けた。モニターには飛行経路が映っていて、高度一万二百メートルとあった。

胃の痙攣がひどくなった。上着を脱いでソファにかけた。

肩をすくめると、シートベルトを無視することにした。いま置かれている状況に、シートベルトなどなんの役にも立たない。

立ちあがって、書くものがないか探した。もう一方の窓際にクルミ材の小さなライティングビューローと回転椅子があった。マッツは引き出しを開け、鉛筆とレジェンドエアのロゴが入ったメモ帳を取りだした。

左の方にガラス扉の小型冷蔵庫を見つけ、ミネラルウォーターをだした。

水は頭が痛くなりそうなほど冷えていた。だがこれなら頭痛がすこしは治るかもしれない。

薬を入れた手荷物はエコノミークラスの席に置いてきてしまった。

「よし、状況を整理しよう」そう独り言をいうと、時計を見て、残り時間を確かめた。

あと十時間十六分。

マッツは腰を下ろした。

人生最大にして、おそらく最後の問題を解くのに、時間の猶予が半日もないとは。

〝時間がすくないときは、綿密に準備するにかぎる〟マッツは恩師の言葉を思いだした。といっても、これまで念頭に置いていたのは医学的な緊急事態であって、飛行機の墜落回避ではなかった。それでもマッツは、犯罪学と心理学には類似したところがあると考えていた。

問題を徹底的に探求するなら、どちらの場合もまず問題の原因を知る必要がある。

一　**動機**

マッツはメモ帳にまずそう記した。

脅迫者がなぜこんなことを要求するのかわかれば、相手の素性に相当近づける。マッツはその次に一字下げてこう書いた。

ジョニーが要求する通りにしたら、どんな結果になるか。そして得をするのはだれか。

a　結果

・死

数百人が死ぬ。テロ攻撃か？

政治的動機があっても、これでは関係者になにも伝わらない。ハイジャックをして、逮捕者の釈放など超法規的な要求をするケースがあるが、それなら交渉をする必要がある。

マッツはここに大きな疑問符をつけた。今回は政治的な行動ではなさそうだが、排除するだけの根拠もない。

・金

レジェンドエアは株式会社だ。また事故や戦争や自然災害ではだれかが得をする。あいにく妥当な数に制限できないほど大勢が得をする。

墜落事故で損害保険会社から金を絞り取ろうとする輩《やから》から、会社を倒産に追い込もうとするライバル会社まで、あらゆるケースが考えうる。

マッツは思わず首を横に振った。

もしかしたら乗客ではなく、破壊したい貨物があるのかもしれない。

マッツは、なにか特殊な貨物を積んでいないかカーヤに訊いてみることにした。彼女なら知っているかもしれない。といっても、あまり期待できない。あるいは犯人の狙いはこの飛行機ではなく、だれかひとりの人物かもしれない。

ということは……

・復讐

ありうる。脅迫者からすれば、六百人を道づれにしてでも殺したいだれか。

あるいは航空保安官《スカイマーシャル》が密かに連行している逮捕者の口封じ。

あるいはスパイ。または経済や政治に関する危険な情報を知る人物や重要な証人。

「ああもう！」

マッツは叫んで、鉛筆を天板に叩きつけた。鉛筆が折れた。

ちくしょう！

腹立ちまぎれに紙をメモ帳からちぎって、くしゃくしゃに丸めた。

可能性があまりに多い。

なのに時間がなさすぎる。あまりに……。

ｉＰｈｏｎｅの着信音が思考の負のスパイラルにストップをかけた。メールを受信したのだ。

緊急！

という件名だ。もちろん差出人は不明。オンラインの無料メールから送られてきた。

マッツは添付画像をクリックした。Ａ４サイズの写真画像。そこに黒い文字でこう書かれていた。

すぐにモニターをつけろ！
ムービーチャンネル13／10

15

レジェンドエアのデジタルオンデマンドプログラムは〝スカイシネマデラックス〟という名称で、そのコンテンツは都会のレンタルビデオ屋の品揃えを凌駕《りょうが》していた。ほとんどの劇映画が新作で、まだ映画館にかかっているものもある。公開前の作品も二本あり、機内専用ムービーチャンネルには「雲の上のプレミア」と銘打たれていた。

このプログラムがファーストクラス限定か、乗客ならだれでも見られるのか定かではないが、チャンネル13／10など存在しないことは知っていた。

ドラマからコメディ、サスペンス、ドキュメンタリー。ジャンルごとにチャンネルが設定され、それぞれのチャンネルに五十本前後のタイトルが入っている。

無線コントローラーを液晶画面に向けて操作したが、チャンネル10のフィルム49「タッカーとデイル　史上最悪にツイてないヤツら」まではスクロールできたが、ホラーコメディのジャンル以降はなにもなかった。

すくなくとも公式には。

マッツはマウスの形をしたコントローラーを見て、右の矢印ボタンをクリックした。なにも起きなかった。

席を立って、もう一度クリックした。そしてもう一度。いきなりカーソルが別の画面にジャンプした。画面にはなにも映っていなかった。

真っ白だ。

チャンネル11／1

いつも空欄の右上の枠に数字が表示された。

マッツはまた右の矢印ボタンをクリックした。画面にはなにも映らなかった。ただ枠内の数字が変わった。

12／1

さらに十回クリックして、ついに見つけた。チャンネル13／10。モニターは真っ白ではなく、グレーになった。しばらく画面の中央で明るい光点が点滅した。マッツはさっき見た翼の赤色灯を思いだした。

それからカチッと音がして、ピカッと光り、再生が始まっていたらしい映像がいったん途切れた。

「どうなってるんだ……」

マッツはモニターに一歩近づいた。モニターの解像度は高かったので、すぐそばで見てもあまり変わらなかった。何度もコピーしたせいか色がにじみ、しかも色あせた一九八〇年代のビデオ映像のようだった。全体に薄茶色のトーンがかかっていて、皮肉なことにスカイ＝スイートの贅沢な内装とよく調和していた。

それがなんの映像か瞬時にわかって、「十一年」という言葉が脳裏をよぎった。

もうそんなに時間が経ったのだ。

それでも、あの衝撃はいまだに色あせていない。

画質はひどいものだったが、画面が揺れ、粒子が粗いのとピントが甘いのは、再生技術のせいではなく、安物のビデオカメラで撮影したからだ。それにどこから撮ったのか知らないが、被写体までの距離がありすぎた。命がけのことをしている少女から十メートルは離れている。

マッツはびくっとした。iPhoneがまた振動した。

「プログラムは気に入ったかい？」相手の息づかいといっしょに、ジョニー・デップの声が聞こえた。

「どうしてこれを？」映像を一時停止して、マッツはたずねた。

「そんなことはどうでもいい。それを使いたまえ！」

マッツは首を横に振った。

「カーヤはこの映像をいやというほど見ている。こんなものが引き金になるわけがない。学校の事件はもう克服している」

ジョニーはロボットのように笑った。

「そんなことはない。カーヤが味わったようなトラウマを完全に克服できる者などいやしない」

マッツはため息をついた。

「だとしても、あんたの計画どおりにはいかないだろう。何年もかけてあの患者の精神は安定させた。セッションの回数はふた桁に及ぶ。数時間で元に戻すことなどできやしない。悪いが、精神はオン・オフできる機械ではないんだ。わたしがその気になっても、カーヤ・クラウセンの暴力的空想を数時間で活性化させ、大量殺人犯に仕立てるのは無理だ」

「くだらないことをいうな」ジョニーがつっけんどんにいった。「9・11を考えるんだな。世界貿易センタービルのノースタワーは建設に六年かかった。それを崩壊させるのにわずか一時間と四十二分しかかからなかった。壊すのは、治すよりもずっと早くできる。とくに精神の場合はな。そうじゃないかね、ドクター・クリューガー？」

マッツはうめき声を漏らした。爆発して火の玉となった飛行機が心に浮かんだ。その光景にぞっとするのは、自分が墜落する運命にある飛行機に乗っているからではなく、ジョニーがいったことが本当だとわかっているからだ。

「おまえがやらなくてはならないのは、カーヤ・クラウセンの精神を土台から揺るがす激しいひと突き。彼女の自制心というトランプの家を突きくずす一撃だ。おまえにはそれができることをこっちは先刻承知だ、ドクター・クリューガー。その映像を使えば、作業が一段とはかどるはずだ」

「わたしが知らないなにかが映っているというのか？」

「九分のところまで待つんだな。それから八秒後だ」

「なにが映っているんだ？」マッツはもう一度たずねたが、電話はすでに切れていた。

電話の向こうの脅迫者はメッセージを伝えた。必要以上のことをいう気はないのだ。マッツは嫌悪感と好奇心がないまぜの気分になった。事故現場の野次馬と心理はおなじだ。規制線の向こうでどんな悲惨なことが起きているかよくわからないと、そういう複雑な気持ちになるものだ。カーヤの精神をスクラップにする映像、彼女が他人を道連れにして死のうと望む人間になる映像とはいったいどういうものなのだろう。

はじめて電話をかけてきたとき、彼女は実際そういう精神状態だった。

彼女は学校のトイレにすわっていた。

拳銃を手にして。

マッツは、いわれた時間まで映像を早送りした。だが技術的には少々厄介だった。最初に試みたときは一気にラストまで飛んでしまった。

ようし、焦るな……。

マッツは汗をかいた。指がリモコンに汗の跡を残した。だがなんとかゆっくり早送りするコツをつかんだ。

八分のところまで来たとき、背後でカチャッという音がした。

「ドクター・クリューガー？」

マッツは女性の声がした方を向きながら、モニターを消した。

だが手遅れだった。

「テレビを見ているんですか?」カーヤがたずねた。彼女は緊張した笑みを浮かべながら、フルーツの籠を引き戸の横のキャビネットに置いた。

「なにを観ていたんですか?」

マッツはなんと答えたらいいかわからなかった。

16 フェリ

なにかおかしい。

フェリは異常な空気を嗅ぎとっていた。ベルリンで、玄関のドアが開けっ放し。頭脳明晰なプロファイラーでなくても、あやしいと思うだろう。ヴァイセンゼー地区はブロンクスではない。

それでもドアが開けっ放しだなんてめったにあることではない。

「ネレ?」フェリはベルを鳴らし、ノックをしてから、もう一度声をかけた。しかし返事はない。

思ったとおりだ。

こんなところでなにをしているんだろう。

フェリは中に入り、壁紙を貼りなおした小さな子ども部屋を見て、複雑な気持ちになった。修理した古風な揺り籠がある。きっと蚤《のみ》の市ででも手に入れたのだろう。ランプ型ヒーターが付いているベビーダンスと好対照だ。

フェリはさらに進んで、リビングに入った。ソファとテレビと窓際のデスクのあいだにいろんなものが雑然と並んでいる。それでも個性がある。自分も一人暮らしはさびしくもあったが、基本的に自由を謳歌していたことを思いだした。

古いブラウン管テレビのまわりの壁にはマグネット塗料が塗られていて、絵はがき、パーティの写真、バンドなどのフライヤーが磁石でところ狭しと貼られていた。じつに楽しいコラージュだ。芸術的センスに恵まれたマッツの娘らしい部屋だ。それにしても調度品の千差万別なことといったらない。低いソファテーブル、毛足の長い絨毯、ジャワ更紗《さらさ》のカーテン、どれを取ってもいい好みとはいえないのに、全体では創造的で、センスのいいアンサンブルになっている。

またこういう暮らしもいいかも、とフェリは思った。

婚約者のヤーネクが選んでくるのはデザイナーズ家具と現代美術ばかりで、なんだか味気ない。

フェリはマッツの頼みを無視して、さっさとここを立ち去ろうと思った。そのとき、ネレのデスクの上の充電ステーションにのっているコードレス電話が目にとまった。フェリがもっているのとおなじで、留守番電話にメッセージがあると点滅するタイプだ。

フェリは気になって受話器を取り、緑色の再生ボタンを押した。

「一件の新しいメッセージがあります」無味乾燥な女性の声。フェリはもっとメッセージが入っていると思った。すくなくとも五、六件。とくにネレの父親のメッセージ。そのとき、マッツはたぶん固定電話の番号を知らず、ネレの携帯電話に連絡したにちがいないと気づいた。

いま耳にしているメッセージには、ベルリン訛があるせっかちな感じの男の声だ。

〝クリューガーさん？　ええと……もう五分も待ってるんですけどね。下に来てます。サポートタクシーの予約をしたでしょう。でもいくらベルを鳴らしてもだれも来ないんじゃ、困っちゃうんだよね。コールセンターから、予約時間を一時間遅らすって聞いたけど、それでいいんだね。それともまた変更したのかい。まったくもう……〟

フェリは再生をやめて、タクシー運転手が電話をかけてきた時間を確かめた。

一九九九年五月二日十二時三十三分。

なにこれ？

ネレは電子機器に関してフェリよりも暗いのか、買ったときから初期設定のままにしてあるらしい。

フェリはコードレス電話を充電ステーションに戻して、額の汗をぬぐった。

ふう、なんて暑いんだろう！

九月だというのに、室内は夏の気温だ。日中の予想外気温は二十五度、晴天。結婚には完璧だが、探偵まがいのことをするには明らかに暑すぎる。

まったくどうかしている。よりによってきょう、他人に遠隔操作されるとは。それもマッツに！

フェリがここでなにをしているか知ったら（それもだれのために！）、ヤーネクは結婚を破談にしかねない。だが家にはすぐ戻れる。

ふたりはまだベルリン東部のグライフスヴァルト通りに住んでいた。ヤーネクの好みは西部なので、彼の好みに合わせるなら、フェリのクリニックも、いまのオラーニエンブルク通りからダーレム地区かグルーネヴァルト地区、あるいはリヒターフェルデ地区に移すことになる。だがそうしていたら、ここへ来るのに車で一時間は要しただろう。自転車で十五分というわけにはいかない。もちろん急いだのは失敗だった。家に帰ったら、もう一度シャワーを浴びなくては。

フェリは携帯電話をつかむと、マッツの電話番号にかけた。

「もしもし？」呼び出し音に間があったので、フェリはマッツが電話に出たと勘違いした。

呼び出し音が鳴っているあいだ、フェリはすり切れたソファについている黒っぽいシミを見た。

雲の上との接続はどうやらあまりよくないようだ。

あきらめて電話を切ろうとしたとき、カチッと音がした。

「マッツ?」

マッツの応答にはすこし時間差があって、はじめは典型的な機内の雑音しかしなかった。

「すまない、うっかりしていて気づかなかった。いま、どこだい?」

「ネレの住宅」

「それで?」

フェリは肩をすくめた。

「なにが聞きたいの? ネレはいないわ。あわてて家を出たようね」

「拉致された形跡は?」

「ドアは開いてた。でも破られたわけじゃないわ。ランプも椅子も倒れていない。それでしょ、気になっているのは。ただソファにシミがついてる……」

「血液か?」

「いいえ」

フェリはクッションをなでた。シミは無色で、指になにもつかなかった。

「シミは新しいわね。水をこぼしたみたいな感じ」

「羊水か?」

「わからない。その可能性はある。そうね。破水したのかも」

「脅迫者がいったことは本当か！」

フェリは時計を見た。幸いヤーネクは婚姻手続きを一番遅い午後四時に予約していた。

「マッツ、申し訳ないけど、警察にいうべきよ。わたし、六時間後には結婚するの……」

「結婚するのか？　すまない。それは、おめでとう。だがきみだけが頼りなんだ。お願いだ、フェリ。きみが助けてくれないと、ネレが死ぬ。背後にいる奴がだれかつきとめて、ネレを見つけなくては。時間は十時間とすこし。着陸するまでだ」

「誘拐犯は期限をつけたの？」

「ああ」

「時間が過ぎてもネレが見つからなかったらどうなるの？」

「頼む、フェリ。これ以上問い詰めないでくれ。きみのためだ。知らない方がいい。きみにいうわけにいかないんだ」

フェリは愕然として首を横に振った。

「で、わたしになにをしろというの？」

フェリは廊下に出て、浴室を探した。水をひと口飲みたくなったのだ。

「考えてみてくれ。犯人はネレの妊娠を知っていた。それにネレを誘拐して、客室乗務員のローテーションを変え、わたしの飛行機の予約を確かめるだけの力と手段とマンパワーを持っている」

「どういう意味？」

フェリは浴室を見つけた。ここも発想に富んでいる。古い洗面器の上の鏡はバロック風の額縁に収まり、バスタブの横には革張りの椅子がある。タオルかけはギターのスタンドだ。

「つながりを探してほしいんだ。ネレのカルテやわたしの飛行プランが見られるだれかがどこかにいる。航空会社とつながりがある医者か看護師だろう」

どこかのだれか。無茶だ、とフェリは思った。

「出産はフィルヒョウの大学病院なのよね？」

「ああ」

「すばらしいわ。あそこでは一万三千人が働いてるのよ」

「人数が多すぎるのはわかってる」

トイレの横の古めかしいずっしりした金庫が目にとまった。金庫の上は雑誌置き場になっている。

『親の友』『赤ちゃんとわたし』『家族といっしょ』。

フェリは金庫の扉を開けるため、積みあげた雑誌を奥にずらした。金庫の中にはトイレットペーパー、石鹸、タオルなどが入っていると思った。

だが中身を見て衝撃を受け、悲しくなった。

「知らなかった」フェリは金庫の前でしゃがみ込んだ。

「どうした?」マッツが興奮してたずねた。「なにを知らなかったんだ?」

「病気だってこと」

それはありうるだろう。ずっと連絡を取っていなかったのだから。

「病気? なんの話だ?」

フェリは赤白のロゴが印刷された紙袋を金庫からだし、錠剤のパックを次々と取りだした。

「テノホビル、エムトリシタビン、エファビレンツ」

「そんなものが?」

「ええ、浴室に」

間《ま》があいた。エンジン音がまた聞こえた。

「嘘だろう……知らなかった」マッツもまったく予期していなかったのだ。ネレがＨＩＶに感染しているとは！　マッツの声が急に弱々しくなった。まるで機内の与圧装置が機能しなくなり、息がしづらくなったかのように。

「なんということだ。ドラマチックな出産もあったもんだ。赤ん坊に感染したら大変だ」

「紙袋はゼー通り薬局のものね」フェリは、重苦しい沈黙に耐えかねて、思いつくままにいった。エイズの診断はもう死の宣告ではないし、そもそも発症するとはかぎらない。それでもＨＩＶに感染して生きるのは、身体的にも精神的にも負担がかかる。

「ヴェディング地区か?」マッツは薬局の所在地をたずねた。

「ええ」

「それじゃ、ヴェディング医療モールで治療を受けている」

「わたしもそう思う」

複数の開業医で運営されるその医療モールと薬局はＨＩＶ患者と癌患者を専門にし、ほぼおなじ赤白のロゴを使用している。両者はおなじ建物内にあり、ベルリンでは一流と見なされている。腫瘍学と感染症学のクリニックには独自の最先端ラボがあり、ＨＩＶ患者を支援する臨床心理士や精神科医が常駐している。

「これではどうしようもない」電話の向こうでマッツの声がした。さっきよりも声がしっかりしていた。

そのときバキッと音がした。廊下だ。ドアの向こう。

「マッツ？」そうささやいて、彼女はさっと振りかえった。

「なんだ？」

「なんだか……」

だれかいるみたい。フェリはそういおうとしたが、その前に窓のない浴室の照明が消えたので悲鳴をあげた。ものの輪郭と影しか見えなくなった。

「どうした、フェリ。なにがあったんだ？」マッツの声が聞こえた。フェリは、廊下の光がかすかに差し込むドアの方へゆっくりと動いた。

フェリはドアの隙間に手を伸ばし、手探りした。

それからまた叫んだ。

さっきよりもはっきりした大きく長く伸びる悲鳴。

おどろいたからではない。

耐えがたい痛みを覚えたからだ。

17

マッツ

「フェリ？　もしもし？　フェリ？　なにがあった？　聞いてるのか？」

通話が切れて、返事は得られなかった。

いきなり途中で途切れたフェリの悲鳴が耳に残った。マッツは通話を終了させた。なにか飲まずにいられない。

水じゃだめだ。強い酒でなくては。この衝撃を和らげるものがいる。飛行機よりも先に自分の精神が墜落しそうだ。依存症患者から、酩酊《めいてい》するとよく健忘症《けんぼうしょう》になるという報告がある。気圧がちがう上空なら、少量のアルコールでもそういう状態になれるだろう。

だがもちろん頭は明晰に保たなければ。

いま大事なことはなんだ。

マッツはもう一度、フェリに電話をかけた。しかしいくら呼びだしても彼女は出なかった。

そのうち、他に選択肢はないという怖ろしい認識に至った。誘拐犯は本気だ。ネレが監禁され、フェリにまで危険が及んだ。犯人がだれで、動機がなにか考えたが、皆目見当がつかなかった。こんないかれたことをだれが考えたのだろう。犯人に先回りされている。これでは残された時間でなんとかするなんて無理だ。脅迫者のいうとおり、元患者の精神を壊して、本人もろとも数百の無辜《むこ》の人々を死に至らしめるほかなさそうだ。

「ああ！」

マッツは、絶望のあまり両手で口を押さえて叫んだ。それからドクドクと脈打つこめかみを指圧した。そういえば頭痛薬を入れた手荷物をエコノミークラスの席まで取りにいくつもりだった。

それとも映像を最後まで見る方が先決だろうか。

チャンネル13／10。九分過ぎたところで、カーヤ・クラウセンを9・11モードにするどんなシーンが見られるというのだろう。

いいや、まずは薬だ。

好奇心はあったが、そのことを頭から振り払った。すぐに薬をのまなければ、冷静にものごとを考えられなくなる。ひとまず胃の調子は治った。飛行機恐怖症は小康状態になっていた。

どうやら精神的圧迫は進化するようだ。苦痛のダーウィニズム。弱肉強食とおなじで強い苦痛が全身にまわれば、弱い苦痛は影をひそめる。

いまのところ飛行機恐怖症は気にしなくていい。頭の中は娘を失うという不安でいっぱいだ。そのうえフェリのことも気がかりで、彼女を巻き込んだことへの良心の呵責《かしやく》まで感じるしまつだ。

マッツはスカイ＝スイートのドアを開け、47列へ向かうことにした。

そしてあやうくカーヤと鉢合わせしそうになった。

18

「すみません」ふたりはびっくりしてほぼ同時にそういった。

映像を見ているところを不意打ちしたあと、カーヤがまた自主的にやってくるとは思っていなかった。

なにを観ていたのかとたずねられて、さっきは「つまらないドキュメンタリーさ」と嘘をついた。それからマッツが電話をかけるふりをすると、カーヤはなにもいわず立ち去った。

「食事の用意をと思いまして……」カーヤは背後のカートを指差した。

マッツが理解するまですこしかかった。

「ありがとう。しかしまだお腹はすいていないな」といいながら、マッツはカーヤを中に招き入れた。

「それは残念です」カーヤはそういったが、本心は残念そうではなかった。なんだか力んでいる。分厚い絨毯のせいで、カートをうまく押せないようだ。カーヤは右窓側の向かい合わせのシートのあいだにカートを入れた。

手慣れた様子で、カートを食卓に変えた。白いテーブルクロスをかけ、ナプキン、カトラリー、照明付き岩塩挽き、ランを活けた花瓶を並べ、天板の下のトレーから皿をだした。

カーヤは料理にかぶせてあったステンレスのドームカバーを取った。

「タラのムニエルのオニオングレービーソース、インゲンとシイタケ添え。普通はもっといろいろメニューを揃えているのですが、遅い時間に重い食事は胃にもたれると思いまして……」

カーヤは時計を見て、笑みを作った。

「なんならメニューとキャビアのカートを持ってこさせますが」

「いいや、けっこう。その必要はない」そういうと、マッツは皿の盛りつけをはじめた彼女の手をつかんだ。

拳骨でも入っているかのように頭が痛かった。気分が悪い。だれも傷つけたくないし、自分も死にたくない！　とはいえ、絶好の機会ではある。この機を逃してはだめだ。

「戻ってきたのは、食事をだすためじゃないんだろう？」

マッツは彼女に椅子をすすめた。

「すぐにビジネスクラスの手伝いにいかなくては」カーヤはやんわり断った。

「食事の時間ではないのに、わたしのために食事を用意してくれた。だれかを来させてもよかったはずなのに。クラウセンさん、どうなんです？　なにかいうことは？」

カーヤは息をのみ、スカートをなでた。

「さっきの映像」彼女は口ごもった。

マッツはすわって、彼女も腰かけるのを待った。

カーヤの声はさっきよりも若干低くなった。鬱《うつ》になりはじめた証拠だ。声は目よりも心を映す。否定的な感情を抱くと、声帯が伸びる。これはフェリから教わったことだ。彼女は電話口のしゃべり方や声の調子で緊急度を測るコツを会得していた。

「それで？」

「見たことがあるような気がしたんです。十年前。体育館の映像。わかりますよね。もちろん馬鹿げています。わたしをめぐるあのドラマが機内プログラムに入っているなんて」カーヤはぎこちなく笑った。

マッツは口を開けたが、カーヤがなにもいうなというように手を上げて、話をつづけた。

「わたしがなんであんな空想にふけったのか、理由があると思うんです。さっき話しましたよね。わたしの話に矛盾があったと……」

「いいや、そういう意味ではなくて……」マッツはめまいがした。

カーヤは肩をすくめた。

「とにかく先生はわたしから見た真実を知りたいと思われた。そのことで、わたしはまた小部屋にいるような感覚に襲われたんです」

「壁が動くのを感じたということ？」マッツはたずねた。それは以前セッションで話題になったものだ。「小部屋」はカーヤにとって、無力感や閉塞感を指す言葉だった。最終学年の年、小部屋は壁が狭まるゴミ圧縮施設に変わった。固くて厚い鉄筋コンクリートの壁に押しつぶされる、とカーヤは怯えた。

「以前ほど激しくはないですが、壁が迫ってくるのを感じたんです。ギャレーに立ったら、キャビンがどんどん狭くなって……」カーヤは言葉を詰まらせ、首に手を当てた。

「すまない。軽率だった」マッツは嘘をついた。じつはそうなることを狙ったのだ。そしてそのことで、自分を人でなしだと思った。

「疲れていて、どうかしていた。まったくうかつだった。申し訳ない」

カーヤはうなずいたが、マッツは彼女の目を見て許してくれていないことがわかった。

傷つける言葉は、精神的攻撃から身を守る仮面に釘を打ちつけることになる。彼女のように情緒不安定であれば、仮面は砕けやすい。そしてそうした殻を精神療法でなんとか作りあげた人の場合、一番壊れやすい。

「率直にいおう、クラウセンさん。あなたの体験を物語かなにかとみなしているような言い方は慎むべきだった」

当時、あなたをめぐる怖ろしい噂は、それほど的外れでもないと思っていたがね。

カーヤは右手の窓の方に小首を傾げた。以前もセッションで空想にふけるときによく見せたしぐさだ。

マッツは彼女の視線を追って闇を見つめた。彼女は逡巡している。

「あの話をしたいのかな?」どういう返事があるかわからぬまま、彼はたずねた。

「ノー」なら、話は打ち切り。搭乗している数百人の命が救われる。

「イエス」なら、史上最悪の精神的大量殺人への道がひらかれる。

この旅客機を墜落させるために、カーヤが技術的になにをすればいいのか見当もつかないが、マッツが役目を果たし、彼女の精神を以前の状態に戻せば、彼女はきっとこの旅客機を墜落させるだろう。

「わたしのなにを知りたいんですか?」カーヤはたずねた。

いますぐ会話を中断させたかったが、マッツはあえて娘のことを考えることにした。

誘拐犯に監禁されたネレ。気を取りなおし、カーヤの心のバリアにさらなる亀裂を入れるべく次の質問を投げかけた。

「あなたは同級生を何人射殺したかったのかな?」

カーヤは首を横に振ったが、小声でいった。

「全員」

マッツは間を置いてから、さらにいった。

「でもとくに殺したい人がいただろう?」

カーヤは目をそらした。

「さあ……」

「あなたの殺人リストで最初に上がっていたのはだれだね?」

沈黙。それからしばらくしてカーヤはしぶしぶいった。

「ヨハネス」

「ヨハネス・ファーバーだね。当時、あなたとおなじ十八歳。彼になにをされたのかな?」

カーヤはいきなり立ちあがって、カートのキャスターにつまずいた。

「こんな話、よくないと思います、先生。話してもよくなるとは思えません」

マッツも腰を上げ、頭痛を堪えつつ、親しげな表情をした。

「クラウセンさん、ちょっと試してみようじゃないか。さっきはうかつな物言いであなたを傷つけてしまった。罪滅ぼしがしたい」

ふたりの頭上でおだやかな警告音が鳴って、シートベルト着用のサインが灯った。

「でも話をしたせいで具合が悪くなったんですけど」カーヤはすこし抵抗した。「こんなに気分が悪くなったのはひさしぶりです」

気分が悪いのは、ふたりいっしょということか。

マッツはできるだけ愛想よく、落ち着いた口調でいった。

「わたしたちの最初のセッションのときはどうだった？」

あのとき、カーヤは率先してやってきた。最悪の事態を避けられたことを喜んだ両親の意向もあったが、それより、フェリが緊急臨床心理サービスのホットラインでカーヤの救いを求める電話に応対し、マッツにつないだことが縁になった。

「いまの感じに似ています」カーヤは認めた。「みじめで、体がだるくて、楽しくなれません」

マッツはうなずいた。

「セッションが発熱とおなじようなものなのを知っているね、クラウセンさん。はじめは気分がすぐれない。けれども汗といっしょに毒を洗い流せる」

カーヤは肩をすくめ、そういうのならという目をした。マッツは質問をつづけた。

「それではもう一度整理しよう。十年前、あなたは拳銃を持って登校した。拳銃は射撃協会メンバーの父親から盗んだ」

「盗んだのではありません。学校でまた騒ぎが起きたときに身を守るため、父がくれたんです」

まあ、そうだが。

カーヤは当時のことを公然としゃべる勇気がいまだにないようだ。絶望して人殺しをする気で武装し、学校のトイレに閉じこもるきっかけになった一年前の事件。

「わたし、ガス弾を実包に換えたんです。父が拳銃に装塡したのは催涙ガス弾だったので」

「だがガス弾では目的が果たせなかった」

カーヤはまばたきした。

マッツはつづけた。

「ヨハネス・ファーバーを殺害したかったから」

カーヤはうなずいた。

「彼になにかされたんだね？」

「ええ」

マッツは壁際のモニターを指差した。

「さっき再生していた映像を撮影したのが彼だった」

「そうです。わかっているじゃないですか。どうしてわたしを苦しめるんですか、先生？」

「苦しめてはいない。あなたはあの事件についてまだ心の整理がついていないようなのでね。あなたを助けたい」

「そうは思えないですけど」

「熱が出たときとおなじだ。発散させなくては。真実を吐きだすんだ」

「でもわたしは本当のことしかいっていません」

「本当に？」

「ええ、もちろんです」

「あの映像についても？」

「ええ」

マッツは気を取りなおした。

「いいだろう、クラウセンさん。ではもう一度話してくれるかな」

マッツは笑みを浮かべた。気流のせいで、飛行機が心なしか揺れた。

「ヨハネス・ファーバーはなにを撮影したのかな？　撮影されてから一年も経って彼を殺したくなるほどひどいものだったわけだね？」

彼だけじゃない。あの映像を見た全員を殺そうとしたのだ！

19

ネレ

間隔が短くなった。痛みもひどくなる一方だ。

あれから五時間（そんなに時間が経ったとは思えないが、苦痛は時間を引き延ばす。三十秒ほどの陣痛が三十分つづいたように感じた）、あのいかれた奴はようやく手枷足枷をはずしてくれた。

もっと早くそうしてくれてもよかったくらいだ。ネレは疲労困憊《こんぱい》して天井を見つめ、すべて悪夢で、もうすぐ目が覚めますようにと祈ることしかできなかった。

逃げるのはとうてい無理だ。ストレッチャーから起きて、牛舎の出入口までなんとか歩けるかもしれないが、どうせ奴に追いつかれる。

それより生まれてくるお腹の中の命の方が大事だ。

ネレは腹部に触った。

胎児をなでるように。

「だいじょうぶ」そういうと、ネレは泣いた。「だいじょうぶだからね」

それからカメラを操作している奴に向かってどなった。

「ここからだして。すぐにだして」

「できない相談だ」

奴は三脚に固定してあるカメラの状態を見ていた。一眼レフカメラのようだが、おそらく動画撮影モードに設定してあるのだろう。撮影中のランプがついているのを確かめてから、水のボトルを手にしてストレッチャーのそばにやってきた。

「ねえ、さっきプシレンベルの医学事典を見た」そういうと、ネレは水をすこし飲んだ。

これだけ手間暇かけているのだから毒殺される恐れはないだろう。ネレを待ちかまえているのは別の結末だ。

もっと悲惨な結末。

「医学生なの？」ネレはぐいっと水を飲んでからたずねた。こんなに喉が渇いていたとは。そして疲労困憊している。

疲れ切って、全身が痙攣していた。ジョギングスーツは汗でビショビショだ。だがこれからはジョギングスーツが邪魔になる。脱がなくては。

「前はね。でもいまはもっと大事な役目を帯びている」

妊婦を拷問する役目？

そういいかけて、ぐっと我慢し、怒りを抑え、もう一度水を飲んだ。

ここは普段からこんなに息の詰まるところなのだろうか。それともトタン屋根が太陽に焼かれて、いまだけ牛舎内に熱気がこもっているのだろうか。ネレにはどちらかわからなかった。それはともかく、真夏には、ここはひどいことになりそうだ。

「こっちを見て」フランツが背を向けようとしたので、ネレは声をかけた。誘拐犯という本性を露わにしても、こいつは学生アルバイトのタクシー運転手に見える。

ネレはすこし体を起こして、ジョギングパンツの紐をほどいた。フランツが目を丸くした。だがいやらしい目つきではない。むしろとまどっている。

「本当にいいの？　あなたの人生、終わりよ。どうせ露見する。あたしは危険な出産を控えているの。普通の病院では、あたしの子もあたしも死ぬ恐れがある。人間ふたりを殺した罪で刑務所暮らしをすることになってもいいの？」

ネレはジョギングパンツを脱いで、すのこ状の床に下着を投げ落とした。

以前はここで牛が飼われ、太らされた。そしていま、あたしはここで出血多量で死ぬ。

「ぼくは刑務所に入らないさ」

フランツは激しく首を横に振って、顔をそむけた。性的なことを考えたからではない。彼はネレの裸に興味がない。彼が痩せていることに、ネレはふたたび気づいた。がりがりだ。陣痛がはじまっていなければ、負けないのに。

「人生を捨てるつもりはない」フランツはいった。声が固かった。「明らかにしたいことがあるんだ。ぼくの使命をだれもが知ることになる」フランツは三脚を指差した。

「だからきみを撮影している」

「使命ってなに？」ネレは宗教的な話にならないことを祈りつつたずねた。

「牛乳」

またそれか。

ネレは腹が立った。今度は怒りに任せることにした。死の恐怖に打ち勝つにはもうそれしかない。

「しつこいわね」そういうと、ネレはあかんべえをした。「おかしいんじゃない？　そんなに母乳が欲しいわけ？」

フランツは首を横に振って、ネレの方を向くと、鼻をこすった。恥ずかしいときの反応だ、と父親が話してくれたことがある。

「逆だよ」

ネレはため息をついて水を飲み干し、怒りをこめてボトルを床に投げた。

「じゃあ、説明して。わけわかんない」

フランツはうなずいた。彼の目がネレの上半身に向けられた。

ネレも恥じらいを覚えた。フランツの前で下半身むきだしのまま横たわっている。身につけているのはTシャツとソックスだけだ。だが母性本能の方が強かった。赤ん坊を産むためならなんでもするつもりだ。

本当になんでも。

「どうしてこんな目にあうのか、きみにはわからないだろう」フランツはいった。彼の声は大きな牛舎に吸い込まれた。彼はそれからネレの頭の上に視線を送り、この牛舎をはじめて目にしたかのように見まわした。

「でも、なにも知らないのはきみだけじゃない。数百万の人が知らずにいる。知っているのはごくわずかな人だけ。だれかがみんなの目をひらかせるときなんだ」

「フランツ、お願い……」

彼はネレの唇に指を当てた。その手をつかんで、手首をねじろうかと一瞬考えたが、そのあとどうなるか不安だった。

「ぼくにそのつもりはなかった」フランツはささやいた。ネレは懸命に逃げる方法を探した。

「でもぼく以外にそれをする者がいない。わかるかい？」

「わからない」

ネレにはわからなかった。出口が見えなかった。

お腹の中で嵐が来るきざしを感じた。燃えさかる球体がせりあがってくる。ネレは顔をしかめて横を向いた。その方が仙骨の痛みが多少耐えられたからだ。

「牛乳の生産についてなにを知っている？」フランツがいきなりたずねた。

「えっ？」ネレは聞きかえした。なにかかまをかけていると思ったのだ。

「牛乳の生産の仕方について知ってることをともかくいってみるんだ」

「たいして知らない。だれでも知ってるくらいのことしか、ああ」

またた。どうしよう。またはじまった……。

「乳牛の乳をしぼる」ネレはあえぎながらストレッチャーをつかんだ。「そして保存できるようにする……」

「そこまでか」

「なに？」フランツの語気が荒かったので、ネレは一瞬面食らい、息をのんだ。陣痛がまたはじまった。精神病質者の声が遠く聞こえ、ネレは苦痛の海に溺れまいとした。

「きみの知識はどうしようもなくお粗末だ。あきれてものがいえない」

ストレッチャーの上で足をつっぱり、体を高くして骨盤に負荷をかけないようにしながら、フランツの叫び声を聞いた。

「乳牛の乳をしぼるだって？」

「ええ」ネレは吐きだすようにいった。

「どうしていつまでもそういう話をするかな？　なんでいつもそういう話になるんだ？」

「他にどうするというの？」ネレがどなった。このぞっとする牛舎で味わっているみじめさと悲惨さを込めて叫んだ。頭のいかれた男の顔めがけて。

勘違いでなければ、フランツはまた目に涙を浮かべている。

「それをこれから教える」フランツはほとんど涙声になっていた。「悪いけど」フランツはめそめそ泣いた。「きみには身をもって体験してもらう。世界中の人に見えるようにね。そうすれば、ここでやっていることがどんなに必要なことか、きみにもきっとわかるはずだ」

20

マッツ

気流の乱れはすぐに収まり、飛行機は舗装されたばかりの高速道路を走る高級車よりも静かに夜空をすべっていく。だがスカイ＝スイートのドアの上にあるシートベルト着用のサインはまだ消えていなかった。

話しすぎたときのように喉がガラガラになったマッツは、テーブルにはめ込まれたシャンパンマークのボタンを押した。すると、テーブルと窓のあいだの壁に組み込まれた、細長いストレージがひらいた。そこにそんなものがあることを、マッツはそれまでまったく気づかなかった。ストレージにはいい感じに冷えたシャンパンと炭酸の度合いが異なるさまざまな水が入っていた。

マッツは水を取り、リザトリプタン錠を探した。マッツがおなじものをすすめると、カーヤは丁重に断った。彼女はいつでも立てるように椅子に浅くすわっていた。両手を合わせ、指を離したかと思うとすぐにまたからめた。

「あるときセッションでホラー映画の話をしましたね。覚えてらっしゃいますか、ドクター・クリューガー?」カーヤはたずねた。

マッツはうなずいた。

精神療法といえば、分析に役立つ質問を狙いすまして投げかけるもの、とたいていの人は思っている。だが実際のセッションはどういう流れになるかやってみないとわからない。傍目《はため》には患者と医者がとりとめのないおしゃべりに興じているとしか見えないだろう。実際そういうことがある。しかし優秀なセラピストは、クライアントが自分からしゃべりだしたとき、決して話の腰を折らない。なぜなら一見偶然にはじまったように見える会話からクライアントの心の奥底が見え、その後の施療に役立つことがあるからだ。カーヤが、残酷で非現実的なホラー映画を偏愛したのも、恐れや不安や失望や怒りを制御する弁を探していたからだった。

「あのときあなたは、アメリカのティーンホラー映画ではいつもセックスした同士が最初に死ぬって教えてくれた」マッツはいった。

カーヤはこっくりうなずいた。

「あれはアメリカの屈折した性愛観が背景にあると先生はいいましたね。不純な行為は罰せられる、と」

「それで?」

「たしかに当たっていると思います。物理の授業を受けていたときに銃声が聞こえたことはご存じですよね。シュレーディンガー方程式を学んでいました。でもわたしは他のことを考えていました」

「友だちのティナ・デルヒョウとヒソヒソおしゃべりしていた」マッツはいった。

「ええ、ティナとおしゃべりしていました」

「前の夜のことだったね？」

「彼女、わたしに腹を立てていたんです」

「どうして？」

「もう一度全部話さないとだめですか？」

マッツは神経質に動く彼女の両手をつかんだ。

「カルテが手元にないし、ずいぶん昔のことだ。全部は思いだせない。どうかわたしを信じてほしい。心がざわつくだろうが、いまあなたの心をむしばんでいるものをふたたび忘れられるだろう」

カーヤはマッツの手から指を抜いた。納得していなかったが、ため息をついていった。

「ティナが腹を立てていたのは、わたしがヨハネスと寝なかったからです」

「当時あなたがつきあっていたヨハネス・ファーバーと？」

マッツはぐっと水を飲んだ。水は苦かったが、きっと思い込みだ。心理を投影した結果だろう。

「ボーイフレンドの一歩手前でした。彼はわたしに気がありましたが、わたしはそうでもなくて、そんな気になれなかったんです。ティナとアメリーは、いまにふられる、あんないい奴をいつまでもじらすのはよくないっていつもいっていました」

「アメリーというのは？」

「三人目の仲間」

マッツはうなずいた。

「ああ、そうか、マニキュア団だね。思いだした。あなたたち三人はいつもおなじマニキュアをつけて登校していたんだったね？」

「いまとなっては恥ずかしいことですけど、そうです。あの日は緑色の迷彩柄マニキュア。よりによって迷彩柄」

マッツは、カーヤが深呼吸して、話をつづけるのを待った。

「ティナは仲間の中で一番ませていました。あのとき『あなた、このままオールドミスになるつもり？』っていわれたのを覚えています。そのとき……」

「そのとき？」

飛行機がかすかに振動した。カーヤといっしょになって怖気をふるったかのように。

「廊下で銃声がしたんです」カーヤは小声でいった。「はじめはだれかが爆竹を持ってきたのかと思いました。パン、パンと何度も鳴って、悲鳴が聞こえだしたので、担任のナデル＝ロジンスキー先生がいったんです。『落ち着いて。なにがあったか見てきます』でもその前にドアが開いて、彼が教室に入ってきたんです。軍服姿で、ジャンパーブーツをはき、目出し帽をかぶってました」

「犯人の名前はペールだったね？」

「そうです」

「どなったの？」

「いいえ、彼は静かでした。だから目出し帽をかぶっていても、彼の声がはっきり聞き取れました」

「なんていったのかな？」

涙がひと粒、カーヤの頬を伝って落ちた。

「隣の客はよく柿食う客だ」

「どうしてそんなことを？」

カーヤはため息をついた。

「障害があってうまくしゃべれないものだから、よくからかわれたんです」カーヤは、マッツがズボンのポケットからだしたハンカチをもらって鼻をかんだ。「ペールはみんなに訊きました。〝あれ？　なんで笑わないんだ？〟それから拳銃を構えてナデル＝ロジンスキー先生を撃って、そのあと……」

「……ティナを撃ったんだね？」マッツは彼女の親友の名を口にした。ませた子。

ホラー映画でまずはじめに死ぬタイプだ。

「ペールはなぜきみを人質にしたんだろう？　知っているかい、カーヤ？」

マッツは二人の距離を縮めるため、わざと名前で呼びかけた。

「わかりません。偶然だったと思います。ティナが死んで床に倒れたとき、わたしは横にすわっていました。ドアのすぐそばでした。わたしはぼうぜんとしていて、簡単に捕まってしまいました。彼がわたしをつかんで、髪の毛を引っぱった理由はたぶんそれだと思います」

「偶然？」マッツもそう思っていたが、あえて聞きかえした。それから数ヶ月後、あれは示し合わせたものだといいだした生徒たちとは正反対の主張だ。

「わたしを信じていないんですね？」カーヤはたずねた。

マッツはあえてそれには答えなかった。

「ペールはあなたを外に引っぱりだし、校庭を横切って体育館に連れていった」

映像はその体育館で撮影された。

「ええ」

「体育館はもぬけの殻だった？」

「まだ人がいました。ペールは天井に向かって発砲しました。体育の授業を受けていた十年生が命からがら逃げだしました。大混乱でした。大騒ぎになって、わたしにはなにがどうなっているのかよくわかりませんでした」

マッツは当時のラジオニュースを思いだした。数人の生徒が裸のまま更衣室から飛びだしたと報道された。

「だが体育館へ行くまでのあいだ、彼はだれも殺さなかったんだね？」

「ええ」

マッツは捜査報告書を覚えている。

ペールははじめ無差別に発砲し、理科室では犠牲者を選んだ（ティナは女生徒の中で一番ひどいからかい方をした。ナデル＝ロジンスキー先生は見て見ぬふりをした）。だが火災報知器が鳴りだして、ペールは逃走モードに切り替え、カーヤを人質に取った。

「もう一度訊くが、最後にどうして彼はあなたを選んだんだろう？」

「わかりません。ペールはわたしにひどいことをして、それから……」

カーヤの声が途切れた。

そのあとペールは拳銃をくわえ、引き金を引いて死んだ。

マッツは時間が気になったが、カーヤが口をひらくのを待つことにした。といっても、一度の会話で充分にダメージを与えられるとは思わなかったし、それが狙いでもなかった。ネレを救う手立てが他にないとしても、まだあらゆる可能性を残しておきたかった。そのためにも、カーヤの心にもう一歩踏み込んでおく必要がある。カーヤには仕事がある。だが彼女はいつまでもここで油を売っているわけにはいかないだろう。彼女がいないことを同僚たちがけげんに思うはずだ。

「ペールはあなたを体育館に連れていったんだね？」マッツはまた話を戻した。

「彼はわたしを女子更衣室に押し込みました」

「中にはだれもいなかったのかな？」

「彼はそう思っていたみたいです」

「ところが？」

「そうじゃありませんでした。女生徒がふたり、まだシャワー室に隠れていたんです」

「ペールはどうした？」

カーヤは目を閉じた。まるで陶然としているかのように眼球がまぶたの下でふるえていた。

「彼はわたしの髪を放し、拳銃をふたりに向けました。キムとトリーシャ。演劇サークルでふたりを知っていました」

「発砲したのか？」

「いいえ」

「しかし撃とうとした」

「ええ」カーヤはふたたび目を開けた。

「どうしてふたりを殺さなかったんだろう？」

「だって……知っているでしょう。わたしがなにをしたか！」カーヤはいきなり立ちあがった。

「ちょっと長居しすぎました。仕事に戻らなくては……」

「カーヤ」

彼女は振りかえることなくドアのところへ走っていった。

「カーヤ、頼む。また来てくれ。ここでやめるわけにはいかない」

だが反応はなかった。最後の言葉は彼女に届かなかった。彼女はすでにスカイ＝スイートを去っていた。腹を立てている。気持ちを逆撫でされて傷ついているのだ。

わたしはいったいなにをしてるんだ？

マッツはふるえながら立ちあがった。中身がほとんど空の瓶を手にしていた。そのとき電話が鳴った。

マッツは相手の名前を見た。

「フェリ？　だいじょうぶだったのか？」マッツはあわててたずねた。気が気ではなかった。最悪の事態を覚悟していたのだ。だれかが彼女の死体のそばで携帯電話を見つけ、最後にかけた電話番号をタップした、と。彼女の声を聞いて、はじめて胸をなでおろした。これでやっとまともに呼吸ができる。

「ええ、マッツ。なんとかだいじょうぶ。ネレの住居にだれかいたの。そいつが浴室のドアでわたしの指をはさんだのよ」

だから悲鳴が聞こえたのか。

「それはよかった。いや……」

マッツは電話で話しながら無意識にスイートを歩きまわった。ドアから浴室まで、そしてそこからまたドアのところへ。

「よかったというのは、それ以上ひどい目にあわなかったことをいったまでで。襲った奴を見たか?」

「いいえ。でももっといいものがある」

マッツは急に立ち止まった。

「えっ?」

「誘拐犯がだれかわかった」

21

フェリ

「犯人の写真?」

マッツは大声をだした。フェリは、タクシー運転手にすべて筒抜けではないかと心配になった。

「ええ」フェリはタクシー代をクレジットカードで払えますようにと祈った。鎮痛剤のイブプロフェンと軟膏を買うのにあり金をはたいてしまったからだ。ついてないことに、ドア枠に手をかけたまさにそのとき、浴室のドアが閉まった。

ちがう！

浴室のドアは何者かによって閉められたのだ。

それも、わざと！

何者かがフェリを傷つけるために照明を消し、体の中でもっとも感じやすい末梢神経が集まっているところを狙った。

尋問する際、世界中の残虐な拷問官が相手の手足を痛めつける。これにはそれなりの理由がある。

最初、鉄骨を満載した貨物列車にぶつかられたような衝撃を腕に感じ、指がちぎれたかと思った。フェリは薬指と中指と人差し指が廊下に転がっているのを覚悟した。だが苦労して照明をつけてみると、指はすべてついていたし、血も出ていなかった。折れてもいなかったが、皮下に血腫ができ、うまく動かせなかった。

「ちゃんと説明してくれ。誘拐犯の写真を手に入れたのか？」マッツは半信半疑でたずねた。

「いったいどうやって？」

携帯電話は怪我をしていない右手に持っていたが、うまくつかめなかった。もう一方の手はボウリングの球くらいの大きさに腫れている感じがした。それも、よりによって左手！ヤーネクとフェリは結婚指輪のサイズを左手に合わせていた。そっちが心臓の側だからだ。だがいまその薬指は大型ハンマーで叩かれたような状態になっている。これを婚約者にどう説明したらいいだろう。

それと比べたら、犯人の人相がどうしてわかったかマッツに教える方がずっと簡単だ。

「ネレのアパートの一階に薬局が入っていてね、薬剤師に頼んで手に包帯を巻いてもらったとき、入口に防犯カメラがあるのを見つけたのよ」

「誘拐犯が防犯カメラに映っていたのか？」

「そう」

通話中に雑音が入った。タクシーは汗と濡れた布の匂いがするおんぼろのボルボで、ちょうどそのときトラックの後ろで止まった。渋滞か赤信号なのだろう。

マッツの声が一瞬、宇宙人の声のように響いた。だが金属的な響きはまた消えた。

「よくわからないんだが。誘拐犯がネレの住まいにやってきたのか？」

「ちがう。防犯カメラに歩道と道路が映っていたの」

タクシーがまた発進した。

「本当は違法だけど、路上駐車している車のタイヤをパンクさせる事件が最近頻発していて、住民が協力して歩道と車道の一部を防犯カメラで監視していたんですって。それで薬剤師に、わたしの友だちも今朝、おなじような被害にあって、流しのタクシー運転手が犯人らしいといっていたと話したら、防犯カメラの映像を見せてくれたの」

「なるほど。冴えてるな。それでネレがタクシーに乗る映像を見たのか？」

「五時二十六分。タクシーはネレのアパートの真ん前に止まった。そしてネレが乗り込んだ。妊娠末期。破水したみたいなぎこちない歩き方だった」

「なんてことだ。だけど、なんでそいつが誘拐犯だってわかるんだ？　ネレは病院の前で誘拐されたのかもしれないじゃないか？」

「それはないでしょう」フェリは声をひそめた。「もう一台タクシーが来てるのよ」運転手をチラチラ見ながらささやいた。だが運転手は聞いていないのか、ルームミラーに映る顔にはまったく反応がなかった。

「なんだって？」マッツは困惑してたずねた。「タクシーがもう一台？　どういうことだ？」

「一時間後。六時半きっかり。よく聞いて、マッツ。二台目が本物。民間救急コールセンターで予約したサポートタクシー。病人の輸送に特化したドライバーが乗ってる。ネレの留守番電話に残っていたその運転手のメッセージを聞いて、コールセンターに電話をかけてみた。大当たり！　ネレは何週間も前からタクシーを予約していた。五時半にね。でもきのう、だれかがコールセンターに電話をかけてキャンセルしようとした。直前のキャンセルは料金が発生するとコールセンターの人が説明して、クレジットカードを教えるようにいうと、電話をかけてきた奴はキャンセルするのをやめて、予約時間を遅くしたそうよ」

「わけがわからない。誘拐犯は、予約したタクシー会社がどうしてわかったんだ？」

「たぶんわかっていなかった。でもタクシーの配車業者は片手くらいの数しかなくて、大手は三社だけ。誘拐犯はどこかにネレが予約しているとにらんで、片っ端からタクシー会社に電話したんだと思う。それで予約時間を知ったのよ」

プレンツラウアー・アレー通りを走っていたタクシーはオストゼー通りを横断し、ヴィスビー通りを西に左折した。

「なんのために？」マッツはストレスのせいで頭がまわらなかった。

「考えればわかるでしょう。サポートタクシーの予約時間を後ろにずらして、先に迎えにいくためよ」

「それが最初のタクシーか？」

「そういうこと」気づくのが遅い、とフェリは内心ため息をついた。

「ネレはタクシー運転手に誘拐されたのか？」マッツの声は悲鳴に近かった。同時にフェリの携帯電話にキャッチホンの着信音が聞こえた。

フェリは携帯電話を耳から話して、相手を確認した。

まずい。

ヤーネクだ。なんていったらいい？

〝ごめんなさい、あなた。いま元恋人に頼まれて犯人捜しをしているところ。役場にはひとりで行ってもらうことになるかも〟

そんなことといえるわけがない。マッツとの通話を切って、すぐに方向転換して自宅にやってくれ、と運転手にいうべきだ。だが彼女に「分別がある」といってくれる友人はいない。たいていは「衝動的」「馬鹿正直」と評される。自分に嘘をついて、マッツの娘を救うためだといいきかせることはできる。だが本当はちがう（精神科医だから自分のことはよくわかる）。これは自分のためなのだ。マッツへの気持ちはもう昔ほど強くはない。何年も音信不通だったあいだに色褪せてしまった。しかし消え去ったわけではない。空き家に置き去りにされた家具のようにほこりをかぶっているだけだ。情けないが、決して忘れられないと思っていた相手に頼られるのがフェリはうれしかったのだ。

「タクシー運転手がか？」マッツはあらためて叫んだ。

キャッチホンの着信音が消えた。ヤーネクはあきらめたのだ。

「すくなくともタクシー運転手のふりをしていたようね」フェリはいった。「ただナンバープレートまではわからなかった」

「でも犯人の写真があるんだろう？」

「ええ、学生アルバイトっぽかった。のっぽで、やせていて、髪はぼさぼさ。つっかけサンダルをはいていた」

「顔はわかるのか？」

「もっといいもの」

タクシー運転手が急ブレーキをかけ、ボルンホルマー通りのスピード違反取り締まりカメラに気づくのが遅れましてとあやまった。フェリはシートベルトをゆるめた。

「もっといいものってなんだ？　早くいってくれ。娘の命がかかってるんだ」

「犯人はタクシーから降りて待っていた。そのとき手にしていた紙袋をトランクにしまったのよ。その紙袋のロゴは……」

「早くいってくれ」マッツがせっついた。

「ネレの浴室にあった紙袋とおなじだった。彼女の薬が入っていた袋とね」

フェリがいおうとすると、マッツの方が先にいった。

「ヴェディング医療モール」

「そういうこと」そういって、フェリはタクシーのナビをちらっと見た。

およそ十五分で着くだろう。

22

マッツ

ほとんどの人が寝ている。女性、男性、子ども。チェックインと通関審査と手荷物検査で疲れたのだ。搭乗手続きまで長く待たされたのも影響しているだろう。単調なエンジン音で眠りに誘われ、温めただけの出来合いの夜食で腹を満たし、機内の照明もすでに消えていた。読書灯をつけている乗客が数人いる。モニターの光を浴びて顔が闇に浮かびあがっている者も多い。シーンが変わるごとに顔の色が変わる。みんな、劇映画を見ながら眠っていた。

睡眠。そうやって意識をなくしていられるなんて、なんて幸せなんだろう。

マッツは涙で目がしみるのを感じつつ、メインデッキに並ぶ背もたれに手をつきながら進んだ。主翼のそばまで来ると、胸がどきどきした。

乗客の中には、照明が落ちているのに窓のシェードを下ろしている者がいる。これは賢い判断だ。数時間もすれば日が昇る。

本当に日の出を見られればいいが。

マッツは、フェリがネレの命を救う手立てを見つけてくれることを祈った。そうすればここにいる無辜の人々を危険にさらさずにすむ。

通路を歩いていると、たまに空席があった。予約を変更したか、乗り遅れたか、なんらかの理由で乗らなかったのだろう。幸運な人だ。そのおかげで明日も人生を楽しめる。31列中央部の四席を使って、若いカップルが居心地よさそうにしていた。離陸のとき、大喜びしたにちがいない。フルフレームの眼鏡をかけた初老の男性が、眠っている女性とのあいだの空席に仕事道具を広げて、ノートパソコンのキーボードをしきりに打っていた。それ以外ほとんど空席はなかった。

頭のおかしな奴が目的を果たせば、六百二十六人が死ぬ。それも巧妙な手口で殺されるのだ。

その頭のおかしな奴とは、わたしだ。

飛行機は水平飛行していたが、マッツは丘を登るような感じを覚えていた。永遠に登り道がつづくような気がした頃、ようやく47列目に着いた。まずトラウトマンが目にとまった。一万二千ドルの錠剤がよく効いているのか、口をあけて、いびきをかいている。よだれで髭が濡れていて、マッツはブルドッグを連想した。トラウトマンは一度目を覚ましたようだ。背もたれが後ろに倒してある。だがその程度倒したところで快適なわけがない。こんな寝方をしていたら着陸のとき体の節々が痛いだろう。

その前に、みんな、コンクリート並みに固い海面に叩きつけられるかもしれない。

マッツは座席の上の収納棚をそっと開けた。離陸時にずれた手荷物が落ちてこないようにゆっくりと慎重に。だが取り越し苦労だった。マッツは手荷物を下ろして、通路側の席に置いた。偏頭痛剤リザトリプタンは外ポケットのすぐ手が届くところにあった。さっそく一錠を舌にのせて、溶けるのを待った。うなじをつかむかぎ爪がすこしゆるんだ気がして目を開けた。

そのとき気づいた。

47K。

窓側。

その席があいている。

気にするほどのことではないだろう。その席を占拠していた乗客は目を覚まして、化粧室に立ったのかもしれない。だがマッツはここへ来る途中、ここにいた乗客を見かけなかった。

もちろん暗かった。遠目に見たら、丸めた毛布が体だと思い、ヘッドレストと壁のあいだに詰めたクッションを頭と錯覚するかもしれない。

そうじゃないか？

マッツはあたりを見まわした。近くの化粧室のサインがひとつだけ赤くなっている。他の化粧室は空いている。使用中なのは、さっきマッツが入った化粧室だけだ。脅迫者からの電話を受けたところ。

マッツはどうしたらいいか考えた。どうしてこんなに胸騒ぎがするのだろう。実際に脅迫を受けているのに、さっきの乗客がいなくなったくらいで焦ってどうする。マッツはまた飛行機恐怖症に火がつくのを感じた。動悸が激しくなり、汗が吹きだし、息が詰まる。不安という名の蛇が胸を締めつける。そのとき若い父親が寝ぼけた息子を引っぱってきた。後ろのあいている化粧室へ行くのだろう。道をあけるため、マッツは席についた。

ふるえながらスーツのズボンで両手の汗をふき、ちらっと47Kを見た。

なにもない。

前の席の下にはなにも置かれていないし、前の席の背もたれにある小物入れにも私物はひとつも入っていなかった。

例外は小さな小瓶だけだ。うっかり見落としてしまいそうなくらい小さかった。その小瓶は空色の備えつけの毛布の下に隠れて座席のへこみにはまっていた。マッツは小瓶を指でまわした。わけがわからない。この小瓶はなんだろう。なにか意味があるんだろうか。マッツは読書灯をつけて、小瓶をじっと見つめた。ウィスキーのような褐色の液体が入っている。あるいはガラスが褐色なのかもしれない。マッツはあたりを見た。さっきついていた化粧室の「使用中」のサインが消えていた。だが通路に人影はない。47列に戻ってくる者はいなかった。

やはりちがったか。

マッツは小瓶を鼻に持っていった。なにも匂わない。つづいて蓋を開けてみた。収納棚を開けたときよりも慎重にやったつもりが、息をのむほどの強烈な匂いが鼻を打った。マッツは目を閉じて悲鳴をあげそうになった。心の中に、怒り、うれしさ、悲しみ、痛み、あきらめ、喜びといった感情が一気に湧きあがった。

マッツを刺激したそのえもいわれぬ匂いは、まちがいなく離陸の直後にかいだものとおなじだ。今回はその匂いに平静さを失い、文字どおり腰を抜かした。といっても、四年前のベルリンに連れもどされたのは体ではない、心だ。ザヴィニー広場にあった自宅の寝室、幸福な日々を過ごしたあの部屋に。このめずらしい香水を最後にかいだのはあのときだ。

瀕死の妻カタリーナの匂い。

23

ベルリン　四年前

「覚えてる?」

彼女の声は、肺に米を詰めたような響きだった。息をするたびに気管支がゼーゼー鳴った。妻はにごってしまった古いカクテルグラスを両手でまわしていた。

マッツは妻が横たわっているベッドの角に腰かけ、彼女の前腕をなでながら悲しげに微笑んだ。

もちろん覚えている。あの日を忘れるわけがない。ヒンデンブルクダム通りのバーでそのカクテルグラスをくすねた日。生暖かい夏の夜。七月七日。彼の人生で最も大事な日。ネレが生まれた日よりも大事だ。そもそもあの七月七日がなかったら、ネレはこの世に生まれてこなかった。

「あなた、困ってたわね」カタリーナは笑った。人を笑いに巻き込む彼女の笑みが影をひそめ、咳の発作を起こした。

ビートルズの「イエスタデイ」みたいな物語だ。千回は聞いているが、いまだに聞き飽きない。カタリーナからその話をさらに千回聞けるなら、マッツはなんでもしただろう。それがふたりのなれそめだ。ブルーバード＝バー。トレンチコートを着て、たばこをくわえ、ハンフリー・ボガートを気どった彼はピアノに向かって、へたくそな〈アズ・タイム・ゴーズ・バイ〉を一生懸命弾いた。

カタリーナと女友だちの前で。彼女たちはおかしいやら、気恥ずかしいやらで、彼から目をそらすことができなかった。

「とにかくきみは電話番号を教えてくれた」マッツは微笑んだ。

だがそれが話題になると、カタリーナはいつも訂正した。

「教えたのは嘘の電話番号よ」あのときカクテルグラスに口紅で書いた電話番号。それは彼女の恋人だった男の固定電話だった。

「二度と会う気がなかったら、適当な番号を書いたはずだ」マッツは千回は繰りかえした会話をつづけた。「おかげできみを見つけることができた」

もちろん口紅はとっくに消えていた。化学療法で失われた彼女の髪とおなじだ。カクテルグラスは、とうに存在しない希望と生きる意志と未来の残滓だ。

代わりにそのグラスには数年ぶりに百ミリリットルほどのジンに似た透明の液体が注がれていた。アーモンドの匂いがする液体。

「ストローをくれる?」そういうと、カタリーナはマッツの手をつかんだ。羽毛に包まれた岩のような感じがした。

「勘弁してくれ」マッツは何千もの言葉で自分を納得させてきたが、結局本音を口にしてしまった。「なあ、もう一度……」

「だめよ」カタリーナは弱々しいが、決然と拒否した。準備万端整っていた。スイスの安楽死団体に連絡を取り、薬を入手した。決行の日も決めていた。きょうだ。

避けられないことをずるずると先延ばししても滑稽《こっけい》なだけだ。癌が引き起こす耐え難い苦痛には、なにをいっても無駄だ。

「冬のあいだだけでも。きみに見せたいものがあるんだ。凍ったシャボン玉を覚えているかい？　きれいだぞ。世界で一番はかないクリスマスボール。零下十六度になると、数秒できらめく星になる。気に入ると思うんだ、カタリーナ。冬まで待とうよ。あと半年。それから……」

「寒いときに死にたくない」カタリーナはそういって目を閉じた。

マッツはなにもいえなかった。途方に暮れ、力尽き、悲しみに打ちひしがれていた。無力感を覚えながらベッドの角にすわり、妻がしっかりつかんでいるグラスを見つめた。しばらくしてふと見ると、妻は眠っていた。

マッツは迷った。グラスを取って毒物を流し、自殺をやめさせる、少なくとも延期させてはどうだろう。

だがマッツにはその勇気すらなかった。

「すまない」そういうと、マッツは立ちあがった。それが妻にかけた最後の言葉だった。それから彼女にキスをして、グラスにストローを差し、家から出ていった。カタリーナを看取ろうとして、長い心の葛藤を繰りかえしてきた。そのときはもう心の中に怒りと苦痛と疲労感しかなかった。そして彼女に残された最後の時間に、マッツは彼女の元を去った。人生でもっともゲスなことをするために……

「すみません」

マッツはぱっと目を開けた。

彼を過去に引きもどした匂いは消えていた。窓側の席はいまだにあいたままだ。通路に女性の客室乗務員がいて、マッツにかがみ込んでいた。

「携帯電話の着信音を下げていただけますか？」

マッツの意識が着信音を遮断していたのだ。

「さっきから鳴っています。他のお客様の迷惑になりますので」

24

「いまどこにいるんだ、ドクター・クリューガー？」

マッツは最初の二回の着信音には応えず、アッパーデッキのスカイ＝スイートに戻ってから電話に出た。おかしなことだが、脅迫者はだれにも聞かれないところで話したいはずだとマッツは確信していたのだ。これでは着信音だけで操られているようなものだ。だから寝室のベッドの前に立ち、どなりたくなる衝動を抑えながらいった。

「あなたのいかれた指示に従っていたんだ」

「本当かな？　こちらを探っていたんじゃないのか？」電話の向こうの声がたずねた。

マッツは目を閉じた。

フェリが襲われ、指をはさまれた。

正体は不明だが、連中はネレの住居を見張っていて、フェリの不意をついたということか。

「なんの話か、わたしにはさっぱり」

「わからないというのか？　まあいい。どうせおまえにはなにもできないのだからな。せいぜいもがくがいい。だが時間を無駄にしないことだ。さもないとおまえの娘は……」

マッツはジョニーの言葉を遮った。

「娘はどうしている？」

「よくない」

「ちくしょう。娘と話させろ……」

「それは無理だ。陣痛で苦しんでいる」

おお、神様……。

「娘は……娘を……ちゃんと世話しているんだろうな？」

「おまえの娘はひとりじゃない。知りたいのはそれかな？　しかし娘を監禁している奴は助産師じゃない。むしろその逆だ。いいたいことはわかるな。おまえが役目を果たさなければ、奴はためらうことなくおまえの娘と赤ん坊を殺すだろう、ドクター・クリューガー」

マッツは息をのんだ。

「なんでこんなことをするんだ？　どうして元患者を苦しめるようなことを強要するんだ？」

「強要？　別にやらなくてもいいんだよ。六百二十五人の赤の他人とおまえ自身の命の方が自分の娘より大事ならな。あ、いや、赤ん坊もいたか。それほど時間はかからないだろう。赤ん坊はもうすぐ生まれる」

マッツは神経質に手で顔をおおった。首から頬にかけて急性湿疹が出ているのがわかった。

「いいか、分別をもって話そうじゃないか」

「そうしているつもりだが」

「そんなことはない。なにもかもいかれてる。カーヤのトラウマを再発させろだなんて。そんな暴力的空想を実行に移させるなんて、どうやってできるのだ？　飛行機をハイジャックするなんて簡単なことじゃない。客室乗務員でも無理だ」

ジョニーがくすくす笑った。

「おまえが心配することじゃない」

「しかし……」

「事前に知らせる。おまえは指示どおりにすればいい。体育館の動画は見たか？」

マッツはため息をついた。

「銃乱射事件当日の映像は知っている」

「最後まで見たのか？」

「いいや、カーヤが来たので」

マッツがとまどうほど、ジョニーはうれしそうにいった。

「クラウセンがチャンネル13／10を見たのか？」

「ちょっとだけ……」

「いいね。非常にいい。おまえは映像を全部見るべきだ」

「なんでだ？」

マッツは寝室のドア口に立って、壁の金属部分で額を冷やした。

「最後まで見ればわかる。信じろ」

ジョニーが通話を終了させそうだったので、マッツはあわてていった。

「質問がある」

「なんだ？」

「これはわたしの妻となにか関係があるのか？」

間《ま》。

一瞬またカタリーナの匂いをかいだような気がした。もちろんそれは負荷がかかりすぎた脳が願望を嗅覚に投影しただけのことだ。

「どうしてそんなことを考える？」

「わ……わからない。離陸した直後、妻を見たような感覚に襲われたんだ」

そしてわたしの席を占拠した奴が妻の香水を席に残していった。

「それはない、ドクター・クリューガー。おまえの奥さんとは無関係だ。それは保証する。当時、奥さんはひとりで死んでいった。気の毒なことだ。ネレまでおなじ運命を辿《たど》らせてはかわいそうだ」

飛行機は安定していたが、マッツは百メートル急降下したような感覚を味わった。このあとの言葉は耳鳴りにまじって聞こえた。まるで47列にすわって、エコノミークラスのよどんだ空気を吸っているかのようだった。

「飛行時間はあと八時間十七分。一秒も疎かにできないぞ。体育館の動画を最初から最後までしっかり見てみるんだな。そうすれば、どこをつけばカーヤのスイッチが入るかおのずとわかる」

「そのあと、わたしはどうすればいい？」

「なにもする必要はない。あとは待つだけだ」

「なにを？」

「なにを？　もちろん墜落をだよ」ジョニーは愉快そうにいった。「おまえはカーヤ・クラウセンを精神の奈落の縁に導くんだ。あとはひとりでに動く」

25

フェリ

やつれた顔、充血した目、がりがりにやせた体。両手を膝にはさんでうなだれる人々。ヴェディング医療モールの待合室で患者を目にしたとき、ここで働く人たちは個人の悲劇を糧《かて》にしている、とフェリは思った。肺に巣食い、転移した腫瘍。放射線耐性のある腫瘍。小型車が買えるくらいの治療費がかかる自己免疫疾患。もちろんそういっては身も蓋もない。それをいうなら、警官だって犯罪者のおかげで食べているようなものだ。それにしてもガラスの自動ドアが開いたときに目にしたこの上品な豪華さはなんだろう。古い壁とも違和感がないようにうまくアレンジされている。

受付へ向かう途中、壁に貼られたモノクロ写真を見て、ここがかつて印刷所だったことを思いだした。このフロアは慢性疾患患者や末期患者を治療するためにアンドレ・クロプシュトックが主として利用している。

ところがフェリを押しのけて受付カウンターに詰め寄った患者はかなりぴんぴんしていた。

「やあ、ソルヴェイグさん」その患者はカウンターの医療助手にいった。「俺を見てくれ」

二十五歳くらいのやせた黒髪の患者は一歩さがって、自分とフェリの間隔をせばめた。フェリは否が応でも、その芝居がかったやりとりを目撃することになった。

「死にそうだよ」男はわざとらしく胸をつかんだ。母親のように見える医療助手が微笑んだ。

「すみません、クレスさん」

「リヴィオだ。リヴィオと呼んでくれ」

フェリは男のなれなれしさにあきれて目を丸くした。

「割り込みは認められません、クレスさん。ご存じでしょう」

「でもビタミンカクテルが欲しいんだよ、ソルヴェイグさん。この褐色の目を見てくれ。イタリア人とのハーフの真っ正直なこの顔を見てよ」

リヴィオは膝をつき、手を合わせて医療助手に拝むようなしぐさをした。髪をアップにした医療助手が首を横に振った。

「きのう、点滴を受けたじゃないですか」

「おかげで調子がよかった」

医療助手は指を唇に当てて考え込んだ。

「今晩ダンスに連れていってくれます?」

「いいの？」リヴィオは誘いに乗ると思っていなかったのか、びっくりして立ちあがると、黒のカーゴ・パンツについたほこりを払った。

「嘘よ」医療助手は微笑みを浮かべつつ彼をがっかりさせた。「冗談に決まってるでしょ。病気でなければ、保険は効きません。きょう点滴を受けるなら、自費になります」

リヴィオはため息をつき、目元の涙をぬぐうふりをした。

「それじゃ、こうやって顔を合わせるのも最後になりそうだ、ソルヴェイグさん。『橋の下で男が孤独死。死因はビタミン欠乏』。そんな新聞記事を読んだら、俺のことを思いだしてくれ」

フェリはびくっとした。この若い男がいきなり振りかえって、ぶつかってきたのだ。フェリはバランスを失って、カウンターに手をついた。ドアにはさまれた手に新たな痛みが走り、悲鳴をあげそうになった。

「おお、これは失礼」男は大きな褐色の目でフェリを見ると、彼女を両腕でつかんでこうたずねた。「怪我はないですか？　うっかりしてました」

男の表情は独特で、うまくいえなかった。角張っていて、ずる賢そうな感じだが、目が大きく、唇は肉厚で、医療助手がリヴィオの誘いにまんざらではないのもうなずける。

「いいえ、だいじょうぶです」フェリは、肩と腰に当ててダンスのしぐさをしている彼の両手を払った。

「ほんと？」

「だいじょうぶです」

「本当にすみません」

リヴィオは大きな身振りで一礼すると、もう一度医療助手にウィンクした。

「ふざけた人」医療助手は微笑みながら男を見送ってから、フェリにあいさつした。

「どのようなご用件ですか？」

いい質問だ。

例のタクシー運転手とこのクリニックにどんな関係があるのかつきとめたい。もちろん関連があればの話だ。五分前までは、それなりに根拠のある思いつきだと思っていたが、いざとなるとどう切りだせばいいかわからなかった。

フェリは精神科医であって、事件記者ではない。ましてや刑事でもない。いま気にすべき問題は、ウェディングドレスがまともに着られるかどうか、おまけにこの小糠雨の中、役場に着くまで髪型がもつかどうかだ。それなのに、昔の恋人のためにミス・マープルを演じるとは。マッツの娘を捜すのは、当時別れることになった主たる原因を見つけだすのとおなじだというのに。

ネレがいなければ、彼はブエノスアイレスへ逃げたりしなかった。

「クロプシュトック先生はいらっしゃいますか？」

「約束をしているのですか？」

フェリは首を横に振った。

「私用です。おなじ精神科医でして」

個人的な知り合いでないことまでいう必要はない。クロプシュトックは大学教授で、業界では有名人だ。といっても有名なのは治療がうまいからではなく、商才に長けているからだ。彼は腫瘍学者というだけでなく、精神科の専門医でもあり、それが利点になっている。末期患者の器質性疾患も精神疾患も合わせて治療し、請求書がだせる。そのうえベルリン最大の血液検査ラボを運営し、『クロプシュトック＝メソッド　心の癌と闘えば、あなたの心は癌と闘える』という一般向け実用書を出版し、ベストセラーになっている。

「あいにくですが」医療助手はいった。「先生はきょうクーダム＝クリニックです」

クロプシュトックは医師というより実業家と呼ぶべき人物で、ベルリンのあちこちにいくつも分室をひらいている。古いアパートを改装しただけなのに、「系列クリニック」を名乗っているのだからおおげさだ。

「なにか伝えましょうか？」

「いいえ、けっこうです」フェリは立ち去ろうとしたが、携帯電話をだそうとポケットに手を入れるなり、折りたたんだ紙に触れて考えなおした。

だめもと……。

ここまで来たんだから、やるだけのことはやってみることにした。

「この人をご存じ？」フェリは薬剤師からもらった画像のプリントアウトを医療助手に

見せた。

「ふうむ……」

医療助手は眼鏡をだして、引き延ばしたモノクロ写真をしげしげと見た。写りはよくないが、駅の防犯カメラに写った暴漢の手配写真よりはましだ。

「タクシー運転手？」医療助手は、フェリが「学生」と名づけた顔のやつれたやせた男を指先で叩いた。

「ええ」

なにか気づいたのか、目がかすかに反応したが、医療助手は首を横に振った。そしてなにかいおうとしたとき、リヴィオがまた割って入った。

「見てください、ソルヴェイグさん。花を摘んできました！」

リヴィオは愛想よく微笑みながらフェリを押しのけ、カウンターに身を乗りだして、茎の長い菊の花束を医療助手に差しだした。

「入口の花瓶にすぐ戻しなさい」医療助手は今回、笑みを浮かべなかった。

医療助手の態度が急変したが、原因は無遠慮なリヴィオか写真か、フェリにはよくわからなかった。リヴィオがとぼとぼと立ち去るとすぐ、医療助手は写真をフェリに返した。

「知らない人ですね。あいにくです。ちょっと奥で用事がありますので」

医療助手はカウンターに「休憩中」の札を立てて、別れを告げた。

「そうですか」

そのとき玄関ドアの閉まる音がした。おそらくリヴィオが外に出たのだろう。受付カウンターの方を振りかえると医療助手はすでに奥に引っ込んでいた。フェリは受付にひとりとり残された。

仕方ない。そろそろ家に帰って着替えないと。

写真をしまい、タクシーを呼ぼうとして、フェリは携帯電話がポケットにないことに気づいた。おかしいと思いながら、ポケットを全部探ってみたが、やはりない。携帯電話はなくなっていた。

さっきタクシーに置き忘れた？

そんなはずはない。降りるときに手に持っていて、ちゃんとポケットにしまった。

トレンチコートのポケットだ。

トレンチコートはずっと着ていて、脱いでいない。

ポケットから落ちたはずもない。床は固いから、落ちたら音がする。それに足下に落ちているはずだ。残る可能性は、リヴィオがわたしにぶつかって、手で触ったとき……。

リヴィオ！

どきっとした。そのとたん手がどくどくと痛くなった。

「あいつだ」そういうと、フェリは向きを変え、リヴィオが出ていったドアに走った。

26

マッツ

〝栗石舗装の道を走る車みたいなものです〟

飛行機恐怖症対策セミナーの講師が口にした言葉をマッツは思いだした。飛行機はちょうど大西洋上の気流の乱れが激しい空域にさしかかっていた。五分前、機長が機内放送で告げた。

〝翼が大きく上下にしなります。しかし心配ありません〟

マッツはシートベルトを締めて椅子にすわり、心の中でエアバスに当たる衝撃波と戦っていた。恐れていたほど飛行機恐怖症の症状はひどくない。だが、主翼は三十四万リットルの燃料を積んでいる。危険はない、といくら自分にいいきかせても、心おだやかではいられなかった。あいかわらず娘のことが気がかりで、そのおかげで飛行機の中を悲鳴をあげて駆けまわったり、息を詰まらせてスカイ＝スイートの床に倒れたりしないですんでいた。それでも……。

栗石舗装だって？

小型の漁船が巨大な波につかまり、深い谷底へ逆落としされるような感覚だった。もちろん動きが速ければ速いほど、脳は高度差を大きく見積もってしまう。おなじエアポケットでも、時速が十キロか百キロかで衝撃度がちがう。それがいまは時速千キロ近い！

集中しろ。気持ちを集中させるんだ。

マッツは手元のメモ帳に「単独犯ではない」と書いた。

電話の声は、頭のいかれた奴のことを話題にしていた。ということは、けっこう大がかりな犯行だ。それなりに事前の準備が必要だろう。だから単独犯が嫉妬や復讐心から行動しているとは思えない。元患者が遺恨を晴らそうとしているということではない。それに関係者が増えれば、それだけ事件が発覚する恐れが高まる。「ジョニー」の目的には、なにか途方もない裏がありそうだ。

飛行機がまたエアポケットに入った。正確には「乱気流」。空気中にポケットなどもちろんありはしない。そういう感じを覚えたとしても。

手が込んでいる

マッツはメモした。

奴らには輸送手段があり、産婦がどんなに叫んでも平気な隠れ家がある。そして誘拐犯がいる。

タクシー運転手！

なんてことだ。フェリがなにかつきとめてくれればいいが。いつになったら電話をよこすんだ。もうクリニックには着いているはずなのに。

調査！

重要だ。奴らはマッツのこと、カーヤとネレのことを知っている。三人三様、不安と悩みと恐れと精神的外傷を抱えていることも。奴らは妻が私に見捨てられて死んだことまで知っている！

ツテがある！

重要な点かもしれない。犯人はネレの住居に侵入するツテがある。この飛行機にもツテがある。拳銃を持ち込む必要がない。そこが奴らの計画の卑劣なところだ。精神爆弾ならどんな注意深い地上管制官にも気づかれずに起爆させられる。カーヤがマッツと同時にこの機に乗り合わせたのは絶対に偶然じゃない。どうやったのだろう。それにあの映像をどうやって機内プログラムにセットしたのだろう。

あの映像だ！

マッツは座席をまわして、浴室とのあいだの壁にかけたモニターの方に向け、チャンネル13／10をもう一度選択した。

映像は最初、ひどくブレた。セッションの準備中、何十回も見たものだ。

カーヤはこの映像を「体育館の映像」と呼んでいた。実際、事件を映した映像はこれ一本だけで、公式には「ファーバー＝ビデオ」の名で知られている。撮影者ヨハネス・ファーバーにちなんで名づけられたものだ。

銃乱射事件を起こした生徒に脅され、更衣室に連れてこられたとき、カーヤは自分ひとりだと思っていた。

画面が急に白くなり、切り替わった。ふたりの少女の泣き声。キムとトリーシャだ。ふたりはシャワー室に隠れていて、このとき女子更衣室から逃げだした。上半身裸で、トレーニングパンツをはいているが、裸足だった。命が助かったのは、カーヤのおかげだ。カーヤが身を挺したからだ。

〝あたしを好きにして〟カーヤはいった。いまでも彼女の勇気には感銘を受ける。〝あなたにはあたしがいるでしょ。あのふたりは逃がしてやって〟

自己犠牲。いまマッツに求められていることだ。自分にお鉢がまわってくるとは……。

映像の内容を知っていたので、マッツは数分早送りした。

ペールがカーヤの口に拳銃の銃口を押し込む。カーヤは服を脱ぎ、彼の前にひざまずく。

〝四つん這いになれ〟ペールが命じる。カーヤはいわれたとおりにする。四つん這いになってなすすべがない。拳銃はカーヤの後頭部に当てられた。七分間。そのあいだずっとペールに弄ばれる。ペールは腰をつく。彼女の中で果てるまで。瀕死の獣のような雄叫び。

法医学の所見には、「局部に重度の裂傷、肩と上腕に咬創」と記されていた。拳銃が当てられていた頭部にもあざができていたが、深刻だったのは精神的ダメージだ。カーヤは二ヶ月にわたって毎夜、ペールの人質になり犯される悪夢にうなされ、夜尿症に悩まされた。学校では英雄扱いされ、キムとトリーシャは大衆紙のインタビューでカーヤの自己犠牲がなければ逃げられなかったと証言したが、じつをいうとカーヤはひどい負い目を感じていたのだ。

〝どうしてわたしは抵抗しなかったんですか、ドクター・クリューガー？　なんでわたしはあんな売春婦みたいな真似をしたんでしょうか？〟

抵抗していれば、精神的ダメージを残さず、あの穴蔵から抜けだせたかもしれない。

安楽死団体に頼ってもよかった。実際、カーヤは学校臨床心理士にしばらくかかったあと、あの団体に連絡を取っていた。

だがこの映像によって、事態は一変した。

銃乱射事件の前日、カーヤが寝るのを断ったヨハネス・ファーバーが撮った映像だ。ヨハネスは校舎に最初の銃声が鳴り響いて大騒ぎになったとき、女子更衣室に逃げ込み、キムとトリーシャのふたりとおなじようにシャワー室に隠れた。カーヤと銃乱射事件を起こした生徒は、彼が携帯電話で隠し撮りしたことに気づかなかったのだ。カーヤがなんとか日常を取りもどした九ヶ月後、その映像が学校のスポーツ専修コースの一斉メールに添付された。

件名は「見ろ、これがおれたちの英雄の正体!」。

この時点から空気が変わった。

カーヤは勇敢な少女から、尻軽女になった。

身を挺したのではなく、ただの淫売。

もはや英雄ではない。銃乱射事件を起こした生徒と共犯関係の色情魔。

もちろんカーヤに味方する者もいた。多くの生徒がこのおぞましい映像を見て、カーヤが乱暴されたのはまちがいないといった。カーヤの悲鳴は苦しんでいるからであって、興奮しているという口さがない批判は当を得ていない。犯人は果てたあと、カーヤを家畜のように突き飛ばした。映像が黒くなる直前、カーヤはすすり泣いていた。

マッツがこれまで見てきた映像もそういう終わり方をしていた。

ところがチャンネル13／10の動画にはつづきがあった。

これはいったい……。

マッツは目をこすった。シートベルトをはずして、モニターに近づいた。モニターに目が釘付けになった。そこに映ったものが信じられなかった。

ありえない。

マッツは巻きもどした。九分。「ジョニー」がいった個所だ。

カーヤの精神が世界貿易センタービルのノースタワーなら、この映像は彼女の内面に突っ込む飛行機だ。これを見せるだけでいい。

なんてことだ。

脅迫者のいうとおりだ。

これを見たら、彼女は壊れる。

すべてが変わる。

すべてが。

27

フェリ

ハーフブーツのレザーソールが平手打ちのように医療モールの階段を叩いた。

フェリは外に駆けだした。表玄関で車椅子の女性にぶつかりそうになったが、取り乱していて、あやまるのを忘れた。

右、左。前方。四方を見て、ぐるっと体をまわす。リヴィオらしき人物が五、六人はいる。

ひとりはゼー通りを横切るところだ。もうひとりはたばこを吸いながらバス停にいる。他のふたりは角のドラッグストアへ歩いている。

ざっと見わたしたところ、三人にひとりは黒髪のやせたイタリア系ハーフに見える。まずい。あいつの顔をはっきりとは見なかった。黒のカーゴ・パンツとグレーのパーカではたいした目印にならない。

まずい、まずい。

指をはさまれ、電話をすられた。ヤーネクにいわなければならないことがどんどん増えていく。おまけに婚姻手続きの時間が刻一刻近づいている。

フェリは時計を見て、最寄りのタクシー乗り場がどこか考えた。それから携帯電話を大至急利用停止しなければならないことに気づいた。銀行データ、各種アカウント。暗号処理されているとしても、すべて携帯に保存してある。あのスリがどのくらい犯罪に手を染めているかわからない。

かっかしながら、医療助手のところに戻って、いっしょに警察に訴えようと思った。医療助手はあのスリを知っているし、カルテにあいつのすべての個人情報が記されている。

それとも……フェリは迷った。

奴の情報をあの医療助手から引きだすことはできないかもしれない。なにがあったか話しても、携帯電話がすられたことを医療助手はたぶん証言してくれないだろう。自分でも気づかなかったほどだ。それにすべての情報が患者の個人情報になる。

だけど医療助手のところには電話がある！

フェリはきびすを返して、医療モールの表玄関を開けようとした。そのとき、一階に入っている薬局のショーウィンドウが目にとまった。

ショーウィンドウのディスプレイのあいだから明るい光が漏れ、雨で濡れた舗装道路に反射していた。にこやかに笑う女性をかたどったボール紙の看板が見えた。水虫軟膏の効き目に喜んでいるのだ。その横には薬草リキュール「マーゲントロップフェン」の広告。ちょうどその隙間を通して見える店内に、なんとリヴィオがいた。

あきれた！

奴はカウンター越しにショートカットの若い店員に顔を近づけ、フェリの携帯電話を見せている。

わたしの携帯電話。

露天商が品物を売りつけているように見える。大げさな身振りでにやにやしながら。

薬局の店員が首を横に振ると、奴は携帯電話をしまった。すぐに換金しようとしたが、当てがはずれたようだ。自動ドアを通って店内に飛び込んだフェリに、こんな言葉が聞こえた。「処方箋がなければおだしできません」

「警察を呼んで！」フェリが叫んだ。

「なんですって？」

「えっ？」

店員とリヴィオがフェリを見つめた。鼻風邪にかかっている男と、妻の方がシルバーカーで体を支えている初老の夫婦が目を丸くして、フェリの方を向いた。

「そいつはわたしの携帯電話を盗んだんです」フェリは店員にいって、リヴィオを指差した。

「盗んだ？」リヴィオはふくれっつらをした。「嘘だ」

「じゃあ、いまズボンのポケットにしまったのはなに？」

「これかい？」リヴィオは彼女の携帯電話を取りだした。

「盗んだと認めるわね」

「まさか。側溝に落ちているのを見つけたんだ」

　店員は眉をひそめた。フェリもこめかみを指でついた。

「見えすいた嘘をつかないで。いま売り飛ばすつもりだったでしょ」

「おい、いいかい……」リヴィオはフェリの方に手をつきだした。すると店員が眉を吊りあげてたずねた。「本当に警察を呼びますか？」

「やめてくれ！」あわてて叫ぶと、リヴィオはフェリにいった。「考えてもみろよ。盗んだのなら、とっくにとんずらしてるぞ。こんな薬局でぐずぐずしてるか？　これがあんたのだなんて知らなかった。誓うよ」

「売りつけられたんでしょう？」フェリは店員にたずねた。

「そうはっきりとではありません。興味のある人はいないかたずねられまして」

　リヴィオは笑いながら手を叩いた。

「誤解だ。お客のだれかが落としたといってこなかったかって訊いたんだ」リヴィオはチャーミングな笑いを浮かべた。だがフェリは引っかからなかった。

「警察にいえば、他にもほこりが出るんじゃないの？」

　リヴィオの笑みがさっと消えた。フェリは勝ち誇ったようにうなずいた。

「図星ね。なにをいってもだめよ。これから自分で一一〇番に通報するわ。拾いものだというあなたの言い分をはたして警察が信じるかしらね」

「頼む、勘弁してくれ」

リヴィオはフェリのそばに寄って、あたりを見まわした。だれにも聞こえないことを確かめてから、ささやいた。

「あんたのいうとおりだ。何度も警察の世話になってる。頼む。携帯電話は返すよ。だから見逃してくれ」

「どうして見逃さないといけないの？」フェリはどなった。「どうせまたそこいらでだれかをカモにするんでしょ？」

フェリは一一〇番をタップして彼に背を向けた。だがフェリが緑色の電話マークをタップする前に、リヴィオが背後でささやいた。

「あんたに協力する」

フェリが後ろを見た。「どういう意味？」

「受付で写真を見せてたよな！」リヴィオは携帯電話を指差した。「頼むよ、警察は呼ばないでくれ。その代わり、あいつがだれで、どこにいるか教える」

28

マッツ

ファーストクラス用のメインデッキラウンジでマッツはカーヤを見つけた。そこはファーストクラスの客がボーディング・ブリッジを渡ってから機内で最初に目にするところだ。丸みのある壁以外、どこにも飛行機らしいところがない。超モダンなデザイナーズホテルのフロントを思わせる。ラウンジ家具は丸みがあり、革張りで、クリーム色の絨毯とよく調和している。照明はフロアランプで、リビングにでもいるような気になる。コックピットとファーストクラスのあいだにあるそのラウンジにはこの時間、まったく客がいなかった。マッツがらせん階段を下りてきたとき、カーヤはひとりで真珠のように輝くサイドボードの前に立ち、銀のトレイにのせたフルートタイプのグラスにシャンパンを注いでいた。

化粧室の横にあるガラス張りのエレベーターを使ってもよかったが、おそらく障害のある乗客用だろう。アッパーデッキのスイートを選ぶ人間は、まずまちがいなくマッツよりも年輩で、運動不足のはずだ。

「カーヤ?」マッツは小声で声をかけた。彼女はびくっとして、グラスのシャンパンをこぼしてしまった。「すまない。脅かすつもりはなかったんだ」

いまのところは。

本当はファーバー＝ビデオの話がしたかった、もとい、しなければと思っていた。あの映像は大問題だ。マッツ自身、根底から認識をくつがえされたほどだ。カーヤについての知識に新たな光が当てられた。

「平気です」カーヤは笑みを作り、あたりを見まわした。別に失態をだれかに見られたかどうか確かめるためではないだろう、とマッツは思った。

カーヤは、彼とふたりだけでいることに不安を覚えているのだ。

「食事を片づけて、ベッドの用意をしましょうか?」カーヤは布のナプキンでトレイをふきながらたずねた。

「そのために下りてきたわけじゃないんだ」

カーヤは別のグラスにシャンパンを注ぎながら首を横に振った。

「いまは先生の世話をする余裕がないんです。なにか必要なら、ここにわざわざ下りてこなくても、リモコンに呼び出しボタンがあります。あれを使ってください。客室乗務員がすぐ先生のところにうかがいます」

「客室乗務員が必要なわけじゃない。あなたと話したくてね」

カーヤはトレイを持ちあげ、体全体をふるわせた。フレンドリーであれというプロ意識がいまにも消し飛びそうだった。

「困ります」カーヤは実際、語気を荒らげた。「わたしたちの話は終わりです。もう放っておいてください」

「それはできない」マッツはできるだけおだやかに答えた。

マッツはファーストクラスに通じる通路がある右の方を向いたが、風を受けたように揺れるビロードのカーテンしか見えなかった。飛行機はあいかわらずかすかに揺れながら夜空という荒海を進んでいて、シートベルト着用のサインは消えていなかった。

「それにすぐ席に戻ってください。いつ激しく揺れるかわかりません」

マッツが目をすがめた。

「この機体のこと、それともあなた自身のこと？」

カーヤはマッツの目を見た。愕然としている。ほとんど茫然自失状態だ。彼女の目を見ればわかる。いまでもマッツがかつて信頼を寄せたあの繊細な先生かどうか自問している。

いいや。いまはそうじゃない。

フロアランプの淡い光を浴びて、彼女の顔が白く見えた。わざと蒼白く見える化粧でもしているかのようだ。トレイを持つ彼女の手のマニキュアがすこしはがれていることに、マッツは気づいた。

「すみません。どういうおつもりですか。先生はわたしの古傷をわざとひらこうとしているように思えるんですけど。この数年あのことをあまり考えなくなっていました。まったく考えない日もありました。でも、先生と数分いっしょにいるだけで、あのときの光景がまざまざと蘇ってしまいました」

トレイの上でシャンパングラスがカタカタ揺れている。彼女の下唇のふるえと呼応するかのように。

「どんな光景かな？」マッツはわざとたずねた。だが彼女はフェイントには引っかからなかった。

「だめです。やめてください」

マッツは深呼吸して、彼女の意向に従うふりをした。

「いいだろう。わかった。すまない。だが頼むからすこし話を聞いてくれ。もうこれ以上質問はしない。あなたのことも話題にしない」

「じゃあ、なんの話ですか？」カーヤは不審そうだ。

「すこしわたしの話をさせてくれ。あなたの気持ちがよくわかるという話だ」

「ドクター・クリューガー、お願いです、わたし……」

マッツはソファセットを指差したが、カーヤはついてこなかった。

「わたしが四年前に妻を失ったことを知っているね」

「新聞に死亡告知がのってました。お気の毒です。癌でしたよね？」

「ああ。だが毒をのんで死んだんだ」

「自殺？」

マッツはうなずいた。

「カタリーナは苦痛に耐えられなかった。自殺幇助《ほうじょ》をする外国の団体に連絡をして必要な薬を手に入れた。わたしの意志に反してね」

「なんでそんな話をするんですか？」カーヤはおどおどとカーテンの方をうかがいながらたずねた。この数時間で彼女は数センチ縮んだように見える。肩を落としている。肩にのった重荷で背骨が曲がったようだ。「お客がシャンパンを待っているんです」

カーヤはマッツのそばをすり抜けようとした。

「一分でいい、カーヤ、お願いだ。それだけでいい。カタリーナもそれ以上の時間を求めなかった。一分だけそばにいてくれと妻にいわれた。彼女の人生最後の一分。だがわたしにはできなかった。愛する人、わたしの人生の道を明るく照らしてくれた恒星が目の前で命の灯を消すなんて、耐えられなかった」

「わかります」

マッツは目がうるむのを感じた。無理もない。話すのははじめてだ。いったことはすべて本当だ。残念ながら。

「いまでも自分が許せない。自分勝手だった。そのあとしたこと、あれが人生最悪の汚点だ」

「どういうことですか？」カーヤが話に乗ってきた。マッツは自分の秘密を明かすことで、失われた信頼をすこし取りもどせたようだ。

本心を打ち明けることで、心が浄化されるのを感じた。もう長いこと罪の意識を癒すことができないまま抱えつづけてきた。だが以前、恩師がいっていた。〝心理学は脳みそを使って脳みそを理解しようとする馬鹿げた試みだ。だから破綻する宿命にある〟

「わたしはある女性のところへ行った。フェリチタス・ハイルマン、名前くらいは知ってるだろう。当時、緊急臨床心理サービスのホットラインであなたに応対した精神科医だ。彼女は友人だった。わたしは希望が潰え、孤独に打ちひしがれていた。そんなわたしを彼女は慰めてくれた」

カーヤはサイドボードにトレイを戻した。

「なにがいいたいんですか、先生？」

「四年前から、わたしは逃げつづけている。瀕死の妻の寝室から若い女性の寝室に逃げたんだ。フェリがわたしに好意を寄せていることは気づいていた。その気持ちに応えられはしないのに、逃げ場を求め、彼女と寝た」

マッツはごくんと唾をのみ込んだ。

「わたしは前後不覚に酔っぱらい、娘のネレが携帯に電話をかけてきたときには出ることもできなかった。寝ているわたしの代わりに彼女が電話に出た。そしてネレが死んだ母親を見つけたという知らせを受け取ったんだ」

もう限界だった。マッツは堪えきれず、涙がこぼれた。だが話はやめなかった。

「わたしはまた逃げた。今度は娘から。娘はあの日からわたしを心の底から憎んでいる。帰宅したわたしを、〝最低のくそ野郎〟とののしった。〝ママが死の床にあったのに、裏切ったのね〟と。娘のいうとおりだった。一々もっともだった。ネレはわたしが葬儀に出ることを拒んで、自分で手配した。そしてわたしは？　わたしは騒ぎを起こしたくなかった。だから荷物をまとめてできるだけ遠くへ逃げだすことにした。それで兄を頼って、ブエノスアイレスへ移った。そこに根を下ろそうと思って」

「わたしとなんの関係があるんです？　わたしは逃げていませんけど」

「いいや、そんなことはない。あなたも逃げている。はじめはそうはっきりいうつもりはなかった。しかしあなたも、真実に向き合わず、逃げている。心の中で。さもなかったら、真実のほんの断片を話題にしただけで、これほど過激に反応するはずがない」

カーヤは咳払いした。マッツの首の急性湿疹が濃くなった。

「どういう意味ですか？　真実ってなんですか？　話すことはなにもありません」

マッツは眉をひそめた。

「そんなことはない、カーヤ。話すことはある。お願いだ。すこし時間をくれないか。証明してみせるから」

マッツがそういったとき、カーテンが開いて、客室乗務員のヴァレンティノがラウンジに入ってきた。

「ここにいたんですか」彼はいった。カーヤがだれといるか気づいて、顔を曇らせた。

ヴァレンティノはサイドボードの上のトレイを指差した。

「3Gがかなりむくれてますよ」

「すぐ行く」カーヤはあいている方の手で額にかかった髪を払い、ふたたびトレイを持ちあげた。

「頼む」マッツは、横をすり抜けたカーヤの耳元にささやいた。「あなたの人生が変わるはずだ」

カーヤは首を横に振ってそのまま通りすぎ、ヴァレンティノが開けているカーテンの手前でもう一度振りかえった。

「あとでうかがいます、先生。五分時間をください」

それからカーヤはヴァレンティノといっしょにファーストクラスに姿を消した。

29

ネレ

すてきだ。苦痛のない瞬間。至福の時。

ネレの息づかいがゆっくりになった。体の力をすこし抜いて、ストレッチャーの上でできる範囲で腕と足を伸ばした。

さっきまで痙攣していた彼女の下腹部も緊張が解けていた。本当にほっとする。

「トイレに行かせて」もちろん嘘だ。いましがた陣痛が我慢しきれず、失禁したばかりだ。股間は汚臭がしていた。だが気にならなかった。不思議なことに誘拐犯も気にせず、バケツに入っていた濡れた雑巾をネレに渡した。その横にあるカメラのパイロットランプがずっと点滅している。どうやら一部始終を撮影しているようだ。ネレがうめき苦しんでいるあいだ、犯人はひとりでなにかしゃべっていたが、それも録音したのだろう。それにしても、陣痛の間隔が狭まり、激しさが増している。開口期から娩出期に移ったってこと？

ネレは出産ガイドの内容をろくに覚えていないし、婦人科医の説明も思いだせなかった。

「ねえ、動物は陣痛がないって知ってる？」

「あたしのことはもうほっといて」ネレは雑巾で体をふいたが、かえって汚れが広がってしまった。

「ゾウにはあるらしい。そういう報告がある」フランツはつづけた。「聖書には、神がエヴァを罰したと書いてある。〝お前のはらみの苦しみを大きなものにする。お前は、苦しんで子を産む（新共同訳「創世記」より）〟」聖書の一節らしい。「でもそんなのもちろん嘘さ。本当の原因は直立歩行するようになったことにある」

直立？

ネレは考えた。痛みが引いたこの機会にベッドから立ちあがったらどうだろう。次の陣痛までどのくらい時間があるだろうか。どのくらい速く出口まで行けるだろう。

「直立歩行のおかげで、人類は両手が自由になり、知的なことがいくつも同時にできるようになった。走りながら道具を運ぶというふうに。直立歩行をするには骨盤が狭い必要がある。人類の知性は上がり、脳の体積は大きくなったけど、その大きくなった頭が産道を通ることになった」

「どうやらあんたの母親の骨盤は針の穴のように小さかったみたいね」ネレは皮肉な笑みを浮かべた。「あんたがくだらないことを思いつくのも、これでうなずける。もういいから、ここからだして」

フランツは答えられなかった。突然、この牛舎を貨車が走り抜けるような音がしたからだ。すくなくとも錆びついた線路で古い貨車のブレーキがかかったような音が聞こえた。

ネレは声をあげたが、牛舎中に響き渡った金属音にかき消された。ネレはフランツを見た。彼もおなじようにあわてていた。

「いったいなんだ……」フランツはささやいた。ネレは、その物音が引き起こしたらしいかすかな風のそよぎを感じた。さっきフランツがストレッチャーを押してとおりぬけた東側の壊れた出入口に巨大なシャッターがあった。だれかがその電動シャッターを開けたのだ。そのために必要な道具、リモコンか鍵を持つだれか。そしてよくとおる低い声がした。

「おい、だれかいるのか?」

ネレが目をむいた。かすかな希望が芽生えた。だがフランツは唇に手を当て、ナイフで喉を切るしぐさをした。

足音が聞こえて、また声がした。

「返事をしろ。さもないと警察を呼ぶぞ」

〝声をだしたら殺すからな〟とフランツの目がいっていた。

だが、彼の暗黙の命令にどう従ったらいいか、ネレにはわからなかった。

下腹部が引きつった。また陣痛の波がやってきそうだ。そうしたら悲鳴をあげずにいられない。

「騒いだら、絞め殺す」とフランツには小声で念押しされたが、従うことなどできるわけがない。

30

「待ってくれ。いま行く」フランツはそういって、携帯電話を耳に当てている男のところへ行った。

男は搬出入口に立っていた。輸送車で運ばれてきた乳牛を牛舎に追い込む場所。あるいは乳が出なくなり、お役御免となった乳牛を搬出する場所。

「すまない。聞こえなかったもので」

フランツは急いだ。青灰色の制服を着た大柄の男にどういいわけしたらいいかわからなかった。事前に調べたとき、警備員は火曜日に一度見回りにくるだけだった。きょうは来るはずがなかった。

「ここでなにをしてる？」

警備員は仁王立ちしていた。そうしないと、丸々したビール腹で前につんのめってしまうからだろう。見たところ敏捷《びんしょう》そうではない。頰の毛細血管が破れていて、ろくに動いてもいないのに、息が荒い。片手に携帯電話を持っているが、大きな手の中で名刺のように見えた。もう一方の手には棒形懐中電灯をつかんでいる。こちらは一見、棍棒《こんぼう》のように見える。

「なにか問題でも？」フランツはセーターの右袖に隠していたカッターナイフを手につかみ、しっかりにぎりしめて警備員に近づいた。

「そりゃ、問題だろう」

M&V警備会社の男は、点灯していない懐中電灯で床に落ちている壊れた南京錠を指した。

「不法侵入だ」

「それはちがいます。ぼくたちが来たときはもう鍵が開いていたんです。ここは廃墟で、だれのものでもないと思ったんです」

「なるほど。だから三十はある立ち入り禁止の看板を無視したってのか。このとんま」

警備員は懐中電灯でこめかみを叩いた。

「ぼくたち、問題を起こすつもりはないんです」

「ぼくたち？」

なんとかいいつくろわなければ。一瞬で喉をかっ切れるくらい警備員に近づくまで。

「大学の仲間です。撮影を学んでいて、授業の課題を作成するのにこの廃墟を利用しているんです」

出まかせだったが、うまくいきそうだ。実際、ベルリンではよくあることだ。観光客が増えて、壊れた首都を撮るのが流行っている。警備員がここでそういう奴を捕まえるのは、フランツがはじめてではないはずだ。

「許可を取ってるのか？」警備員がたずねた。

「いいえ、いったでしょう。そんな必要があるなんて知りませんでした」フランツはもう一歩近づき、カッターナイフの刃をさらに押しだした。

「五分くれれば片づけますよ。そして……」

くぐもった悲鳴が背後に並ぶ囲いから漏れでて、警備員は思わずあとずさった。

「授業の課題?」警備員はうさんくさそうにたずねた。大きくはないが、明らかにうめき声に聞こえる。

「やだ。ううう……」

まずいぞ。こんなときに。

太った警備員がいやらしい目つきをしたので、フランツは面食らった。

「なるほどそういう映画を撮ってるのか」

「わかるんですか?」

「俺にも遊ばせてくれないか?」

「いや、それは……」

「いいじゃないか。ちょっと見せてくれよ。撮っているところを一度見てみたかったんだ」

フランツは思った。ついているのはどっちだろう。フランツだろうか、カッターナイフで切られずにすんだ好色な警備員だろうか。

「わかりました。いいでしょう。仲間と相談してきます。ちょっと時間をください。五分でいいです」

「ああ、いや、いや、いや、ううう!」

「もう乱れてるのか?」

フランツは大きくうなずいた。

「ええ、そうです。めちゃくちゃ。あんたをほっとかないですよ」

あほ野郎。

「ほんとに？」

「ええ、でもひとこと断らないと。撮影プランを変更するって。彼女を脅かしたくないので」

「ああ、そりゃそうだ。わかった」

いいや、わかるわけがない。頭の血が腰のものに流れてしまった奴なんかに。

「名前は？」

「ヘルムート」

フランツは、ネレを別のところに隠すのにどのくらい時間がかかるか考えた。

「それじゃ、ヘルムートさん、すこし新鮮な空気を吸ってきてください。一時間くらいしたら……」

「あっ、ちくしょう」

「えっ？」

警備員は腹立たしそうに携帯電話を見た。

「湖畔の古い倉庫で警報が鳴った。巡回ルートの最後の場所なのに。くそっ。撮影はどのくらいかかるんだ？」

「二、三時間」

「それならいい。あとで来る。倉庫がどうなってるか見てこないと」

「いいでしょう。わかりました」

フランツは、急いで車に戻っていく警備員を見送った。警備員が乗り込むと、おんぼろのゴルフのスプリングがギシギシいった。

「俺をだましたら、ただじゃおかないからな」警備員は窓を下ろし、大声でいうと、フランツが運転してきたタクシーを大きくまわり込みながらガタゴト音をたてて、出口へ向かった。

まいった。とんでもない番狂わせだ。

フランツは、ネレのうめき声が聞こえる牛舎の奥にきびすをかえした。

彼は時計を見て、歩きながら考えた。先に連絡を取って指示を仰ぐべきだろうか、緊急避難用に考えておいた場所にすぐに移動するべきだろうか。警備員が戻る前に。

「ううう……」ネレが叫んだ。妙に明るい声だ。フランツが彼女を押し込んだ囲いまで来ると、ネレがまたうめいた。目をむき、眼球の毛細血管が破裂して赤くなっているだろう。ネレはきっとストレッチャーの上で四つん這いになってあえいでいるにちがいない。さっきの陣痛ではそういう恰好をしていた。その方が楽らしい。

「ちくしょうっ！」ネレが叫んだ。大きなはっきりした声。そしてフランツもそう叫んだ。現実のネレは四つん這いになってもいなかったし、叫んでも、腹を抱えてもいなかった。

声の主はカメラのモニターの中のネレだった。

映像の中のネレ。

本人は消えていた。

ストレッチャーはもぬけの殻。

囲いの中にはカメラしかなかった。ネレが映像を巻きもどして、再生させていたのだ。

31

マッツ

マッツは洗面ボウルへ走りたかった。便器でもよかった。胃の中のものを吐ければそれでいい。しかし立つわけにいかない。カーヤが映像を見ている。彼女をスカイ＝スイートのリビングにひとり残すわけにいかない。

カーヤは約束どおりやってきて、いま椅子にすわってモニターに再生されたチャンネル13／10を見ている。

「わたしじゃありません」カーヤはささやいた。目がモニターに釘づけだ。自己否定は精神的外傷患者の典型的な反応だ。自分の過去の悪夢と距離を置こうとしている。

カーヤの言い分はある意味正しい。映像の中の人間はいまの彼女ではない。のけぞり、のたうつ少女。暴行者に組みしかれ、その前で四つん這いになり、素っ裸で、むきだしの暴力になすすべのない少女。

十一年前、カーヤは人格がちがうというだけでなく、本能のままに動く予測不能な精神状態だった。生き延びることしか頭になく、必要と思われることをただがむしゃらにやっていた。

映像の中のカーヤは尻を叩かれても我慢し、犯人に要求されて銃口をなめることまでした。

モニターを見ているカーヤから目をそらすと、マッツはあらためてiPhoneに視線を向けた。そこにはこれまで目にした中でもっともおぞましい写真が映っていた。手足をしばられた状態で放心しているネレの目。マッツは脅迫者の言葉を思いだした。

〝……おまえが役目を果たさなければ、奴はためらうことなくおまえの娘と赤ん坊を殺すだろう、ドクター・クリューガー〟

役目。

なんてひどい言い方だろう。その言葉に心が毒され、いまこうしてマッツは実行している。

映像では、銃乱射事件を起こした生徒がカーヤの右胸をわしづかみした。乳首がちぎれそうだ。そのシーンにはうまく音声が入っていなかったが、マッツには悲鳴とうめき声が聞こえた。「本当に見なくてはいけないのですか?」とカーヤがやっとの思いでささやいた。そのくらい耐えがたい映像だった。

正しい返事はこうだろう。〝いいや、もちろんその必要はない。トラウマが再発するのはきわめて危険だ、クラウセンさん。まともな人間なら、絶対あなたにそんなことを要求しないだろう。そんなことを要求するのはマッツ・クリューガー、わたしだけだ〟

飛行機はふたたび安定して飛んでいた。だがいつまた揺れるかわからない。心の緊張が一秒ごとに増していく。急に皮膚が張り、熱を感じた。全身に火傷を負ったような感覚だ。

「すぐに終わる」マッツは嘘をついた。実際にはこれから最悪のシーンを見ることになる。それを見たとき、マッツ自身、茫然自失した。いままで見たシーンだけでも、カーヤはしばらく悪夢にうなされるだろう。彼女はそれを何年ものあいだ、忘却という箱にしまってきた。だがいまそれを意識させられてしまう。いつでもすぐさまその光景を思いだしてしまうだろう。ひさしぶりに映像を見なおすことで、長年アルコールに依存していた患者が再発するのとおなじ状況になる。クリーンな時期が長ければ長いほど転落も深い。

「本当ですね?」カーヤがたずねた。声がふるえている。涙が水滴のように目元できらっと光った。「本当になにもかもよくなるって誓うんですね?」

マッツは吹きだしそうになった。

誓う？

ジュネーブ宣言がマッツの脳裏をよぎった。医師が宣誓することになっているヒポクラテスの誓いの現代版だ。

もちろんマッツもかつて誓った。〝わたしは、良心と尊厳とをもって、自らの職務を実践する。わたしは、人命を最大限に尊重し続ける。わたしは、たとえ脅迫の下であっても、人権や市民の自由を侵害するために私の医学的知識を使用しない〟

それなのに、これはなんだ！

その瞬間、銃乱射事件を起こした男子生徒がようやく身を離し、カーヤを突き飛ばし、そっぽを向いた。

男子生徒はふるえながら女子更衣室の中央に移動し、隠し撮りしているビデオカメラの方に顔を向けた。だが目はうつむいて床を見ていた。

カーヤは駆け去った。逃げだしたのだ。もちろん映像の中での話だ。

現実のカーヤはじっと椅子にすわって、目を見開き、ほとんどまばたきをしなかった。指が制服のスカートのひだをにぎりしめている。脳内でざわつく記憶の騒音が止むのをきっと待っているのだ。あの怖ろしい体験をもう一度はじめから終わりまで目の前にさらす、油切れしてきしむベルトコンベア。

「それで？」カーヤは小声でたずねた。そのとき、びくっと反応した。さっきのマッツとそっくりだ。映像は思っていたところで止まらず、いきなりタイルの床が映しだされた。焦点が変わり、ピントがぼけた。撮影者がシャワー室から一歩外に出たようだ。女子更衣室のシーンをもっとよく映すためらしい。

映像が揺れ、なにもかもがぼやけ、暗くなった。だがカーヤと銃乱射事件を起こした生徒のすさまじい光景をここに至るまで九分間も見れば、このときビデオカメラが捉えたものがなにかすぐにわかる。ただ解《げ》せないのは、どうしてそうなったかだ。

「どうしてこれを？」カーヤはたずねた。おどろきの声、驚愕のまなざし。彼女もこのシーンをはじめて目にしたのだ。

「疑問はむしろ、あなたがどうしてこんなことをしたのかだ」マッツは容赦なくいった。いま思えば、カーヤにいいよっていたヨハネス・ファーバーがなぜこの映像を公表したのかわかる。だが映像の最後の部分を当時カットしたのは謎だ。

「ペール・ウンゼルは拳銃で脅し、あなたを人質に取った。あなたは自分と演劇サークルの仲間の命を救うために乱暴されるのを受け入れた。それなら、なぜ戻ってきたんだ？」

マッツはそういいながらまわり込んで、カーヤの目を見つめた。

「犯人が自殺するのを止めるため？」

カーヤは遠くを見る目つきをした。頬が落ちくぼみ、あごを心なしか前に突きだしている。それが彼女の蒼白い顔に、どこか呆けたような印象を与えた。

唇が動き、「ちがいます」といった。しかし口から声が漏れることはなかった。

「付き合っていたのか?」

カーヤはかすかに首を振った。

「どうして女子更衣室に戻ってきたんだ? あなたは彼の手を取って、抱きしめている」

マッツはしつこく迫った。いまだにその困惑するシーンが流れているかのように、黒くなった画面を指差した。

「いってくれ。あなたは恋したばかりのように彼の髪をなでた。その上ディープキスまで」

32

フェリ

彼は愕然とした表情を見せた。車にぶつかられたときのように。フェリはそれをまざまざと見ることができた。内心悪態をついているのが聞こえるようだ。もちろんアンドレ・クロプシュトックはすぐ気を取りなおした。

瞳にかかった影は消えたが、フェリを出迎えたときに見せた、キセノンガスを吸ったような笑みも蘇らなかった。五分前には千ワットをゆうに超えるにこやかな笑顔を見せていたのに。

「ハイルマンさん、また会えてうれしいです」彼はそういって、フェリを出迎えた。といっても、フェリは学会会場ですれちがい、軽く会釈したくらいしか覚えがなかった。

　クロプシュトックは自分の部屋にしている角部屋のドア口に立っていた。そこからはクランツラー・エック（ベルリンの目抜き通りクアフュルステンダム大通りの角にある人気スポット）が見えた。クロプシュトックは親友とひさしぶりに会ったかのように握手した。

「ご用件はなんですか?」

「ちょっとうかがいたいことがありまして、長居はしません」フェリはそう約束すると、クロプシュトックに誘《いざな》われて、背もたれが異様に高い椅子に腰かけた。クロプシュトックは正面のデスクに向かってすわった。特注品だ。シンプルだが、体にフィットした空色のスリーピーススーツもオーダーにちがいない。

「ちょっと失礼」そうささやくと、クロプシュトックはデスクの上の額入り写真を並べなおした。写真は褐色の髪のぴちぴちに若い美女のポートレートだ。フェリは、クロプシュトックが数ヶ月前、出産間近の妻から二十歳も年下のルーマニア人フォトモデルに鞍替《くらが》えしたというゴシップ記事を大衆紙で目にしたことを思いだした。

「あなたのお役に立ててうれしいです、ハイルマンさん」

　会話はおどろくほど和やかにはじまった。クロプシュトックがフェリの笑みを誤解したからだ。

彼と相対してすわり、間近に見て、フェリは母親の口癖を思いだした。〝犬の顔をした男には用心しなさい。尻尾を振って油断させ、いきなり襲いかかるから〟

クロプシュトックは、警告された顔立ちの特徴をことごとく備えていた。への字に結んだ口はバセットハウンド。額のしわはダックスフント。悲しそうな褐色の目はビーグル。この目で患者に追加の治療をもちかけるのだろう。そして鍛えた体はドーベルマン。

「それでご用件は？」クロプシュトックがたずねた。フェリはさっそく、防犯カメラの映像のプリントアウトを見せた。「この人物のことです」

「ボノ？」

「ご存じなんですね？」

「あまり映りはよくないが、まちがいない」

「患者ですか？」

「いうわけにいかないのはご存じでしょう」

もちろん知っている。簡単にいくとも思っていなかった。クリニックのある四階でエレベーターを降りたとき、クロプシュトックに会えるとも思っていなかった。

受付は五つ星ホテルのロビーのようだった。カウンターにはボーイ風の服を着た医療助手がいた。医療助手はカプチーノと水をだし、ラウンジでｉＰａｄに診察申込を記入するようにいったが、フェリはすぐに自分が患者ではなく医者であることを伝えた。医療助手はすぐ院長に伝えるといった。その約束どおり院長のところに通されたのだ。

「あなたの運転手だと聞きましたけど」

それはあのろくでなしのリヴィオから得た情報だ。あいつは携帯電話を盗んだ罪滅ぼしにクアフュルステンダム大通りまで車に乗せてくれた。

〝その学生は先生がクリニックを移動するときの足なんだと思う〟リヴィオが教えてくれた。

〝おれの診察は週に一度だけど、先生が来ているときは決まって奴が車で待機している〟

「ボノにどういう用なのかな?」クロプシュトックはフェリにたずねた。

「ボノっていうんですね? 名字ですか、名前ですか?」

「どちらでもない。わたしがそう呼んでいるだけだ。本名は知らない」

「では患者ではないじゃないですか。それなら……」

ボノ!

ある考えが脳裏に浮かび、フェリはそのまま声にだしていった。

「彼はあなたの運転手をし、代わりに無料で診察してもらっているんですね?」

だから金銭授受もないし、カルテも存在しない。

成功した医師の多くが患者を無料で治療するプロボノ活動をおこなっている。たいていは善意からだが、クロプシュトックは明らかにあのやせたタクシー運転手と都合のいい取引をしたようだ。ある有名な医学雑誌のインタビューで「先生の得意なことはなんですか」という質問に、クロプシュトックはこう答えている。〝他の人が見向きもしないことに儲けの可能性を見いだす力でしょう〟

彼の主たる収入源は患者の治療ではなく、ラボだ。ラボでは血液、毛髪などのDNA分析による病原体検出からドラッグやアルコール依存症のリスク検査までおこなわれている。クロプシュトックはさらに、有効性が疑われているHIV、肝炎、父子鑑定などのホームテストの特許も持っている。

「そのボノという人物に見返りを求めたんですね？」

「それも申しあげられない。しかしあなたにどういう関係があるのかね？　なんでそんなことを知りたいのだ？」

「マッツ・クリューガーをご存じですね？」

クロプシュトックはうなずいた。

「頭の切れる男だ。そういえば、しばらくなにも聞かないな。たしかブラジルに移住して、あっちで開業しているとか」

「アルゼンチンです。いま飛行機でブエノスアイレスからベルリンへ来るところです」

これがいけなかった。態度が一変した。クロプシュトックは危険を察知したのだ。

「彼のお嬢さんがとんでもない目にあっているんです」フェリがいうと、クロプシュトックは二度、まばたきをした。

「なにがあったんだね？」

「それもいえません。しかしこの人物が関わっているようなんです」

　クロプシュトックが突きかえしたプリントアウトをフェリは指で叩いた。クロプシュトックは腰を上げて窓辺に立ち、ブラインドの紐を神経質にいじった。顔が漆喰《しっくい》壁のように白くなり、目の下に急に影がかかった。

「ボノはどこですか？」フェリはたずねた。

「知らない」

「でもなにかをご存じですよね？」

　クロプシュトックがフェリの方を向いた。口が開いた。ほとんどわからないくらいのうなずきだが、フェリには見えていた。

「どうなんですか？　先生、お願いです。大げさに聞こえるかもしれませんが、クリューガーの話が本当なら、人命がかかっているんです」

　まったく空腹を感じていないのに、フェリの胃が鳴った。クロプシュトックに負けないくらい神経が張りつめていた。

　クロプシュトックがデスクに戻って、電話の方に身を乗りだした。患者のカルテを持ってくるよう受付に電話をすると思いきやちがっていた。

「リストさん？　次の患者を入れてくれたまえ。ハイルマン先生はお帰りだ」

33

「ちょっと待ってください……」フェリは立ちあがって抗議しようとした。

しかしクロプシュトックは短縮ダイヤルのボタンを押しながら、わざと親しげにたずねた。

「タクシーを呼びましょうか、ハイルマン先生？」

フェリは腹立ちまぎれにいった。

「はじめて会ったときから、あなたを好きになれませんでした。確信を持たせてくださりありがとうございます」

フェリは部屋を出た。ドアを思いっきり乱暴に閉めようとしたが、ドアクローザーのせいで、うまくいかなかった。

これからどうする。

フェリは深呼吸すると、医療助手に一礼して、エレベーターへ向かった。これからどうしたらいいだろう。

ちがう。

これからしなければいけないことはわかっている。だがそれが心配だったのだ。クロプシュトックとボノというあだ名のタクシー運転手につながりがあることを教えたら、マッツはどういう反応をするだろう。ネレを救いだす次の手がまったく思いつかない。

フェリの携帯電話が鳴った。ちょうどエレベーターのボタンを押したときだ。

ヤーネク！

無視しようとしたが、うっかりボタンを押しまちがえて、電話に出てしまった。

「さっきからどこにいるんだい、フェリ？」

おだやかな言い方だが、苛立っているのは声の調子でわかる。結婚を目前にした相手が携帯電話にも、固定電話にも出ないという状況に困惑しているのだろう。自宅でシャワーを浴び、髪を梳《す》いて、ドライヤーをかけているならわかる。期待に胸をふくらませてシャンパンを傾けているというのも納得できる。

なのに、一番都合が悪いときに電話に出てしまうとは。

しかも腹を立て、困惑し、無計画な状態で。

「クーダム＝クリニック」フェリは正直にいった。そしてエレベーターが来る気配がないので、もう一度ボタンを押した。

「どこだって？」ヤーネクはあぜんとしてたずねた。フェリがオーストラリアに移住したと告白したかのようなおどろきようだ。「まだ働いているのか？」

「働いてるわけじゃないの」フェリはひどいことをいってしまいそうになった。まだ夫でもないのにそういうことを訊く権利があると思っているのか、と。だがそれは、自分やこの状況に向けるべき怒りを彼に転嫁したものだ。問題は縁を切ったはずの人間にほだされてしまったフェリにある。マッツは妻が死んだあと彼女を利用した。彼女が一夜を過ごす以上のことを期待していると知りながら、彼女を慰めの道具にした。そしてネレにそのことを知られ、絶交をいいわたされるなり、フェリを捨てた。もっと強い男なら、妻のそばにとどまっただろうし、未来を見すえ、新しい人生をはじめただろう。フェリにもチャンスが与えられたはずだ。しかしマッツはフェリを置き去りにして逃げた。

「マッツ・クリューガーの娘が大変なことになってるの」フェリはヤーネクに答えた。大事な日を嘘で汚したくなかったのだ。「家で会いましょう。そのとき説明する」

できる範囲でね。

「ふうむ」ヤーネクの声が電話の向こうから聞こえた。マッツ・クリューガーの名を聞いたあとも、ヤーネクがまともに話を聞くかどうかわからなかった。

「三十分で戻る」そう約束すると、フェリは「愛してる」といって電話を切った。ヤーネクはなにもいわなかった。

せっかくの日になんてこと。フェリはそう思って、時計を見た。あと三時間ほどしたら役場にいないといけない。

ふう。

フェリは腹立たしくなった。おんぼろルノーでクアフュルステンダム大通りまで乗せてくれたリヴィオを帰してしまったのはうかつだった。早く帰宅しなければならないのに。タクシーより電車の方が速いかもしれない。

チーン！

エレベーターの扉が開いた。だがフェリは乗らなかった。うかつなことをしたと気づいたのだ。

クロプシュトックの診察室で。

フェリはきびすを返して、受付に駆けもどった。

「ちょっと考えたんですけど」と医療助手にいった。

クロプシュトックの言葉！

あいつがせっかく手を差し伸べてくれたのに、フェリはそれを払いのけてしまったのだ。さっきはあいつのすげない態度にかっとしてしまった。

「じつはきょう、結婚する予定で、いろいろまわるところがあるんです」

だが実際には拒否ではなく、申し出をされたのだ。〝タクシーを呼びましょうか？〟

「信頼できる運転手がいるって先生がいっていましたけど」

「信頼できる？」

医療助手は眉間にしわを寄せた。

「今朝、先生の自宅に迎えにいくことになっていたのに、あらわれなかったんです」

「本当？」フェリは興奮して頬が赤く染まるのを感じた。どうやら当たりらしい。気になるのは、クロプシュトックがなぜあんなにまわりくどい言い方をしたかだ。フェリの言葉のなにが彼をあわてさせたのだろう。いや、不安すら覚えたようだった。

「もう一度その運転手に連絡を取ってくれませんか?」フェリは頼んだ。

医療助手はなにもいわずに名刺収納ボックスからすり切れた名刺をだし、受話器を耳に当てた。

「やってみましょう。フランツにつながるかもしれませんからね」

34

フランツ

カーゴ・パンツの中で携帯電話が振動した。だがいまは出られない。現状確認の電話だったら、なんていったらいいかわからない。

〝すみません、いま取り込み中です。すけべな警備員を追い払うのに四苦八苦していたら、妊婦に逃げられました〟

「そんなことといえるか!」

フランツの叫び声が、がらんどうの牛舎に響いた。

さっきはなんで縛《いまし》めを解いたりしたんだ。乳牛は一生縄につながれるのに。またしても温情をかけてしまった。苦しませたくなくて。

まずいぞ。どうしよう。外に出て、このあたりを捜すか。牛舎の壁に穴があいていて、そこから外に逃げだした可能性がある。

だが、もしかしたら隣の囲いに隠れているだけかもしれない。わらの中にもぐり込んで、うめき声をあげないよう血が出るほど強く手をかみしめていたりして。

フランツは前になにかで読んだことがある。サイエントロジー教会は女性信徒に出産の際に声をだすことを禁じている、と。痛みに耐えるのは可能ということだ。死の恐怖を味わっているのだから、そういう信じがたいことをやるかもしれない。人間の体は神秘に満ちている。想像もしていなかったことができるものだ。

「ネレ?」

フランツは今、彼女の名前を呼ぶより、泣きたい気分だ。さっきとおなじ絶望感を覚えて。いつまでも涙を堪えることはできないだろう。とにかく涙もろくなっている。プレッシャーは尋常ではない。他に方法がないし、だれもこの大事な使命を担えないことはわかっていたが、フランツにとっても重荷になっていた。だがもしかしたら適任じゃないかもしれない。

なんてことだ。適任じゃないんだ。

素っ裸で、ろくに動けない人質にどこかに逃げられてしまうとはとんでもない失態だ。

とはいえ、「どこか」というのは正確ではなかった。足跡が残っている。ただフランツは目利きではなかった。自分の足跡との区別もつかない。

フランツは事前に何度もこの牛舎に来ている。まずは下見。それから、ネレが出産する場所の設営。

そしてこの足跡は……。

フランツはほこりだらけのコンクリート床にひざをついた。何年経っても消えない乾し草や排泄物の臭いで鼻がむずむずした。

これだ。足指の跡。はっきり見てとれる。

あそこにも。二十センチ先に裸足の跡があった。それにうっすらと濡れた痕跡も。血液か小水じゃないか。

ボーイスカウトの素質があるかも、とフランツは思った。

ネレが逃げた方向はおおよそわかった。

フランツはまた立ちあがって、牛舎の奥に出口があったかどうか考えた。準備段階で作った平面図を思い浮かべたが、そっちに出口はない。

あるのは地下の汚物処理施設に通じる階段だけだ。まずそこを捜すことにした。

35

リヴィオ

九十三ユーロ二十四セント。

悪くはない。だがもっと稼いだこともある。

クレジットカードは使いようがない。身分証は売れそうだ。州保健福祉局に行けば、難民に新しい身分を与えるのを生業《なりわい》にする手配師がいるはずだ。

もっとも証明写真がいかにもドイツ人なのは難点だが。

リヴィオは車の中で失敬した財布の中身をもう一度見てみた。彼女が車から降りるとき、上着のポケットから難なく財布を抜いた。携帯電話を盗むときよりも簡単だった。携帯電話のときは彼女の気をそらし、長年腕を磨いたスリのテクニックをすべてだしつくす必要があった。

リヴィオは紙幣をなでて伸ばし、ズボンのポケットに押し込んだ。

約百ユーロの稼ぎ。臨時収入としては悪くない。携帯電話よりもわりがいい。携帯電話を売りとばしてもそれほどの稼ぎにはならない。

リヴィオは財布からクレジットカード、ポイントカード、保険証をだして助手席に広げた。最後に領収書のように見える白い紙をひらいてみた。

婚姻手続きの案内状。

リヴィオは日付を見た。

まじかよ。

きょうじゃないか！

「あいつ、これから結婚するのか」リヴィオは独り言をいって、ルームミラーを見た。クリニックの入っているビルが比較的よく見える。リヴィオは身分証明書の写真を案内状の写真と見比べてから、ルームミラーに映っている彼女の顔を見た。だが遠すぎてよく見えない。ちょうどそのとき、フェリが携帯電話を耳に当てながら歩道に出てきて、一瞬左右を確かめ、カイザー・ヴィルヘルム記念教会の方に消えた。

傲慢な感じの婚約者とふたり、二時間半後にびっくり仰天するとも知らず。

たしかドイツでは、身分証明書がなくては結婚できないはずだ。

36

マッツ

「ここまでね」フェリがいった。荒い息をしている。道路の騒音が聞こえる。十字路を渡っているようだ。「これで終わりにする」

カーヤにつづいて、またしても女性から縁を切られるのか。最後の頼みの綱だというのに。

といっても、カーヤはさっきなにもいわなかった。黙って立ちあがると、トンネルモードにスイッチし、スカイ＝スイートから出ていった。トンネルモードとはつまり、アイコンタクトの遮断、身振りの凍結、ロボットのようなぎこちない動きのことだ。心が深く傷ついたときの典型的な徴候だ。映像で彼女に精神的手榴弾を投げつけたのはマッツ本人だから、彼女の気持ちはよくわかる。自分がとまどっていては、カーヤにイメージを植えつけられるわけがない。

キスをし、犯人をやさしく抱く。親密な仲。なぜ暴行した奴のところへ戻ったのだろう。そんなに早く知覚変容を生じたというのだろうか。

ありえない。

彼女が人質になったのはごく短時間だった。ストックホルム症候群として知られる犯人と被害者の感情的結びつきが生まれるはずはない。だがマッツは答えを得られないだろう。今夜を生き延びたとしても、マインドコントロールを試みた廉《かど》で医師免許を剝奪され、二度とセラピストとして働くことができなくなる。そうなればカーヤ・クラウセンをみずから治療することは望めない。

「切るわよ」フェリの声がした。

「だめだ。頼む、切らないでくれ！」マッツは吐き気をもよおし、洗面台の蛇口をひらいた。鏡にはめ込まれた二個の照明がシルクの笠を通して淡い光を放っていた。おかげでマッツは思ったほどやつれて見えなかった。

「お願いよ、マッツ！」フェリがため息をついた。「誘拐犯とおぼしき男の電話番号と住所を手に入れたわ。クロプシュトックの医療助手からそいつの名刺をもらったのよ。名前はフランツ・ウーラント。きょうは仕事を休んでいるそうよ。もう充分でしょ？警察に通報して、あとはプロに任せるべきよ」

「それができないんだ。ネレがどこにいるか百パーセント確実でなければできない」

「なぜ？」

マッツは左手を流水に当てて動脈を冷やした。それから鏡の横のステンレス製ティッシュホルダーから化粧用ティッシュペーパーを取って額の汗をふき、重い足どりでリビングに戻った。

「カーヤ・クラウセンを覚えているか？　学校で銃を乱射して自殺しようとしたのを、きみが阻止した子だ」

「阻止したのはあなたよ。わたしはあの子をあなたにつないだだけ。その子がどうしたの？」

「客室乗務員としてこの機に乗っている」

「嘘」

「嘘じゃない。偶然でもない。男か女か不明だが、複数と見られる犯人グループが機内プログラムにファーバー＝ビデオをアップした」

「ファーバー＝ビデオ？」

「カーヤが銃乱射事件を起こした生徒に乱暴されたところを撮影した映像だ。その映像の公表がきっかけで、彼女は自分でも銃乱射事件を起こそうとした」

「ええ、思いだした。でもそういう名前だったなんて覚えていなかった」

マッツはリモコンをつかんで、チャンネル13／10をひらいた。矢印キーを三回押す。それで最後に見た個所に跳んだ。説明がつかないキスシーンの直前だ。

「九ヶ月にわたって、カーヤは他の生徒を救った学校の英雄だった。ヨハネス・ファーバーが映像をばらまくまでだ。カーヤは彼を殺すために拳銃を持って登校した。自分を馬鹿にし、からかった奴らもついでに片端から殺すつもりだった」

「ええ、思いだした。でもそれがネレとどういう関係があるの？」

「そのファーバー＝ビデオをカーヤに見せるようにいわれている」マッツはすでに見せてしまったことを黙っていた。

「なんで？」

「彼女のトリガーを引けというんだ。カーヤの自己攻撃性をふたたび活性化させて、自分自身を含む乗客乗員全員を殺すようにしむけろ、と」

「冗談はよして！」

「冗談じゃない」

「そんな、ありえない……」

「ところが脅迫者はそうしろといっている。飛行機を墜落させないと、ネレが死ぬ。なんできみにしか頼れないかわかっただろう？　犯人の名前だけでは足りない。ネレがどこに拉致されたかつきとめる必要があるんだ！」

　マッツは何度も思案を巡らしていた。

　警察が先に行動したら、マッツが旅客機を危険にさらすよう脅迫されていることがばれてしまう。その時点で、乗務員はリスクを排除しようとするだろう。マッツはどこかに軟禁される恐れがある。警察がネレを見つける前に、脅迫者が気づいてネレを殺す恐れもある。

　マッツは映像を一時停止した。シャワー室のタイル張りの床が映っていた。

「フェリ？」彼女から返事がなかったので、マッツはたずねた。喧噪が聞こえているから、電話はつながっている。

「あなたって、最低」フェリがかすれた声でいった。

「ああ」

「なんでわたしを巻き込むの？」

「きみを？」フェリがカーヤのことを話していると思ったが、もちろんフェリに頼んでいるのも無茶苦茶なことだ。

「きょう結婚することは聞いた。だけどフェリ……」

「結婚なんてどうだっていい！　人の命がかかっているんでしょ。それも数百人。そしてわたしを幇助者にした。もう知らなかったふりはできない。警察に伝えなくては」

マッツはため息をついて、リモコンをつかんだ拳骨でプラズマモニターを叩いた。

「だめだ、やめてくれ。きみはネレを殺すことになる」

「ああ、マッツ。あなたには世界中のなによりもネレが大事なのよね。でも、わたしは？　わたしがネレを見つけられなかったらどうなる？　あなたは満席の旅客機を犠牲にするわけでしょ」

マッツは目の前がくらくらした。話が変な方向に流れてしまった。

「そんなことをいわないでくれ、フェリ。よく聞くんだ。カーヤには手をださないと誓う。脅迫者の要求には屈しない。飛行機に乗っている人はだれも被害を受けない」

「それを信じろというの？」

「ああ」マッツはさらに嘘をついた。「信じてくれ。わたしは大量殺人犯じゃない」

いや、それはちがう。薄汚い嘘つきだ。

フェリはためらった。電話の向こうの騒音が聞こえなくなった。おそらくタクシーに乗ったか、建物に入ったかしたのだろう。神よ、いま彼女の前に立ち、手を取って説明できるなら、なんでもする。

「どうしたものかしら」フェリはいった。「あなたが嘘をついていて、だれにもこのことを話さなければ、わたしはきっと数百人の人命を死なせた罪を背負って生きることになる」

「嘘じゃない、フェリ。着陸するまでまだ六時間ある。きみが警察に通報したら、この機の乗員に連絡が行く。犯人グループは計画が露見したことに気づくだろう。そうしたら奴らはネレを殺す。あの子と赤ん坊の命がない」

「あなたと飛行機のことは話さなければいいでしょ。妊婦が行方不明だってことだけ伝えればいいのよ。そしてウーラントが怪しいという」

「ああ、それは考えた。しかし脅迫者が捜査のことをまったく耳にしないという保証があるか？」

「もうわたしのことを知っているかもね」

「ああ、そうかもしれない。しかしきみは警察の人間じゃない。犯人が男か女か知らないが、なにか大きな目的があるにちがいない。公にしたくないなにか。そしてわたしが警察に知らせれば、ことは公になってしまう。通報するのは早計だ。頼む、フェリ、お願いだから、もうすこし時間をくれ。ウーラントという奴がわたしの娘をどこに連れていったかつきとめるんだ。そうすれば警察に通報すると誓う。そして片をつける」

フェリはすこしのあいだ黙っていた。そのあいだ電話の向こうで単調なエンジン音が聞こえた。マッツが風洞の中にでもいるような気がした。身のまわりで音がする。ようやくフェリがいった。

「さっきもいったけど、あなたって最低よ、マッツ」

フェリは通話を終了させた。いうとおりにするとも、警察に通報するともいわずに。

マッツは電話を落として、両手で顔をおおった。

ああ、どうしたらいいんだ？　なにができる？

マッツは目にたまった涙をぬぐった。それからリモコンを探して、あのひどい静止画像を消そうとした。そのときなにかが目にとまった。目の奥の頭痛と吐き気と鉛のように重い疲労感のせいで、目にしたものがなにか意識するまでしばらくかかった。

モニター。

静止画像。

女子更衣室内のシャワー室。

濡れたタイルの床。

ほとんど目につかない小さなもの。偶然、映像を一時停止しなかったら気づかなかっただろう。

いま気になったのはこれか？　マッツはその映像を拡大するか、プリントアウトしたいと思った。モニターに近づいた。そして痛恨のミスをした。もっとよく見ようとして、モニターのタッチスクリーン機能でコマを送るか戻すかしようとして、その場面を見つけられなくなったのだ。

機内プログラムには細かい操作が設定されておらず、五秒間隔でしか一時停止できなかったのだ。マッツが欲しかったのはスローモーション機能だ！

なんてことだ。

いくらやっても、映像はさっき見たところで止められなかった。それでも見まちがいとは思えなかった。

二センチほどの大きさだったが、たしかにそれを見た。それはカーヤのトラウマに新たな光を当てるものだ。

なぜそう確信したのかわからなかったが、誘拐犯グループが取り返しのつかないミスを犯したと直感した。

37

ネレ

〝ボウリングのボールを尻からひりだすみたいだ〟

こんなひどい喩えは男にしか思いつかないだろう。しかもそんな喩えでも甘すぎる。ネレにとっては、釘を無数に突き立てた自動車のバッテリーを子宮に突っ込まれたような痛みだった。

それでも悲鳴をあげなかった。それほど大きな声はあげなかった。すくなくとも離陸する飛行機には負ける。

だが彼女のうめき声は、いま横たわっている地下の通路では大聖堂の中のようによく響いた。苦悶の声が通路に鈍く反響し、彼女を包む暗がりにのみ込まれた。ネレは牛舎の奥にあったグレーチング（鋼材で作った格子状の溝ぶた）の階段を伝って闇の中に入ったが、数メートルしか進めなかった。文字どおり腰が抜けたのだ。陣痛がひどくなり、床にくずおれた。

陣痛が一段落すると、ネレは一瞬、目が見えなくなったのではないかと不安になった。そのうちうっすら影が見えた。通路の真ん中に置かれた金属のコンテナー。蝶番《ちょうつがい》がはずれかけた木製の扉。扉は馬の遮眼帯のように廊下に立っている。

牢獄、とネレは思った。逃げ込んだのは廃墟と化した牢獄だ。

ここでは暗い影以外なにも見えず、代わりに嗅覚と聴覚が研ぎすまされた。

排泄物と汗の臭気、不安が湧きあがる。目の前の銅製の棒（たぶんパイプ）をつかんで身を起こそうとすると、壁のモルタルがはがれ落ちた。どんなに苦しくても先を急がなくては。タイル張りらしい暗い廊下、汚泥とカビの悪臭に満ちた暗闇に入っていくしかない。足音が背後の階段の上から聞こえる。逃げなくては。

近づいてくる足音と声で、ネレはパニックに陥った。

「ネレ?」誘拐犯が呼んだ。フランツと名乗るあのいかれた奴。どうやら本当に本名を明かしたらしい。ネレが逃げるなどと夢にも思っていなかったのだろう。

「ネレ、戻ってよ。頼むからさ。全部説明する」

新たな陣痛がはじまった。三度目の陣痛。数分ごとに痛みがぶりかえす。

お願い、神さま。一時間も苦しむなんて勘弁して。時間の感覚がおかしくなっているとわかっていたが、ネレはそう祈った。

「悪かった。きみが逃げだしたことは怒っていない。ちゃんと説明するべきだった」

犯人の声は悲しげだった。映画で見た連続殺人犯とは言葉使いも口調もだいぶちがう。フランツは……本音をいっている。自分がしていることで、本当に胸を痛めているらしい。それでも、あいつの頭がいかれていることに疑問の余地はない。

論より証拠で奴はこういった。

「人間が他の哺乳類と根本的にちがうところはどこだと思う？」

理由もなく殺すところでしょ。ネレは心の中でいいかえした。だが腹式呼吸をするのに必死で、声は出なかった。

ネレは一秒ごとに起きる痙攣に腹式呼吸が有効だと気づいたのだ。

「人間は大人になっても乳を飲むこの世で唯一の哺乳類だ」フランツが自分で答えた。その声はいまだに階段から聞こえる。奴は動いていない。

「それがなにを意味するか、だれも、そう、だれひとりわかっていない。ぼくらが牛乳を消費した結果、どうなるか想像もできないんだ！」

ネレは棒にすがって一センチずつ起きあがり、膝立ちになった。

ネレは股間からなにかが流れだすのを感じて、前屈みになった。

四つん這いになって、尻を誘拐犯に向ける恰好になった。奴にこっちの姿が見えないことを祈った。

「乳糖不耐症による下痢のことじゃない。前立腺癌のことでもない。骨粗鬆症《こつそしょうしょう》や糖尿病とおなじで、牛乳が原因だけどね」

フランツが暗視装置をつけているかもしれないと思って、ネレは背筋が寒くなった。あるいは彼の言葉は再生装置のもので、すこしずつ忍び寄ってきているかもしれない。

そのすぐあと、彼の指先を感じ、うなじに息がかかった気がした。

「話したいのはそんなことよりもはるかにひどい、耐えがたい苦痛のことなんだ！」

ネレはつまずいて前方に倒れ、横に転がった。そうするつもりはなかったが、せざるをえなかった。もう体を支える力が残っていなかった。

「お願いだよ、ネレ。戻ってきてよ。説明させてくれ。きみは賢い女性だ。話せばわかるはずだ」

ネレはあらためて体を起こした。床の感じが変わった。さっきまでは冷たく、壊れやすいタイルとざらざらのコンクリートだったのに、刺のようなものが刺さった。手をついたのは板のようだ。

板？　木の床？

ネレは床を手探りして、隙間を見つけた。溝を指でなぞる。

陣痛にもだえながら、希望を抱いた。

「きみを撮影するのが必要なことだって、きっとわかってくれるはずだ。状況を変えるため、ぼくらは犠牲になるほかない。ネレ、聞いてるかい？」

ええ、聞いてる。あほんだら！

足音がした。すぐそばだ。だが金属がこすれる音の方が大きかった。

ネレは板に取りつけてあった鎖をにぎり、渾身の力を込めて引いた。

「ネレ？　なにをしてるんだ？」

だが答えようと思っても、できない相談だった。ネレはなにを開けたかわかっていなかった。牛舎の地下室になぜ落とし戸なんかがあるのだろう。外への逃げ道、それとも奈落か。

「冷静になろうよ」フランツが声をかけた。そのときネレは、落とし戸をずらした。暗い穴の縁にしゃがみ込んで、両手で探る。穴がどのくらい深いかわからない。瀕死の家畜が吐く息のような腐臭がにおってくる。数メートル下、それとも数十センチ下か。

「ここに出口はない。ちゃんと調べた。暴力に訴えたくない。世界が目をひらくのに必要な暴力以外はね」

死ぬのはいや。ネレは自棄《やけ》になって体を転がした。向かう先は穴の中しかなかった。落ちながら陣痛を覚えたが、声が嗄《か》れ、陣痛のときにも出なかったような金切り声になった。

38

マッツ

ドアのベルがおだやかに鳴って、マッツははっとした。スカイ＝スイートのドアを開けたのがだれか気づいて、尾骨から脊椎、うなじへと冷たい指でなでられたような感覚を味わった。

「アウグスト・ペレヤです」四十歳くらいのパイロットはそう名乗って黒い制帽を取った。パイロットの顔はオリーブ色で、褐色の髪は後頭部がすこし薄かった。鼻は曲がっていて、形が悪い。その鼻を見て、マッツは押しだし方が悪かった歯みがきのチューブを思いだした。ワイシャツに黒っぽいネクタイをしめ、グレーの上着を着ている。袖章には四条の金線が入っている。

「わたしは当機の機長です」

「なにか問題でも？」マッツはスペイン語でたずねた。

「入ってもいいですか？」

「ええ、もちろん」マッツはドアから離れた。機長が入ってきた。比較的小柄だが、がっしりしていた。機長はスカイ＝スイートをざっと見まわし、カートにのっている手つかずの料理に目をとめた。そのときマッツのズボンのポケットで着信音が鳴った。

「なにかご用ですか？」マッツはたずねた。

「先に電話にお出になってください、ドクター・クリューガー。サービスを使わない手はないです」

「えっ？」

「我が社の宣伝です」機長は笑みを浮かべ、コーヒー色に染まった歯を見せた。「今月は電話の受信が無料なんです。お出になった方がいいです。かけなおすと高くつきますよ。一分あたり十ドル」

マッツはiPhoneをだした。

「でもコックピットに戻らなければならないのでしょう?」

「いまは休憩中です。副操縦士に任せています」

機長はまたiPhoneを指差した。

「どうぞ。待っていますから」

マッツは口元をほころばせ、非通知設定の電話に出た。

「もしもし?」

「どうだ?」人工的なジョニー・デップの声がたずねた。またしても本人の息づかいがまじって聞こえた。やはり相手がだれか見当もつかない。

「ええ、元気です。電話をありがとう」マッツはわざと喜んでみせた。「それはなかなかいい話ですね。しかし書類をまとめるのにすこし時間がかかります」

「ひとりじゃないのか?」

「ええ、そうなんですよ」

「カーヤがいるのか?」

マッツは機長に微笑みかけ、肩をすくめ、〝すみません、すぐに終わります〟というジェスチャーをした。

機長はおっとり構えてうなずいたが、すわろうとはしなかった。

「いいえ」

「だれか乗客か?」ジョニーがたずねた。

「いいえ、ちがいます」

「乗務員か?」

マッツはため息をついた。

「ええ、まあ。でも先に彼と話さなくては。彼は社長ですので。わかりますね?」

「機長? 機長がそこに?」声がけわしくなった。「下手なことをいったら、娘は死ぬ。わかってるな?」

「ええ」

「いいだろう。手短にいう。よく聞け」

マッツは、壁のモニターに興味を覚えているらしい機長をあらためて見た。といっても、そこには飛行ルート、飛行高度、風速、外気温といった機長が熟知しているはずのデータしか表示されていなかった。

外気温は零下五十一度。

わたしの魂とおなじくらい冷え切っている。

「これからだす指示に従うか?」

「ええ、はい。いうとおりにします」マッツは脅迫者とまわりくどい会話をつづけた。

「よろしい、ドクター・クリューガー。ではよく聞け。カーヤの準備が整ったら、ネレと赤ん坊のためにもそう期待するが、次に武器がいる。いざというときのために、いまのうちに武器を確保しておくようにすすめる」

「わかった。それでその書類はどこに送ったらいい？」

「武器はおまえの席の下にある」

マッツの口が乾いた。ため息をつかないように、気持ちを集中させなくては。

「ああ……なるほど。わかった、しかし……」

武器？　どこだ？　一体どの席の下だ？

マッツは咳払いした。

「だが、ビルにはいくつもオフィスが入っている。具体的な部屋番号がほしい」

「ああ、そうだった。おまえは席をいくつも予約していたんだったな、臆病者め。われわれは最高の席を選んでおいた。７Ａ。ビジネスクラス」

よりによってあの席！

「わかった」

「武器はライフベストに突っ込んである」

マッツは目を閉じ、吐き気を覚えながらいった。

「わかった。ありがとう。記憶した。ああ、ではまた」

マッツは通話を終了した。

「終わりましたか？」電話中、背中を向けていた機長がいった。

「ええ。すべて解決です」マッツは微笑み、ソファセットを指差した。「どうしてすわらないのですか？」

「ありがとう。立っている方がいいので」

マッツは不安げにうなずいた。

「なんの用でしょうか？」

「さっきあなたのことをクラウセンと話しました」

「そうですか？」

「気になりましてね」

ははあ。それでか。機長はカーヤの具合がよくないことを小耳にはさんだのだ。

「そのことは話せません」マッツは守秘義務を盾に取ろうとした。

「わかります。よくわかりますとも」機長は制帽を手で持ちかえながらつづけた。「それでも、わたしが知っておかねばならないことがあるのではないですか？」

マッツは思わず手を喉に当てた。

「どういう意味でしょう？」

「正直にいいます。クラウセンが注意散漫になっているのです」

「どのように？」

「ギャレーでグラスをのせたトレイを落としました」

「わたしとどういう関係があるのですか？」

機長の視線がきつくなった。

「それをうかがいたいのです、ドクター。休憩してはどうかとすすめると、クラウセンがこういったのです。〝だいじょうぶです。ドクター・クリューガーと話し込んでしまっただけでして〟」

「ほう」マッツはそういわれても、動じないふりをした。

「精神科医でいらっしゃるなら、PPT法案についてご存じですね？」機長がいきなり話題を変えた。

「ええ、まあ」マッツはうなずいた。

プレ心理テスト（PPT）は精神病理学的行動パターンを即席で検査できるという眉唾ものの試験法だ。マッツはいかさまだと断じていた。だが精神不安定な副操縦士が百数十人の乗客乗員を道連れに自殺したジャーマンウイングス墜落事故のあと、精神病理学的な問題を早期発見すべきだという声が高まった。マークシート方式の心理テストの義務化に合わせて、全乗務員に対して血液検査をおこない、向精神薬服用の有無を調べるべきだという。

「わたしはPPTなど役に立たないという立場です」マッツはいった。「犯罪者が髪の色でわからないのとおなじで、アンケートで頭の中を覗けるものじゃありません。抗うつ薬を服用している者がみな、働けず、危険な存在だなどと断定できるものではありません。どうせ法案は欧州議会で可決されないでしょう」

機長はうなずいた。

「それでもレジェンドエアは率先してテストを導入しようとしています。これまで法律で義務づけられている措置を上まわるテストです」

マッツは機長の鋭い視線に耐えた。

「興味深いですが、おっしゃりたいのはそのことではないでしょう?」

機長は一歩近づいた。

「正直にいいましょう、ドクター。クラウセンのことは心配していません。彼女は有能です。すこし働き過ぎかもしれませんが。気になるのはあなたです」

「わたし?」

「できることなら、あなたに一連のPPTを受けていただきたいくらいです。どうもいやな予感がするんですよ。あなたがどういうつもりなのか知りたいのです。あなたのような人こそテストが必要です」

機長は苦笑した。

「あなたは複数の席を同時に予約し、離陸の直後、パニック障害を起こしましたね。そのあとも乗務員が手を焼くようなことをしている。客室乗務員に殴られたと訴え、クラウセンにしつこくつきまとっている」

「だれにもつきまとったりしていませんが」マッツはそのときあることを思いついた。おなじ精神科医の中にPPTの研究に熱心な者がいることを思いだしたのだ。何年ぶりかで耳にした名。クロプシュトック！

これは偶然じゃない！

マッツはひとりになったらすぐグーグルでクロプシュトックのことを検索してみることにした。

「口論するのはやめましょう。クラウセンに一切関わらないでほしいのです。いいですね？」

マッツは反応しなかった。

機長は笑みを浮かべ、スカイ＝スイートを見まわした。

「それにここは彼女がいなくても快適でしょう。ちがいますか？」

機長は制帽をかぶった。彼の声は、マッツを見つめる鋼のように冷たいまなざしとよくマッチしていた。

「これ以上騒ぎを起こしてほしくないのです。わかっていただけますか？　さもないと、対処しなければならなくなります」

39

ネレ

段ボール箱、木箱、ゴミ……なんの上に落ちたのか判然としなかったが、崩れやすく、ぶよぶよしている。脚をくじくくらいですんで助かった。さもなければ背骨を折っていただろう。

「ううううー」下水道かなにか知らないが、陣痛が引き起こしたネレの悲鳴が雄叫びのように響いた。

ネレは、長年ここに捨てられてきたゴミの上に足を曲げてすわり込んだ。床はすのこ状になっている。落ちた拍子につぶしたらしい木箱に体がはまり、まわりには落ち葉や古い毛布があった。

左足と尾骨を激しく打ったが、陣痛と比べたらたいしたことはない。

血と排泄物の異臭が鼻を打ち、自分の悲鳴が聞こえ、なにも考えられなかった。

「うううー！」

言葉など、なんの意味も持たない。罵声を吐いても、懇願しても無駄だ。悲鳴をあげるほかなかった。母音を長く伸ばして吐きだすことで、ほんのすこし痛みが緩和した。

陣痛の激しさがまた変化していた。すのこ状の床にひじをつき、波のように押し寄せる痙攣に抗《あらが》わないようにした。囲いにいたときは出産をなんとか遅らせようと、あらゆることをしてみた。だがいまは成り行きにまかせ、痙攣に息を合わせた。ネレは感じていた。お腹の子はこれ以上、胎内にとどまりたくないのだ。安全な胎内から、ぞっとするこの世界に出たがっている。

「ううう！」ネレの悲鳴が闇を切り裂く。そして苦痛が遠のいた。ほんの一瞬のことだ。波が頂点に達し、また引いていく。ひとまずは。

ネレは一瞬、傷ついた体をふるわせ、しゃくりあげた。

「だいじょうぶかい？」

ネレは上を見た。縦穴の開口部が見えた。

穴にかがみ込んでいる影が見える。

「なんてことをしたんだ？」

そうね。自業自得。

「そこがどこか知ってるのか？　ゴミ溜めに飛び込んだんだ。かわいそうに死んだ乳牛がここに捨てられた。死産した子牛もだ」

わたしにぴったりじゃない。ネレは悲しみに打ちひしがれながら思った。

おしまいだ。異常者に拉致され、いまの気持ちにぴったりな場所に行きついた。もうただのゴミとおなじだ。もう死産するほかない。仮にここからなんとか這いだせたとしても、傷つき、血を流し、自分の血液でＨＩＶが赤ん坊に感染するのは確実だ。

「このままではまずい。これは計画にないことだ」いかれた犯人が真剣な声でいった。「面倒をかけて悪かったわね」

「計画にない？　なに、それ？」ネレは我慢できず、怒りにまかせてどなった。「面倒をかけて悪かったわね」

「きみにはわからないんだ。きみや赤ん坊に他意はない。危害を加えるつもりはないんだ」

「なら、ここからだして」ネレはいってても無駄だとわかりつつ、いいかえした。穴は狭く、見たところ梯子などの道具はない。あっても、この状態では自力で上ることはできない。

「きみをそこに置いておくわけにはいかない。これじゃだめだ。撮影できない！」

「撮影？　出産の映像で興奮するわけ？」

「ちがう、ちがう」上から声がした。「そんなことはない。お願いだから、そんな言い方しないでよ」

今度も本心のように聞こえる。理解してもらいたがっている。

「酪農業の残酷さを世界に知らしめるためなんだ」

「あんた、正気？」

「ぼくが？」声が甲高くなった。「正気を失ってるのは人類さ。まともな精神の持ち主はぼくだけだ」

そうでしょうとも。

「それじゃ聞くけど、ネレ。牛乳が人間という種にふさわしくない生産物だって考えたことがあるかい?」

ないわよ。そんなのどうでもいいことだし、とネレは思った。

「動物を野生のまま生かして食用にするのならわかる。ニワトリを外で飼い、牛を放牧するのならいい。家畜に幸せな生涯を送らせることはできるはずだ。ぼく自身は肉を食べないけど、家畜にも生き物としての尊厳を与えようとする農家の努力は認める。でもただひとつ受け入れられないのは酪農業だ。この国ではだれも、本当にだれひとり、乳牛に死ぬまで苦痛を与えることで牛乳が生産されていることに思い至らない」

死ぬか、永遠の苦痛。

ネレにはいま、そのふたつしか選択肢がない。

ビニール袋とビールの空き缶をどかして、骨盤底を広げるためにできるだけ仰向けに横たわった。赤ん坊が下がってくるのを感じる。陣痛で赤ん坊は別の位置に動いたが、そこが気に入らないようだ。場所が悪い!

もちろん思い込みかもしれない。ネレには出産の経験がなく、助産師は頭のおかしい動物愛護者ときている。

「雌牛はすごく敏感で知的なんだ」フランツはいった。「きみとおなじような母性本能を持っているんだよ、ネレ。そういう感受性豊かな動物に乳をださせるにはどうしたらいいと思う?」

子どもを産ませるんでしょ。そう思って、ネレはこの数週間毎日カレンデュラ油をすり込んできた腹をなでた。

「そうだろう」ネレがなにか答えたかのようにフランツはいった。「乳牛は妊娠しなければならない。そしてずっと乳をださせるため子牛を取りあげる。二重の悪行だってわかるかい? 感受性豊かな哺乳類から出産直後に赤ん坊を奪う! そして赤ん坊から、ぼくらの体に合わず飲むべきでない牛乳を盗む」

「でも、それがあたしとどういう関係があるの?」ネレはいいかえしたが、答えが欲しいわけではなかった。こいつと会話なんてしたくない。このいかれた奴がしゃべるのをやめさせたいだけだ。「あたしが牛乳を飲むから罰するというの?」

「ちがうよ。出産のあと子どもを失うのがどういうことかわかってもらいたいのさ。ひどいことなのはわかる。だけど他に方法がない。すべて試した。嘆願、デモ、ユーチューブやフェイスブックでも声をあげた。けれども騒音に満ちたこの世界では、大声をださないと聞いてもらえない。どんだけ映像をネットにアップしたと思う? 子牛を求めて何日も呼びつづける母牛。小さな囲いにしばりつけられ、母牛にこがれて鳴くかわいそうな子牛。それもこれも、母牛を生涯、搾乳機械につなぐためさ。そして用済みになって転売できない牛は、この穴に落として処分される」

フランツが思いのたけを吐露しているあいだ、ネレは下半身の痛みをほとんど忘れていた。フランツ自身も意識していない怒りのすさまじさに当てられて、ネレの感覚が麻痺してしまったのだ。

「あたしの子を取りあげる気？」

出産のあと？

「そうしなくちゃならない」きっぱりといわれたが、そこには悲しそうな響きもまじっていた。

「子どもを失う苦しみにのたうつきみの映像は、『動物の倫理的扱いを求める人々の会《PETA》』をはじめとする動物の権利運動団体が発表してきた酪農業の惨状を訴えるどんな映像よりも説得力がある。わかってくれ！　コーヒーに入れたり、コーンフレークにかけたりする牛乳がどうやって作られるか知っている人間はほとんどいない。子牛が母牛といっしょにいるという嘘だらけの広告を信じている人が多い。黙っていられない。子牛がそばにいたら、乳をだす母牛は授乳中、絶対に人を寄せつけない。母牛は子牛を守ろうとして暴れる。だから引き離すのさ。見るに見かねて、ぼくはこういうことをしているんだ。この映像ができあがれば、牛乳を得るため、つまりぼくらの欲望のために母牛が子牛と引き離されるのがどういうことなのか、みんなにわかってもらえる」

ネレははじめ、やっぱりこいつの頭はいかれてると思い、愕然としたが、そのうちいいことを思いついた。しばらく黙ってフランツにしゃべらせた。彼が、わかってくれたかとたずねるのを待って、ネレは計画どおり小さな声でいった。「わたし、考えてもみなかった。でも……」

「なんだい？」

「ええ、あなたのことが理解できたと思う」嘘ではない。

これは朗報だ。頭がいかれているように見えるが、フランツなりの論理がある。予測不能な存在ではない。それにネレにひどいことをするのが必要不可欠ではあっても、本当に嫌でたまらないようだ。だからこいつは精神病質者とはちがう。愛すべき動物だけでなく、犠牲者となる彼女に対しても感情がある。泣くということは共感している、気持ちが通じるということだ。そこにつけいる隙がありそうだ。

「まだ全部は理解できていない」ネレがつづけた。声を大きくすると、彼女の言葉が壁に反響した。「でも、あたしをここからだしてくれたら、そのことについて話し合いましょ」

「ああ、喜んで」

フランツは本当に感激しているようだ。彼の反応は子どもとおなじ。転んで泣いたが、アイスを買ってくれると父親にいわれてすぐ笑いながら駆けだす子どもとおなじだ。

「近くにホームセンターがあるといいんだけど。ロープと運搬用ベルトを手に入れてきて、きみを引っぱりあげる。それでいいかい？」

フランツは穴の縁で立ちあがったようだ。彼の声がすこし遠く聞こえた。

「ええ、わかった。急いで」ネレはあえぎながらいった。まだだいじょうぶだが、いつまた陣痛がはじまり、赤ん坊が産まれるかわからない。

おちびちゃんがいい位置にいるといいんだけど。だがそうはうまくいきそうにないような気がしていた。

40

マッツ

ドクター・アンドレ・クロプシュトック教授

インターネットにはクロプシュトックについての記事が数百件あり、マッツはウィキペディアを読むことにした。雲の上でもインターネットに接続できたが、地上よりも転送に時間がかかった。iPhoneではなく、テレビモニターのブラウザー経由なのが原因らしい。頭痛がまだ消えていないせいで目がうるみ、スマートフォンの小さな画面がよく見えなかったので、しかたがなかった。

〝クロプシュトックはドイツの腫瘍学者で精神科医〟と冒頭に書いてあった。マッツはざっと目を通した。

リモコンの矢印キーで記事をスクロールした。既婚、ベルリンの系列クリニック、社会活動、ロータリークラブ会員、ラボといった見出しが並んでいる。

マッツが知らない情報は皆無だった。彼はダーレム地区にあるベルリン自由大学でクロプシュトックと机を並べ、解剖学の試験をいっしょに受けた。そのときから傲慢で目立ちたがり屋のあいつが鼻についていた。奴は医学部の学内雑誌で自己紹介記事まで書いたことがある。儲け話をかぎつけるセンスが抜群なのは認めるが、マッツには守銭奴としか思えなかった。クロプシュトックはまた古い論文の売り買いもしていた。儲かりはするが、問題のある行為だった。

とにかくうぬぼれ屋で、傲慢で、金をだせばどうとでも動く奴だ。

だが犯罪にまで手を染めるだろうか？

マッツは首を横に振った。アンドレ・クロプシュトックは悪どいこともやるが、さすがに誘拐や大量殺人に手を染めるとは思えない。

そうでもないか？

クロプシュトック＝ホームテスト

新しい項目がマッツの目に飛び込んできた。青字だ。別のページにリンクされているということだ。だがマッツが見たいと思っていた項目ではない。

なるほど、クロプシュトックはラボでＨＩＶ患者と癌患者に高額の診断をおこない、その診断結果に沿って治療をして儲けている。だが大きな利益を生む免疫疾患の自己診断市場にも参入し、目の玉が飛びでるほど高額のＨＩＶ診断の特許を取得して、感染しているのではないかと不安を抱えながら、通院したくない人々に診断キットを通信販売している。

クロプシュトックの性格を考えたら、いかにもやりそうなことだ。

マッツはさらにスクロールした。そして探していた三つの文字が目に飛び込んできた。

マッツは立ちあがって、感電でもしたかのようにモニターに顔を近づけた。

ＰＰＴ

やっぱり！

プレ心理テスト

マッツはすわる必要に迫られた。フラッとよろめいたのだ。だが、飛行機が揺れて平衡感覚を失ったわけではない。心が動揺したのだ。椅子にすわっても解決しないことはわかっていたので、立ったままテーブルに手をついた。

PPTの項を書いた寄稿者は、クロプシュトックの報道写真の下に宣伝パンフレットの文言を抜粋してのせていた。

クロプシュトック＝メディカル社（KM）はパイロット、公共交通の運転手、兵士の尿検査及び毛髪検査で業界をリードしている。職務上、数百人の人命を預かる人々に対して、本人の了解の下、法に準拠しつつドラッグ及びアルコール依存の有無をテストする。この体内残留物を対象とする検査をおこなうと共に、KM社は長年、うつ病、自殺願望、妄想、精神病といった精神障害の早期発見に取り組んできた。こうした障害は、肉体の病気や依存状態と遜色《そんしょく》ない危険なものである。これまでは検査によって発見することができなかったが、KM社は業界初のプレ心理テスト（PPT）でそこに突破口をひらいた。

プレ心理テスト（PPT）を使えば、旅客機パイロットが自殺を望んでいるかどうかも事前に察知することができる。この周到なアンケートは、出発ロビーで待っているあいだに乗務員や乗客に精神障害があるかどうかを検査することができる。乗務員に対しては、このプレ心理テスト（PPT）に血液検査を組み合わせることが有効だ。

プレ心理テスト（PPT）はまだ試験段階だが、実験で有効性が認められ、精神障害の早期発見を法的に義務化することが議論されている。

マッツは左を向いて、窓の外を見つめた。さっきよりも闇が深くなったような気がする。海の底でもこれほど漆黒ではないだろう。

マッツは真実と自分の問いのすべてを映した鏡が手元にあるという感触を覚えていた。ただしその鏡はいま粉々に割れて床に落ちていて、読み取るには元通りにする必要があった。

・フェリは、クロプシュトックの運転手がネレの誘拐に関与していると見ている。
・クロプシュトック本人がPPTの研究に取り組んでいる。
・機長がPPTのことを話題にした。

ここにはなにか接点がある。

だがネレが消えたことと心理学的スクリーニング検査にどういう関係があるのだろう。

〝動機！　わたしがこの飛行機を墜落させたら、だれが得をするんだ？〟マッツは一番最初の、いまだに解き明かせていない問いを思いだした。

マッツはこめかみを指圧した。もうすこしで事件の全貌が見えそうだ。もっと正確にいえば、動機がすぐにも判明しそうな気がしていた。

「PPT！」マッツは声にだしていった。「手掛かりはそれだ。脅迫者にとって重要なのは、わたしにこの旅客機を墜落させることじゃない」それなら爆弾を仕掛けるか、武器を渡すかすれば用は足りる。

脅迫者はわざわざマッツの身辺を調べ、カーヤの勤務プランを変更させ、機内プログラムに人知れずあの映像をアップさせた。

「問題はなぜこんなやり方で墜落させようとしているかだ」

人を心理操作することで！

精神爆弾を起爆させることで！

マッツは興奮し、感電したようにふるえた。やはりクロプシュトックのＰＰＴが絡んでいる。

クロプシュトックはＰＰＴの認可が欲しい。

法案の支持者は多数派ではない！

あいつは前例を必要としている。

これで見えてきた。

クロプシュトックはＰＰＴの必要性を証明するためにこの飛行機を墜落させようとしているんだ。パイロットだけではなく、他の乗務員やわたしのような乗客にも検査が必要だという流れを作りたいんだ。ヨーロッパ各地の空港でいっせいにあいつのＰＰＴが採用されれば、巨万の富が得られる。

マッツは自分がだした結論に戦慄した。モニターを消すと、彼はリモコンをつかんでいる自分の手を見つめた。あいかわらずその手はふるえていた。

マッツは自分の毛髪を一本一本感じるほど激しく心を揺さぶられた。

そういうことか。そう思いながら、それでもまだ腑《ふ》に落ちなかった。

クロプシュトックは一メートル八十五センチの長身で、うぬぼれが強い。

ただでも金であふれているはずの口座にもっと金が欲しいという、それだけの理由で、人の命を弄んだりするだろうか？

マッツはそのことをつきとめたくて、７Ａへ足を向けた。

41　フェリ

アパートの裏手の五階。グラフィティが書きなぐられた灰色のモルタル壁。中庭の頑丈な自転車スタンド、階段に漂う猫の尿の臭気。

酒を一杯飲めばもうベルリン社会の一員が気取れると評判の店〈パリス・バー〉のすぐそばに、こんなうらぶれた界隈があるとは。

防弾扉さながらの褐色の玄関ドアに「貧しくて、醜い」という落書きがあった。前のベルリン市長ヴォーヴェライトがよく口にした「貧しくとも、セクシー」という言葉をもじったのだろう。

フェリは書いた奴に同感だった。

七〇年代に建てられたらしい狭苦しいその集合住宅は醜悪な建築の代名詞といえそうだ。フランツ・ウーラントはここに住んでいるらしい。

低い天井、吹きつけ施工されたモルタル、銃眼のような小窓。カント通りから見た光景はそんな感じだ。

階段にはベビーカーや汚れた靴、プラスチックゴミ用の黄色い袋、店に返却する瓶を入れた袋が並んでいた。フェリは五階までその階段を上った。狭所恐怖症になりそうな狭いエレベーターを使う気になれなかったからだ。

フェリは、息を切らしながらドアの前に立った。ベルの横にF・Uというイニシャルが書いてあった。

フランツ・ウーラント？

名刺の会社所在地が正しければ、ここにちがいない。

〝タクシー、患者搬送及びお抱え運転手サービス　五階、左側ドア〟。クロプシュトックの医療助手からもらった名刺にはそう書いてあった。

フェリはベルを押したが、室内で鳴ったかどうかわからなかったので、掌でドアを叩いた。

いたた。

フェリは、左手の指をドアで挟んだことを忘れていた。手を打楽器のバチ代わりに使うのは得策ではなかった。

あらためて右手でノックをし、ウーラントの名を呼んだ。

いきなりドアが開いた。だが開いたのは背後のドアだった。

「わかった、わかった……そうどなりなさんな！」そのドアの向こうからしわがれた声がした。この集合住宅では自然の法則に反して、音の方が光よりも速いのか、老人の声が聞こえたあとで、住まいの暗がりからよぼよぼの姿があらわれた。

「待ってくれ……」

老人のガウンが乾燥した紙のようにカサカサ音をたてた。八十歳くらいと思《おぼ》しきその老人が褐色のスリッパをはいて、フェリのところへトボトボ歩いてきた。左右にきっちり分けた白髪はしばらく洗っていないようだ。歯がないのか、口がすぼまって見える。声がしわがれているのもそのせいらしい。

「あんた、新人だね？」

「えっ？」

「なんでうちのベルを鳴らさなかった？」

フェリはなにもいわなかった。相手がだれで、どういうつもりなのか、ちんぷんかんぷんだったからだ。しかも老人がガウンのポケットから大きな鍵束をだして、ウーラントの住居のドアを開けたので、さらに面食らった。

「うちのベルを鳴らすようにいったと聞いていたんだがね」

「フランツから？」フェリは完全に困惑してたずねた。

「いいや、ブラッド・ピットからさ」いかにもベルリン子らしいジョークだ。ベルリンの人間はからかうチャンスを絶対に見逃さない。「ブラッド・ピットはここの贅沢な暮らしが好きなのさ。そのためにマリブの豪邸を売却した」

咳き込むような笑い声をあげながら、老人はドアを開けた。

「くそばばあを片づけたら、ドアを閉めてくれ。いいね？」

「なにを片づけるですって？」

「おいおい。ただの冗談に目くじら立てなさんな。それで、入らないのかね？」

「入ります」フェリはいった。どうやらだれかとまちがえているようだ。老人が住まいに戻るのを待ったが、一向に立ち去る様子がなく、チップを期待しているボーイのようにフェリを見つめていた。老人に動く気配がなかったので、フェリの方からこの奇妙な出会いを終わらすことにした。

最善の策はこのまきびすを返して、ここから立ち去ることだが、それではマッツに合わせる顔がない。

ごめんなさい、誘拐犯と思しき男の住まいまで行ったけど、中に入る勇気がなかった、とでもいうのか。

仕方ない。ひとまず住居に入って、マッツに電話をかけ、だれもいないらしい部屋を覗いてまわるほかなさそうだ。

「ありがとう」そういうと、フェリは後者を選択し、ウーラントの住居に入ってドアを閉めた。覗き穴を覗くと、奇妙な老人はようやく自分の住まいに引きあげた。

フェリはしばらく待ってから、なにかあったときにすぐ逃げられるように玄関ドアをすこし開けた。

さて、どうする？

フェリが足を一歩踏みだすと、人感センサー付きのスポットライトがいきなりともったのでびくっとした。廊下は暖かく柔らかい光に包まれた。

「こんにちは。ウーラントさん？」

返事がなかったので、フェリは見まわした。住居は片づいている。几帳面《きちょうめん》なほどだ。ゴム長靴がきれいに揃えてトレーの上に置いてあり、ドアの横のフックには一々ラベルを貼った鍵がかかっていて、キャビネットにはレースのセンタークロスがのっていた。

フランツは室内用芳香剤の季節をまちがえているようだ。いまは秋なのに、シナモンと甘いアーモンドの匂いがする。クリスマスみたいだ。

「こんにちは。だれかいますか？」フェリは奥の暗がりに及び腰になっていた。他人の住居に入り込むのはきょうこれで二度目だ。ネレの住居ではひどい目にあった。今回はもっといやな予感がした。

フェリは携帯電話をだしてマッツを呼びだしたが、しばらく待たされた。

「マッツ?」

返事があるまで、微妙な間があった。

「どこだ?」

「フランツ・ウーラントの自宅、だと思う。なんか変な感じ」

「どういうことだ?」

「わからない。いやな予感がする。どうしたらいい?」

「ひとりか?」

「たぶん」

「ノートパソコンかなにか、書類を探してくれ。本人の部屋にあると思う」

「わかった」

フェリは右側の最初のドアを開けて、自分の姿を見た。そこは浴室で、窓のない四角い部屋の壁にミラーキャビネットがかけてあった。ここもぴかぴかにきれいにしてあった。鏡に水がはねた跡はなく、洗面台には必要最低限のものしか置いてなかった。歯磨き粉、ソープディスペンサー、シェーバー。

「なにか見つけたか?」

「いいえ」

フェリは洗面台の上のミラーキャビネットを開けてみた。

処方箋なしで買える薬の箱とチューブが一定の間隔できれいに並んでいる。カオスに満ちたネレの浴室とは好対照だ。

イブプロフェン、亜鉛錠、アスピリン、ビタミンB、ボルタレン。

とくに変なものは。いや、これはなんだろう。

「どうした？」フェリが舌打ちしたのがマッツにも聞こえたようだ。

「フランツは変装しているみたい」

「どういうことだ？」

「入れ歯安定剤に、中身のない入れ歯ケース」

間。

「わかった。そいつの仕事部屋はどうだ？」

「探してみる」

「なにか見つかったら、電話をくれ。こっちでもちょっと手掛かりを見つけた」

「わかった」

フェリは通話を終了し、ミラーキャビネットを閉めるなり、悲鳴をあげて携帯電話を投げた。肉切り包丁を構えて浴室に入ってくる人の姿が鏡に映ったからだ。

しかも相手がひとりではないことに気づいて、フェリはさらに大きな声をあげた。

42

母さん。おかしなことにそんな言葉がフェリの脳裏をよぎった。

肉切り包丁の刃は二色に分かれていた。切っ先は明るいグラファイト色で、刀身は黒く、柄に固定されている。フェリの母親が肉や冷凍食品を切り分けるときに使っていた包丁とそっくりだった。それほど大きくはないが、華奢な人間が使うには手に余りそうな代物だ。それをその人物は両手でつかんでいた。

といっても、その人物は肉切り包丁をフェリに振り下ろせる位置にはいなかった。

だが、投げることはできる。車椅子の女がフェリを傷つけるには、それしか手はないだろう。

そして、そのつもりらしい。女はものすごい形相で、肉切り包丁を振りあげた。

おまけに「強盗！」と叫んだ。肉切り包丁が女の手から離れた。フェリは風のそよぎを感じ、その包丁で頭がまっぷたつに割られると思った。激痛と死を覚悟して悲鳴をあげたが、女の声にかき消された。だがそれは怒りの声ではなく、怯えた声だった。

ちょうどフェリとおなじように。

目を吊りあげていた車椅子の女が、いまは病弱に見える。顔を上に向け、包丁を奪い取った男の顔をうつろな目で見ていた。

「助けて!」女は叫んだ。フェリは口に手を当てた。玄関ドアを開けておいたことが功を奏した。

リヴィオが彼女のあとを追って、住まいに入ってきたのだ。

43

「助けて! 強盗……」

女の悲鳴が消え、うめき声が聞こえた。リヴィオが女の口をふさいだからだ。女には抵抗するだけの力がなかった。体重は、身につけているライラック色のシルクのパジャマとそう変わらなそうだ。

「静かにしろ」リヴィオがしゃがんで、女と目の高さをおなじにした。「なにもしない。わかったか? 俺たちは強盗じゃない。あんたにひどいことをするつもりはない」

女は目を大きく見ひらいて、叫ぶのをやめた。

「ここでなにをしてるの?」フェリはリヴィオにたずねた。

「それはこっちが聞きたいことだ」そう答えると、リヴィオはちらっとフェリの方を見た。「財布を返そうと思ったのさ。車に落としていった」

フェリは上着のポケットを探った。たしかに財布がない。リヴィオは手を離した。

「あんたを追ってきて正解だった」

女は咳き込み、よだれをぬぐった。

「あんたたち、だれ？」

フェリもしゃがんだ。

「わたしはドクター・フェリチタス・ハイルマン」ドクターを名乗ることで信頼を勝ち取れると期待した。うまくいったようだ。

「医者かい？」女が疑うような目つきでたずねた。

「ええ」

「そのあんたが、うちでなにをしてるんだい？　うちの浴室に入ったりして」

「フランツ・ウーラントさんを捜しているんです。ここに住んでいますね？」

「それがあいつの名前か？」リヴィオがたずねた。車椅子の女の後ろに戻って、浴室と廊下の敷居をまたぐような恰好で立っていた。フェリは、クロプシュトックと話をしたとき、リヴィオがいなかったことを思いだした。

「あたしのフランツ？」車椅子の女がたずねた。

フェリはようやく気持ちを落ち着けて、女の顔をしげしげと見た。女はがりがりにやせている。重い病気にかかっているようだ。皮膚には脂肪組織がほとんどなく、頭皮は頭蓋骨にぴんと張りついている。指で引っかいたら、風船のようにはじけそうだ。毛髪も抜け落ち、灰色の髪がわずかに生えているだけだ。顔立ちは均整が取れ、額が広く、頬もきれいだ。きっと昔は美形だったにちがいない。だからいまは鏡を見るたび、かえって悲しい思いをしているはずだ。そのことが、よけいに女の美しさを削いでいた。

「フランツさんは厄介ごとに巻き込まれているようなんです」フェリはふいに同情を覚えた。

車椅子の女は力なく笑った。

「千里眼でなくても、そのくらいわかる。厄介ごとはうちの家名みたいなもんだからね」

「あんた、知らない人間にはいつも肉切り包丁を向けるのか？」リヴィオが背後からたずねた。

「あんたはいつも障害者の家に押し入るのかい？」

女はしわだらけの首をまわして、リヴィオをにらみつけた。それを見て、フェリはカメを連想した。

「あたしが散弾銃を持っていなくてよかったね。それよりどうやって入ったのさ？」

「お向かいの方が鍵を開けてくれたんです」フェリはいった。「ノックをしても、あなたは開けなかったでしょう。お向かいの方はわたしが訪問介護に来たと思ったようです」

女は額を叩いた。

「ペテライトの馬鹿が。訪問介護はきのうだってのに。まったく間抜けな奴だよ。薬のせいでベルが鳴っても気づかないことがあるから、代わりに鍵を開けてくれるように頼んでるけど、きょうじゃない。あたしの息子から、きょうはなにがあってもドアを開けるなっていわれていてね。だれかが押し入るかもしれないって注意されてたんだ」

「フランツはあんたの息子？」リヴィオはたずねた。

「これでも、あたしは五十八。ああ、わかってる。倍は老けて見えるだろう。骨粗鬆症のせいさ」ウーラントの母親はあきらめた様子で手を横に振った。「フランツは牛乳のせいだっていう」

「はあ？」

女は沈んだまなざしでフェリを見て、力なく肩をすくめた。

「あの子はヴィーガンなんだ。動物性食品がすべての病気の元凶だって考えに凝り固まっている。なかでも牛乳が一番よくないっていってる。おかげでチーズもヨーグルトも食べられない。チョコバー一本、家にはないしまつさ。人間はね、哺乳類の中で唯一離乳したあとも乳を飲みつづけるんだとさ。あたしの病気もそれが原因だっていうんだ。あたしは遺伝のせいだと思ってるけどね。でも、あたしのフランツはいくらいっても、聞く耳を持たなくてね」

車椅子の女は浴室から出るため後輪をつかんだ。だがリヴィオが後輪を押さえて止めた。

「だけど、きょうにかぎって、だれかが押し入るかも知れないからドアを開けるなっていわれた。なんでだ?」リヴィオがたずねた。

「そんなこと知るかい。それよりなんでこんな話をしてるんだい? 帰ってくれ。さもないと警察を呼ぶよ」

「わたしたちはあなたの息子さんを助けたいんです」フェリがそういうと、リヴィオまでウーラントの母親とおなじように聞き耳を立てた。「あなたが警察を呼んだら、息子さんはよく思わないでしょうね。女性がひとり行方不明なんです。妊婦です。わたしの友人の娘で、あなたの息子さんが誘拐事件に関係しているようなんです」

「なんだって?」

ウーラントの母親はがっくり肩を落とした。背中を丸め、膝にのせた両手を見た。

「妊婦といったかい?」

「ええ」

女の唇が動いた。だが声が聞こえるまでしばらくかかった。これから口にする言葉をいいまちがえないように、口を動かす訓練でもしているようだった。

「あたしはなにも知らない。いい子なんだ。ただフランツがなにかやってることはわかってた。あの子を悪くいいたくはない。あたしの世話もしてくれるし。だけど新しい友だちができてから……」

「友だち?」フェリはたずねた。

「会ったことはない。男かどうかもわからない。だけどフランツには一度もガールフレンドができなかった。気が合うらしく、『ついにぼくを理解してくれる人に会えたんだよ、ママ』といってた。ふたりで世間を騒がすようなことを計画してるともいってた。そのための資金も手に入れたとも」

「どういう計画ですか？」

「さあね。その資金で撮影機材を買って、一日中練習してた。なんのためかさっぱりわからなかった」

女はリヴィオの方を向き、廊下をはさんで浴室の真向かいにあるドアを見た。

「あの子の部屋には入るなといわれてた」

44

マッツ　7A

ニューメキシコ州の砂漠でおこなわれたクラッシュテストの結果を信じるなら、機内でもっとも危険な席。正面から激突した場合の死亡率は百パーセント。後ろ向きに山に激突する飛行機なんてあるか？

しかも窓側の席。

皮膚癌を発症するリスクまで高い。

マッツは7Aに近づいた。そんな統計が脳裏をよぎるとは馬鹿げている。しかもこんな夜中に。この数週間調べた飛行リスクの情報はハサミムシに似ている。頭の中を動きまわり、駆除する決め手がまったくない。

窓は近紫外線UVAをほとんどカットしない。飛行高度が上がれば、保護してくれる大気も減少する。だからパイロットが皮膚癌にかかる確率は一般人の倍以上だ。

つまり長距離飛行は日焼けマシンに二十分かかるよりも影響が大きい。マッツはいま、直射日光を数時間にわたって浴びたような気がしていた。体が火照《ほて》り、脱水し、日射病にかかったときのように気分が悪い。

すべて不安とストレスのせいだ。破局を前にどうしたらいいか見当がつかないがゆえの絶望のあらわれだ。

目的の場所まで来ると、マッツはあたりを見まわした。

メインデッキのビジネスクラスでは三分の二の席が埋まっていた。乗客は全員寝ている。照明は非常灯だけで、窓のシェードはすべて下ろされている。化粧室のサインは緑色だ。化粧室は空いている。通路に足をだしている者はいないので、つまずく恐れはない。マッツは7Aで足を止めて、赤毛の女性を見下ろした。見ている者はひとりもいない。

孤独だ、とマッツは思った。こんなに孤独を感じるのは生まれてはじめてだ。ビジネスクラスの座席配列は一・二・一、つまり窓側の席、中央部二席、さらに反対側の窓側の席という組み合わせだ。

ありがたいことに、7Aはひとり掛けだ。そこにすわるザリーナ・ピールのそばへ行くのに、だれかをまたぐ必要はない。

だがあいにく彼女も眠っていた。熟睡している。赤ん坊も彼女の腹の上ですやすや眠っていた。毛布から毛髪のない小さな頭が覗いている。小さな目はつむっていたが、ときどき身じろぎし、ピンクのおしゃぶりを吸った。

ゆったり寝られるように、ザリーナは座席をフルフラットにしていた。

マッツは座席の横に膝をつき、毛布をすこし上げて座席の下を覗いた。

やはり暗すぎて、ライフベストがどこにあるかわからない。

緊急時の説明書に書いてあったとおり、席を元に戻さないと、そこに手が届かないようだ。

だけど、就寝中に墜落することになったらどうするんだ?

そういうときでも、ライフベストに手が届くはずだ。マッツはもう一度ｉＰｈｏｎｅを懐中電灯代わりにして足下を照らした。それでもだめだった。

ｉＰｈｏｎｅが発する光では、床に落ちている新聞やストローくらいしか見えない。

ライフベストの袋はどこにも見あたらなかった。

「なにかお困りですか?」

知っている声がして、マッツはあわてて頭を上げた。通路側の肘掛けに頭をぶつけた。

ヴァレンティノ!

またしてもしゃしゃり出てきた。機長からは、カーヤに近づくな、これ以上面倒を起こすなと注意された。それなのに、この客室乗務員に見とがめられてしまうとは。

「いいえ、だいじょうぶです」そうささやいて、マッツは立ちあがった。ヴァレンティノは笑ってすませるべきか、皮肉をいうべきか、はたまたさげすむべきか迷ったらしく、その順番で対応した。

「なにかお探しですか?」

「ええ、まあ。ここは元々わたしの席ですから」

「それで?」マッツが母親と赤ん坊を起こすまいとしているのに、小生意気なヴァレンティノはふだんとおなじ声の大きさで話した。

「ちょっと忘れ物をしたようなんです」

「忘れ物?」

「あなたには関係ないでしょう」マッツは声を押し殺したまま、食ってかかった。

「あなたがここにすわっていたとは知りませんでしたよ」

「すわってはいないが……」

……頭のいかれた奴が、ここに武器を隠したと電話でいったんだ。早く行かないと、おまえで試すぞ。

「なにか問題でも？」

読書灯がついた。ザリーナの寝ぼけまなこがマッツの目にとまった。ザリーナは不安そうに目をしばたたいた。

「やっぱりこの席にすわりたいんですか？」

「これで台無しだ」マッツはヴァレンティノにそういってからザリーナの方にかがみ込んだ。

「いえ、いえ。すみません。あなたを起こしたくなかったんです」

マッツはヴァレンティノをじろっとにらみつけたが、ヴァレンティノの方はにやにやしながらマッツをほったらかしにした。

「やだ、赤ちゃんが起きちゃった」

たしかに赤ん坊はおしゃぶりを吐きだし、母親の胸で昼寝から目を覚ました猫のように伸びをした。マッツは乳児のときのネレを思いだした。眠っているときは天使のようだが、うとうとしたあと何分も泣きやまなかった。この赤ん坊はネレとちがいますようにと、とマッツは祈った。ザリーナは赤ん坊が床擦れを起こすといっていたが、いまのところムニャムニャいっているだけだ。

「本当に申し訳ないです」マッツがいった。

「平気です」ザリーナはそういったが、そう思っていないことは表情からありありとわかる。

ザリーナは肘掛けについているボタンを押した。シートが元の位置に戻った。ザリーナが赤ん坊を胸に抱いて、やさしくあやした。

「どうせお乳をあげる時間ですし」

ザリーナはブラウスの胸ポケットをはずした。マッツは目をそむけた。そのとき前の席に組み込まれたモニターに小さな表示を見つけた。

ライフベスト。

「すみません。ちょっといいですか?」

座面が引いたので、マッツはモニターの下の収納棚をなんなく開けることができた。

「だいじょうぶですか?」ザリーナはおどろいてたずねた。マッツは赤と黄色のライフベストをだして、固定していた面ファスナーをはずした。

「ええ、さっきここに持ち物を落としてしまいまして……」マッツは嘘をついた。そして話しながら、ジッポライターくらいの大きさのなにかがライフベストから落ちるのを見た。

マッツはライフベストを戻し、収納棚を閉めて、足下を手探りした。

「それ、糸ようじですか?」ザリーナはおどろいてたずねた。そのとき、なにか床から盛り上がっているものを見つけた。

空色の台紙にプラスチックのカバー。たしかにそこには「スーパーフロス」と書かれていた。

「ええと、おじゃましました」

マッツはすぐにそのパックをズボンのポケットにしまった。なにか数キロある重いものでも入れたみたいにズボンが下がった。

デンタルフロスとは、なんて場違いな！

マッツは半透明のフロスとは、なんて場違いな！

マッツは半透明のフロススレッダーに通した丈夫なフロスが何でできているか思いだした。ナイフのように鋭いポリエステル。これで人の喉を締めることができる。しかも透明だから目立たない。ただの歯間掃除用だ。保安検査官に見とがめられることはない。

「失礼しました」マッツはザリーナに別れを告げた。赤ん坊がまだ泣きださなかったのでほっとしていた。「これ以上お邪魔はしません」

殺してしまうかもしれないが。

ザリーナは頭上の収納棚を指差した。

「ちょうどいいので、おむつを入れたバッグを取っていただけません？」

マッツはいわれたとおりにした。

そのとき、おむつとウェットティッシュとオイル付きティッシュを詰めてぱんぱんにふくらんだ布袋の横にアルミケースがあるのが目にとまって、マッツはいいことを思いついた。

「これはカメラですか？」マッツは思いのほか興奮していた。

「ええ」

「プロっぽいですね」

「わたし、写真家ですから」ザリーナは布袋の外ポケットから新しいおしゃぶりをつまみだした。

「デジタル？」

思いつきが具体的な形をなした。

「ええ。でもアナログカメラも持っています。わたしのスタジオに寄ってくだされば、そちらのよさもわかるでしょう」

マッツは首を横に振った。

「いいえ、いや、喜んで。それよりデジタルカメラですが……」マッツは収納棚にしまってあるアルミケースを指差した。「スローモーション動画も撮影できますよね？」

ザリーナは、ビジネスクラスの席を譲られたときよりもけげんな顔をした。

「ええ」と、ためらいながらいった。

マッツはうれしくて手を叩きそうになった。

「貸してもらえませんか？」

「いまですか？」ザリーナはふざけているのかとでもいうように笑った。

「ええ、いまです。すぐに使いたいんです」

マッツは相手が即答するとは思わなかった。

「お断りします」そういうと、ザリーナは赤ん坊の頭をなでた。

「断る?」

彼の脈は、高速道路の時速無制限区画にさしかかったスポーツカーのエンジンのように高鳴った。

「カメラは大事なものなんです」ザリーナは説明した。「でもこうしてはどうですか。あなたがなにをしたいか教えてください。お手伝いします」

45

「うわあ」

ザリーナはぐるっと体をまわした。それでも眠ったばかりの赤ん坊を起こさないように、感動の声を絞ったようだ。ただし、そこで目にしたものに言葉を失ったという面もあるようだ。

マッツは途中で客室乗務員に出くわさないか気が気ではなかった。他の乗客をアッパーデッキに誘うことは許可されないだろう。だが、途中だれにも会わなかった。

「信じられない!」

マッツもいっしょにスカイ＝スイートルームを見まわした。だがここの豪華さをすこしもいいと思えなかった。この空飛ぶスイートルームが、カーヤをはじめとする乗客乗員全員に対する悪夢の心理戦の指揮命令センターになっているのだから無理もない。ザリーナのように事情を知らない者なら、革張りの回転椅子やシャワールームや寝室のダブルベッドに圧倒されるのも当然だ。

「なんで7Aを譲ってくれたかこれでわかりました。こっちの方が断然いいですもの」ザリーナは感心しながらささやき、すぐに首を横に振った。「ごめんなさい。失礼なことをいって。あなたの好意には感謝してるんです」

「かまいません。感謝するのはこっちです」

マッツは置きっぱなしになっている機内食のカートをどかし、向かい合わせの座席をフルフラットにした。ザリーナはなにをしているか察して、毛布にくるんだ赤ん坊をそのシートに寝かせた。飛行機は静かに夜空を飛んでいたが、ザリーナは赤ん坊の胸にシートベルトをかけた。それからモニターのスイッチを入れたマッツのところへやってきた。

「なにをするんですか?」

「緊急の用件であるとしかいえません」マッツはアッパーデッキへ来る途中考えておいた作り話をした。

「わたしは精神科医で、非常に難しい案件でベルリンへ行くところなんです。患者の治療時の動画を受けとったのですが、ここでは正確に分析できないものですから」

「なるほど」だがザリーナは納得したように見えなかった。

「ちょっと厄介なのは、個人情報保護の関係であなたに動画を見せられないことです」

マッツはわざとあいまいにいった。「どうしても映像の一部を正確に見ておきたいのです。患者の一瞬の表情」

「スローモーションで？」ザリーナはたずねた。

「そうです。しかし機内の装置ではうまくいかないのです。あなたのカメラなら……」

ザリーナはうなずいた。

「モニターの映像をカメラで撮影して、その結果をスローモーションで見たいということですね？」

「できれば一フレームずつ」

「いいですよ」

マッツはザリーナの目を見た。ザリーナのそばかすがさっきよりもはっきり見えることに気づいた。化粧を落としたこともあるだろうが、興奮しているせいでもあるようだ。気持ちはわかる。寝ているところを起こされ、豪華な不思議の国ともいえる空飛ぶスイートに連れてこられたうえに、患者のセラピーのために奇妙な協力を求められたのだから。カメラの使い方を教わったが、マッツは目がまわった。そしてザリーナにあきれられた。

カメラ本体も、三脚も使い方はなんとかわかったが、それでも要所要所メモを取った。全部マスターしたと確信したマッツは、リビングから出ていくようザリーナに頼んだ。

「ふざけているんですか？」

「すみません。個人情報を保護しなければならないんです」

ザリーナは凍えたかのように神経質に両手をこすった。カメラをここに残すことに抵抗があるらしい。

「三脚にしっかり固定されているじゃないですか。一ミリたりとも動かしません」マッツは約束した。

「まあ、いいでしょう」さんざん迷ってからザリーナはいった。それでも赤ん坊を連れて寝室に移ることが気に入らないようだった。

マッツはドアが閉まるのを待って、チャンネル13／10の映像を九分目まで飛ばした。カーヤが犯人にキスをするため戻ってきたシーンだ。

五百五十二秒のところから映像を再生させ、デジタルカメラの動画撮影をスタートさせた。

その場面を見るのは二度目だったので、マッツはこの発見が意味するものをよりはっきりと把握できた。

マッツはいったん映像を止め、それから撮影し、録画した映像をもう一度コースターくらいの大きさの液晶モニターで再生した。三十秒ほど待って一時停止ボタンを押した。

そこから秒単位でコマを進めると、すぐに目的のシーンになった。コマ送りするまでもなかった。モニター上の静止画は完璧だった。

そして悲劇的だった。

ありえない。

マッツは胸の鼓動が激しく打つのを感じた。そこにあるのは心臓ではなく、外に飛びだしたがっているあらくれのトロールでもあるかのようだった。

ザリーナはアルミケースに入れてあったＨＤＭＩケーブルでカメラとモニターを直結してくれていた。問題の映像をうまいこと55インチモニターの高精細映像で見ることができた。

汗で濡れた手でｉＰｈｏｎｅをだし、静止画を撮影した。

足。

濡れたタイルの床。

カーヤが暴行されるのを最後まで撮影した者が立っている。

そしてそれはヨハネス・ファーバーではなかった。男ですらない。緑色の迷彩柄マニキュアを足の爪に塗った女性。

マニキュア団の三人がその日つけていたマニキュア。

よりによって！

「もう出てもいいですか？」寝室のドアの向こうでザリーナがいった。

マッツは唾をのみ込んだ。口腔内に苦い味が広がった。カーヤのセラピーでこれまで真実だと思っていたことが、この映像でことごとくくつがえった。しかも悪いことに、いまiPhoneに保存した写真、この一枚の写真がこの機内でもっとも危険な武器になりうる。

「ええ、もちろん」マッツはザリーナに答え、カメラに保存された映像を消去し、モニターを消した。ちょうどそのとき、背後で風のそよぎを感じた。

マッツは振り返った。スカイ＝スイートのドアがカチャッと閉まった。

マッツの体が一瞬硬直した。その一瞬が長すぎた。気を取りなおして、ドアを開け放ち、覗いていたのがだれか確かめようとしたが、そこにはもうだれもいなかった。

46

フェリ

「どこへ行くんだい?」リヴィオがフェリにたずねた。フェリはちょうどナビを操作していた。ナビは薄汚いルノーよりもさらに古そうだ。

「これ、ちゃんと機能するの?」フェリはたずねた。ナビに住所を入力しなおすのはこれで三度目だ。

「あんたのその指じゃ無理だ」リヴィオはそう返事をして、エルンスト＝ロイター広場のラウンドアバウトの一番外側の車線に入った。

「乗せてくれなくたっていいのよ」フェリはいった。ナビの画面に、衛星を探している表示が出た。

「そりゃそうだ。だけど、ひとりじゃあぶなっかしくて放っておけない。ここかい？」

フェリはうなずいた。いずれにせよ六月十七日通りを走って、戦勝記念塔のそばを通ることになる。

「俺もろくな奴じゃないけど、馬鹿じゃない。だれかがひどい目にあってることくらいわかる」

フェリは笑った。

「それに気づかなかったら、本当に馬鹿よ。さっき友人の娘が行方不明だってはっきりいったでしょ。フランツが誘拐したらしいの」

「誘拐？」

しまった。フェリは唇をかみしめた。口がすべってしまった。

リヴィオが横目でじろっと見た。

「まさか息子の部屋にあった地図が……」

「そういうこと」

ナビは衛星とつながり、推奨ルートが出た。ヴァイセンゼー地区まで二十三分。婚姻手続きまであと二時間。

たいへん。ヤーネクにどう説明したらいいだろう。

とにかく方角は正しい。

携帯電話にはヤーネクから何度もショートメールが届いていた。フェリは返事を打とうとしたが、うまく言葉にならなかった。

ヴーラントの住居でつきとめたことで、フェリはすっかり気が動転していた。マッツに電話をかける方が先決だ。

「もしもし？」

呼び出し音が鳴ったが、彼は出なかった。留守番電話になったので、通話を終了した。弱った。

どうして電話に出ないんだろう。大至急判断を仰ぎたいのに。警察に通報する潮時だ。

ヴーラントの部屋に押し入ったのは十分前。母親の意志に反して、リヴィオが台所の引き出しで見つけたドライバーを使ってドアをこじあけた。鍵は壊れることなくはずれた。あまりに簡単だったので、重要な手掛かりなど見つからないのではないかと、フェリは危ぶんだ。

だが、それはかんちがいだった。

住まいの他の部分とちがって、その部屋は救いがたいほど散らかっていた。ベッドは乱れ、洗濯物が医学専門雑誌や丸めたティッシュといっしょに床に落ちていた。ビニールフィルムが張られた窓の下のデスクに、「原発？　ノー・サンキュー！」のシールと二〇〇六年のサッカードイツ代表のブロマイドが貼ってあった。

コンピュータやビデオカメラといった電子機器は一切なく、テレビすらない。ラウファーザークロス（ドイツで人気のある木材チップを原料にした壁紙）の壁には絵も写真も飾っていない。だが画鋲の穴やセロハンテープの跡が残っていた。それに壁紙に煤《すす》けたところとそうでないところがある。最近までなにかかけてあったのだ。

母親が文句をいっても無視して、デスクやタンスの引き出しを片っ端から開け、古典的な隠し場所であるマットレスの下も探った。

衛星写真、建物の俯瞰《ふかん》図のプリントアウト。おなじ地区の地図が数枚見つかった。ある場所に赤い丸が書き込まれていた。

それから建物の内部写真。明らかに搾乳場。

ヴィーガンがなんでこんなものを？　フェリははっとした。答えがわかった。そのプリントアウトをつかむと、別れのあいさつもせず住居から飛びだした。リヴィオはあとを追った。そのプリントアウトはいまリヴィオの車の後部座席に置いてある。

フランツがネレを拉致したのがどこか見当はついた。問題は、警察に通報するかどうかだ。

もう一度電話をかけたが、マッツは出ない。これでは決断できない。

ネレが古い牛舎に監禁されて拷問を受けていたらどうする。一刻の猶予もならない。

だがフェリがかんちがいしていて、警察をまちがったところへ誘導してしまったらどうする。

とにかく警察には迅速に動いてもらわないとネレを救出できそうにない。

さもないと、マッツがいうように、ネレが死ぬ恐れがある。脅迫者がマッツとの接触を断てば、ネレは脅迫の道具にならなくなる。そして接触が断たれるのは、マッツが脅迫されていると捜査当局が知った瞬間だ。そうなれば、墜落を未然に防ぎ、乗客の生命を守るため、マッツとカーヤは即、機内で拘束されるからだ。

フェリは腹を立てて、怪我をした方の手で拳を作るというミスを犯した。

「くそっ」フェリは我慢できずに叫んだ。

ブランデンブルク門めざして車を走らせていたリヴィオが、手伝おうかと声をかけた。

「どういうこと?」フェリは彼に怒りをぶつけた。「あんたがそんなやさしいとは知らなかったわ。報酬にいくら欲しいわけ?」

「百なら悪くない」リヴィオは悪びれることなくいった。フェリは彼のずうずうしさにあきれて、腹立たしい気持ちがすこし収まった。

「百ユーロ?」

「リヴィオ・タクシーの料金さ」リヴィオはにやりとした。まったく調子がいい。フェリのタイプではないが、この男の無茶ぶりに多くの女性がひかれるのもわからないではなかった。たいていがつまらないマッチョな男に繰りかえし引っかかる女たちだろう。

フェリはセラピーでそういう女にさんざん出会っていた。

「わたしの夫のところまで送ってくれる？」フェリはそうたずねたが、本気ではなかった。

「婚姻手続きをするってこと？」

フェリはおどろいて彼の方を向いた。

「なんで知ってるの？」

「落としていった財布の中を覗いたんだ。身分証かなにかで住所がわからないかなと思って。そのとき案内状を見つけた。もう帰ってないとまずいんじゃないの？」

「それならなんで財布を家に届けず、わたしのあとを追ったわけ？」

「ごめん、クロプシュトックのクリニックから出てくるところを偶然見かけたんだ。すごい勢いで走っていたから見失ったけど、うまいこと、カント通りでまた見つけた。すごい形相だったなあ！」

「だから……」

フェリは腹立ちまぎれにいいかえそうとしたが、できなかった。

フェリの携帯電話が鳴ったのだ。

「マッツ、よかった！」

47

ネレ

人間だれしも、臨界点があるものだ。拷問に屈して、人殺しになることだってある。ただ苦痛を終わらせたいばかりに。

ネレもその臨界点に達していた。すくなくともそう思った。

赤ん坊に体を引き裂かれそうだ。ネレは悲鳴をあげた。だれかに押さえてもらいたかったが、血と汗と甘ずっぱいゴミの臭気で充満した、光の届かない穴の中では望みが叶うわけがなかった。

誘拐犯でもいいから早く帰ってきてほしいとまで思うようになった。

格言がある。死ぬときはみんなひとり。

だがネレの場合は、そうともいえない。

ネレはひとりで死ぬわけではない。外に出たがっているが、それが叶わない赤ん坊がいる。しかも死ぬ理由を決して知ることなく。もしあの世にそういうことを教えてくれる案内所でもあれば別だが。

「ううー！」ネレはうめいた。もうなにも目にすることはないだろう。かりに一条の光が射したとしても、血管が破裂するほど目をぎゅっとつむっているからわからないだろう。出産を終えた女の目が塩素を注がれたかのように充血している写真を見たことがある。

「う、ううー！」

ネレは自分のうめき声で息を詰まらせた。それで痛みが和らぐことはなかった。悲鳴が乾いた喉を切り裂いただけだった。

また苦痛が押し寄せてきた。ネレは体の下のゴミをつかんだ。なにかの破片が爪のあいだに刺さった。痛みは感じなかったが、表面が冷たく滑らかなことに気づいた。

鏡？

痛みが頂点を越え、陣痛が引いた。ネレはその破片を両手で探った。

やはりそうだ。鏡のような感じがする。穴に射し込むわずかな光が反射した。

鏡の破片。

鋭利で手にもちやすい。クッションの溝にあったカミソリの刃とおなじだ。

その鏡の破片で皮膚を裂き、動脈を切るところを想像した。

ひさしぶりに幸せな気分になった。

48

マッツ

「フェリ？　どこにいるんだ？」

　電話の向こうから聞こえる背景音が単調な機内の騒音でかき消された。

　マッツには、フェリがどこにいるかまったく見当がつかなかった。移動中か、婚姻手続きの準備のために自宅に戻ったか、あるいはすでに役場に向かっているところとか。そうあって欲しくはなかったが。

「ＶＥＢ畜産コンビナートに行くところ」

「どこだって？」

「ネレの住居の近くにある廃墟よ」

　充電池の残量低下を知らせる警告音がして、マッツはｉＰｈｏｎｅを耳から離した。電池の残りはあと十五パーセント。

「ネレはそこにいるのか？」マッツは興奮してたずねた。

「それをつきとめる。だけどマッツ、警察に通報した方がいいんじゃない？」

マッツは息をのみ、ファーストクラス用ラウンジに通じるらせん階段の途中で足を止めた。

「ネレが本当にそこにいるかどうかわかるまではだめだ」

「あのね、そのコンビナートは巨大なの。無人の小児病院、工場式畜産場、牛舎の廃墟」

頭のおかしな奴にとっては完璧な遊び場だ。

「タクシーを探せばいい」そういって、マッツは歩きつづけた。

「ええ、いいアイデアだわ。でも見つからなかったら……」

「なにをするにしても、先に電話をくれ。どのくらいで着く？」

「二十分くらい」

マッツは電池がもってくれることを祈りながら通話を終えた。

「カーヤ！」

機長など構っていられない。とにかく彼女と話をしなければ。機長になにができる？あいつには、わたしに嫌疑をかけて拘束する権利などない。

マッツは黒髪のやせた客室乗務員に一礼した。彼女は雑誌をのせたカートをファーストクラスの方へ押していくところだ。おそらく眠れない乗客に新しい読み物を提供しようというのだろう。その客室乗務員がカーテンの向こうに消えると、マッツは声をかけても反応しなかったカーヤのところへ行った。

カーヤはバーの横のガラス張りのエレベーターの前にいて、マッツに気づいていないふりをしている。

「話がある」マッツはすこしぶっきらぼうにいった。一刻の猶予もならない。カーヤはエレベーターを指差した。

「いまは困ります。乗務員用キャビンに行くところなんです」

「どこにだって？」

「乗客は立ち入り禁止の区域です。この下の貨物室のそばです。大変な進歩です。以前はカーテンで遮るだけでしたから。狭いですが、施錠できるキャビンに、ベッドとテレビがあります」

カーヤは普通に話そうと苦心していた。だがその笑みはまさしく、夫の暴力に怯える主婦のそれだった。

「具合はいいんだね？」

「いいわけありません、ドクター・クリューガー。ご存じでしょ」

マッツにはなんの計画もなかった。これといった口実も思いつかなかったので、単刀直入に質問した。

「さっき上に来たかい？」

エレベーターの作動音が聞こえているのに、カーヤはもう一度ボタンを押した。

「お願いです。これから休憩時間なんです。トイレに行って、横になりたいんです」

マッツは首を横に振った。そう簡単に行かせるわけにいかない。

「映像の最後のシーン。あれはどういうことか知る必要がある」

「なぜですか？」

いい質問だ。

決定的な質問。

「あなたは脅迫されていたのか？　当時だが？」

カーヤの目が冷たく光った。

「先生はなにもわかっていません」カーヤは聞こえないくらい小さな声でいった。

マッツは彼女の肩をつかんだ。彼女は氷にふれたように身をこわばらせた。

「だからあなたと話したい。ヨハネス・ファーバーは当時、百時間の社会奉仕をいいわたされた。彼は、撮影したのは自分ではないとずっといいはった。あれは本当だったと、いまならわかる」

「どういうことですか？」

「ビデオカメラを操作していたのは女性だからだ」

マッツはiPhoneに保存した画像をカーヤに見せた。

「女性の足が見えるかい？　迷彩柄マニキュアだ。あなたがあの日塗っていたマニキュアとおなじだ、カーヤ。残るふたりの仲間だが、ティナは死んだ。ということは撮影して、映像を公表したのはアメリー。そうだね？」

エレベーターがひらいた。

「まさか」カーヤは激しい口調でいったが、それが本当でないことを祈るような目つきだった。

「では、これがだれか教えてくれ」

カーヤはエレベーターに入った。マッツは光センサーに手をかざして、扉が閉まらないようにした。

「どうしてですか？」

「これがだれにせよ、この人物がいまもあなたの人生を地獄に変えていると確信しているからだ」

すくなくとも地獄に変えようとしている！　あなたと、わたしと、機内にいるすべての人の人生を。

「どうして犯人にキスをしたんだ？　撮影したのはだれだ？　いったいどういうことなんだ？」

返事がもらえれば、脅迫者の正体、それがだめでも動機がわかるのではないかとかすかな期待を寄せながら、マッツは質問した。

「いったでしょ。先生はなにもわかっていない」カーヤはセンサーにＩＣカードをかざした。

「当時から」

マッツのｉＰｈｏｎｅがまた鳴った。うっかり画面を見て、手がエレベーターの扉から離れてしまった。そのとたん扉が閉まった。

「昔からなにもわかっていなかったのよ」カーヤがそういうのが聞こえた。

カーヤはまるでガラスのような固い眼差しでマッツを射貫いた。そのとき電話の声がいった。

「武器は見つかったか？」

マッツはスーツのポケットに入れたスーパーフロスのパックに触った。

「ああ」

「彼女に渡すんだ」

マッツは下を見た。エレベーターのほこりをかぶった灰色の天井とスチールケーブルしか見えなかった。カーヤはすでに視界から消えていた。

「もう無理だ」マッツはいった。「彼女はわたしと話そうとしない。体調不良を理由にフライトの残りを乗客が入れない区域で過ごす気だ」

「いい徴候だ。精神が不安定になったってことじゃないか」

「ああ。だがわかってくれ。もう彼女に近づくことはできない！」

怒りとあきらめの気持ちからマッツは自分の頭を殴りたいくらいだった。

「それはおまえの問題だ。なんとかしろ。おまえの娘がどれだけひどい目にあうか考えたら、はるかにましだろう」

電話の向こうでぞっとするうめき声が聞こえた。喉が裂けそうな悲鳴。長く延びる大声。苦しくて抑えきれない。声の主が男か女か判然としないほどだ。

「ううう――！」悲鳴はマッツの耳に反響した。教会の鐘よりも大きな耳鳴りに伴われながら、彼はらせん階段を上ってスイートに戻り、泣きながらドアを閉めた。

49

フェリ

インターネットで検索すると、VEB畜産コンビナートは「廃墟写真トップテン」でベーリッツ・サナトリウムとトイフェルスベルクの米軍レーダーサイトに次ぐ人気スポットだ。

そこは東ドイツ時代にすでに荒廃し、「長い嘆きの声」とあだ名され、いまなおその名のとおりの場所が残っている。

畜産コンビナートは一部が解体されて家畜市場になり、新しく住宅が建てられ、鉄道駅が作られ、歩行者用トンネルができ、ショッピングセンターも開店していたが、かつての敷地のかなりの部分は手つかずで、いまでもディストピア映画やスラム街の撮影をする監督たちに人気のロケ地になっていた。

フェリはこの手つかずの敷地を集中して探すことにした。

リヴィオの車は北側から小糠雨でぬかるんだ地面を走り、がたごとと廃墟をめざした。フェリは思わず死をイメージした。

廃墟のモチーフや過ぎ去った過去の名残を求めてわざわざスクラップとゴミの中に分け入るなんて、フェリには理解しがたかった。去年、若いツーリストが自撮り写真を撮ろうとして煙突から落ちて対麻痺《ついまひ》になった。おだやかな啓蒙《けいもう》をしようという気など、神様には毛頭ないと見える。

「なにを探すんだい？」

「タクシーよ」フェリはいった。車は「牛舎」という標識を通りすぎた。フェリはそれを見て、嫌な気分になった。

二時間以内に白いウエディングドレスを着て指輪を交換することになっているのに。これほど天と地の差を体験することになるとは。

ちょうど赤レンガ作りの施設を通りすぎた。使われなくなったその建物は時間にむしばまれ、化粧壁がレンガごとはがれ、屋根板もはがれ落ち、窓ガラスが粉々に割れていた。

「誘拐犯が知恵のまわる奴なら、タクシーをこのあたりの建物の中に隠しているだろうな」

「それなら絶対に見つからないわね」フェリはそっけなく答えた。

分岐点でリヴィオは車を止めた。ふたりは決心がつかず互いの目を見交わした。

「右に行くと食肉加工場らしいな」リヴィオはいった。標識はぼろぼろで、文字はほとんど判読できない。

「その下のはなに？」

「搾乳施設。牛乳をしぼるところじゃないかな」

「牛乳」という言葉にフェリははっとした。

「ウーラントの母親がなんかいっていたわよね」

「息子はヴィーガンだっていってた。ここを憎んでるだろうな」

「とくに憎んでいるのは牛乳工場よね？　牛乳について奇妙な考えを持っていて、ヨーグルトも食べさせてもらえないと母親はいっていた」

牛乳が骨粗鬆症の原因だと考えるなんて。

「最初に見るべきところは決まりだな」そういうと、リヴィオはギアを入れた。

分岐点が二度あり、一分ほど走ったところで、彼はまたブレーキを踏んだ。

「ここでいいの？　車が見あたらないけど」

「でもタイヤの跡がある」

リヴィオはフロントガラスの向こうを指差した。切り妻屋根のバラックの前に広場がある。ぬかるみに一、二台の車が切りかえした跡が残っていた。最近できた轍《わだち》だろう。雨はそんなに前から降ってはいない。

リヴィオはエンジンを止めた。ふたりは車から降り、バラックのトタン板の壁にあるドアのところへ行った。おどろいたことに、鍵がかかっていなかった。

「なんの建物かしら？」むっとする建物の中に数歩入ったところで、フェリはあたりを見まわした。

「搾乳施設みたいだな。乳牛がここにしばられて、乳を搾られていたんだ。機械は撤去されて、柵があるだけだ」

フェリは時計を見てから、泥だらけになった自分の白いスニーカーに視線を移した。もうどうでもいい。

「時間がないわ。二手に分かれましょ。あなたは奥を捜して。わたしはこのあたりを見てみる」

「いいけどさ……」リヴィオは微笑んだ。「気をつけろよ。また助けにいくのはごめんだ」

フェリも笑みで答え、自分の度胸におどろいた。もちろん不安はある。ヤーネクには悪いと思っている。だがホットラインに従事した経験から、このくらいでは動じなくなっていた。ホットラインでは直接の成果は得られない。ただしゃべるだけなのだ。それとは異なり、危険で悲惨な状況ではあるが、手応えがあり、実感があることに心が躍った。

「平気よ」フェリはいった。

フェリは向きなおって、階段の方へ進んだ。

見間違いでなければ、二十メートルほど先に地下に通じる階段が見える。

50　ネレ

頭がおかしくなったうえに、声まで嗄れた。穴の中でその両方を失ってしまった。順番にではなく、ほぼ同時に。

多少痛みが引いたものの、寄せては返す波のようにぶりかえす痛みに運ばれて、五感が麻痺したままどこかの岸に打ちあげられたような感じがする。

目を開けていても、なにも見えない。口をぱくぱくさせていても、声は出ない。

それでも幻聴が聞こえた。

名前を呼ばれたような気がする。どうせ願望の結果だ。砂漠で喉が渇いて死にかけた人間が見るという水たまりの蜃気《しんき》楼《ろう》とおなじ。

だが幻聴にしてはやけに大きな声だ。

「ネレ？」また声がした。聞き覚えのある声だ。ずいぶん昔に聞いた。二百年前、ここに連れてこられる以前の別の人生で（ここの目安が時間ではなく、苦痛によるなら、もっと昔かもしれない)。

その声を知っているということは死が近いことを意味する。事切れる寸前、親しい人を目の当たりにするということじゃないか。

ネレは目を閉じた。慈悲深い眠りにたゆたう自分を感じた。数分のあいだは、この感じがつづくだろう。だがいずれ慈悲の欠片《かけら》もない陣痛がはじまる。それでもこの苦痛は終わらないだろう。赤ん坊が引っかかっている。だれかに手伝ってもらわなければ産み落とすのはむり。

穴に落ちたとき、赤ん坊の位置がずれてしまったのかも。

自分の責任だ、とネレは思った。逃げだして、この穴に飛び込んだのは自分だ。そしてゴミの中に取り残され、せっかく鏡の破片を見つけても使えずにいる。そしてさっきまでネレの名を呼んでいた声が、今度はだれかと電話で話しているように聞こえた。

51

フェリ

「どうだった?」

フェリはずっとネレの名を呼びつづけたが、返事はなかった。地下の通路にはぞっとした。左右の部屋は中世の牢獄のようだ。

幸い彼女の携帯電話には強力な懐中電灯アプリがインストールしてあった。しかしリヴィオから電話がかかってきたので、携帯電話を光源として使えなくなった。

「見つかった?」フェリは興奮してたずねた。

「いいや。でもここはなにかおかしい」

「なにが?」

「三脚がある。それにストレッチャー」

「なんですって?」

「本当だよ。いかがわしい映画でも撮影していたみたいだ。変態ポルノ。動物用らしいボックスまである」

「なんてこと」

リヴィオが呟き込み、声が聞こえづらくなった。移動しているようだ。

「どこへ行くの?」

「もうちょっとあたりを見てみる」

「だめよ。そこで待っていて。すぐそっちへ行く」

「わかった。この囲いで会おう」

フェリは深呼吸して呟き込んだ。地下はほこりっぽかった。

「わかった。二分で行く。もうすこしこのあたりを見てから」

フェリは通話を終了させ、携帯電話の光で床を照らした。

リヴィオから電話がかかってくる前に見つけた円形の板が浮かびあがった。

井戸の蓋のように見える。

52

ネレ

可能性はふたつ。妄想がひどくなったか、フランツがホームセンターでウィンチとベルトを買ってきて、穴の蓋をどかそうとしているかのどちらかだ。いずれにせよ、穴の中が明るくなった。だが闇に慣れた目には明るすぎた。

まぶしくて、ネレは目を閉じた。それでもまぶたを通して鉄骨が瞳を突き刺すような痛みを感じた。

「だれ？」ネレはかすれた声でいった。分厚い水槽の中の魚の方がもっと大きな声が出ただろう。そのときはっきりと興奮した声が聞こえた。夢じゃない。

「ネレ？」その声がたずねた。

ネレはふたたび目を大きく開けた。涙のたまった目をしばたたいた。それとともに、助けにあらわれた人物が見えた。まさかこの人が来てくれるなんて。

「よかった。お願い。助けて！」

いまだに頭が朦朧としているため、ネレは名前を思いだせなかった。この人と関わりを持ったのははるか昔のこと。

すくなくとも二百年前。

この人がいまあらわれるなんて。どういうことだろう。

「父さんに頼まれてきたの？」ネレはたずねた。ネレの身を案じ、見つけだすために万難を排す人がいるとしたら父親だけだ。

ネレは時間の感覚を失っていた。もしかしたら父親がもうベルリンに来ているのかもしれない。

「助けて！」

だがその声はサンドペーパーと化した喉に引っかかってしまった。それでももう一度、「お願い」とささやき、手を上に伸ばした。ネレは笑みも浮かべた。すくなくともそう思った。だがその瞬間、ありえないことが起きた。あらためて奈落に突き落とされたのだ。

その瞬間、耳にしたのはたったひと言。

「くたばれ！」

光が消えた。頭上の蓋が音をたててふさがれた。最後の希望だった人物によって。

「くたばれ！」

こんなに怒りのこもった言葉は聞いたことがない。

なんて深い闇だろう。深海に押し潰されそうだ。

これほど死を身近に感じたことはない。

53

フェリ

「どうしたの？」

リヴィオは打ち合わせどおり囲いにいた。笑みが消えていた。疑り深そうな表情にも、なにか気にしているような顔つきにも見えるが、フェリには判然としなかった。そのあとリヴィオはフェリの汚れた両手を指差した。フェリはジーンズでふいたが、汚れは一向に取れなかった。

「地下に下りていた」フェリはリヴィオに説明した。「穴の蓋みたいなものを見つけたんだけど、ただの板だった。そのとき汚したの。おまけに戻る途中、階段で足をすべらせちゃって」

フェリは彼の脇をすり抜けて、そこで見つけたものを見た。カメラをはずした三脚とストレッチャー。

ストレッチャーには血と汚物がこびりついていた。フェリの胃が痙攣した。

「ここで陣痛が起きたようね」

リヴィオも同感だった。

「そのあとここから運びだされたようだな」リヴィオは手にしている携帯電話を指差した。「やっぱりサツに通報するのか？」

フェリはいった。

「わからない。たぶん。先にマッツの意向を確かめる」

「わかった。通報するなら……」リヴィオが最後までいう前に、フェリにもいわんとしていることがわかった。

「いいわよ。行きなさい！」

リヴィオはそれでも言い訳がいいたかったようだ。

「もう俺たちの出る幕じゃないっていいたかったんだ。それにわかってると思うけど、サツと俺は相性が悪い」

「いいのよ。行きなさい！」フェリは出口を指差した。

「本当に？」

「でもひとつ忘れてる……」

「なに？」

歩きだしていたリヴィオが、振りかえった。

「わたしの財布」

「えっ？　ああ、そうだった」

にやにやしながらリヴィオはズボンのポケットから財布をだした。

「ばれちゃったか」

フェリは五十ユーロ札を二枚つまみだして、リヴィオに約束の報酬を渡した。だがリヴィオは断った。「今度食事をおごってよ」といって投げキスをし、出口へ歩いていった。

フェリは、雨が降りしきる戸外に彼が消えるのを待った。エンジンのかかる音がした。

フェリは深呼吸すると、どきどきしながらマッツの番号に電話をかけた。

フランツ

54

くそっ、くそっ、くそっ。

文句をいってもはじまらない。母親からは何度もそういわれてきた。母親はいうことを聞かず、いまだにこっそり牛乳を飲んでいる。死の飲み物だというのに。だが今度ばかりは口汚い言葉を連発するほかなかった。

あいつら、なんでここにいるんだ？

フランツは、警備員が先に戻ってくるのではないかとひやひやした。店員に聞かず、自分で揃えようとしたため、ホームセンターでは思いのほか手間どってしまった。しかしあの黒髪の不良っぽい奴はここでなにをしてるんだ。

それに車でどこへ行くんだろう？

フランツは今回、タクシーをすこし離れた人気《ひとけ》のない家畜市場に駐車し、ここまで歩いてきた。不幸中の幸いだった。雨に打たれてずぶ濡れだが、状況を確認しようと注意したことが功を奏した。

おかげでルノーと鉢合わせせずにすみ、すこし離れたところにあるトレーラーハウスの焼け跡から様子を見ることができた。

黒髪の若者は車で去ったが、ひとりで来たようには見えない。だれか残している。

女だ。

様子を見るには、トレーラーハウスから離れ、開けっぱなしの門まで忍び寄らなければ。

はじめは女の気配がしただけだった。牛舎の奥に人影が見えた。だれかと電話で話しながら、フランツの方へ近づいてくる。

「もしもし、マッツ？　つながりづらいので、いったん外に出る」そんな声が聞こえた。

女はなにか発見したかのように興奮している。

フランツはあたりを見て、車にもどって逃げだそうかと迷った。

しかしそれではすべて水の泡だ。長いこと時間をかけて準備してきたのに。

「だめだ。大事な目的があるじゃないか」フランツは自分にいいきかせた。

そして身をかがめた。

地面に何本も転がっている錆びついた鉄棒の一本をつかんだ。

その鉄棒に鉤《かぎ》がついているのを見て、フランツはやったと思った。そして女を待ち構えた。

55

マッツ

車で死ぬ確率は飛行機の百四倍。

そして、誘拐された娘の悲鳴を電話口で聞かされたあとで嘔吐する確率は百パーセント。

豪華なアッパーデッキでも、洗面ボウルは牢獄のトイレを連想させるアルミ製だ、とマッツは思った。

統計で安心できるのは、自分に火の粉が降りかかってこないときだけだ。

「どういうことだ。ネレはいないのか?」マッツは浴室の床にしゃがみ込んだ。両手がふるえて耳に当てていられなくなった。iPhoneを便器の横に置いて、ハンズフリーにした。

「カメラ用三脚とストレッチャーがあった」フェリが興奮して答えた。「だけどネレは影も形もない。でもどこかにいるかも。牛舎はとんでもなく広いのよ。地下もある。一個所ではないかもしれないし」

フェリの最後の言葉にかぶるようにしてピーという音がした。電池残量はわずか十パーセント。iPhoneを充電しなければならないが、いまはその気力もなかった。

「じゃあ、つづけて捜してくれ」マッツは吐きそうになりながらいった。

「ここはとんでもなく広いの。聞いてる? わたしには無理」

「やってくれないのか?」

無理をいっているのは重々承知していた。だが気が動転し、冷静に考えられなかった。

フェリは唯一残された避雷針なのだ。

「わたしを助けてくれないのか?」

「そういうことをいう？」フェリがたまらずいった。

マッツは化粧用ティッシュペーパーを何枚も引きだして、顔の汚れをぬぐい、それからようやく手すりにつかまって体を引っぱりあげた。

「きみはネレが好きじゃなかった。あの子のせいでわたしがきみの元を去ったと思っている。きみはあの子が嫌いなんだ」

そしてわたしは自分を嫌っている。

「マッツ」フェリが強く抗議した。マッツは怒りの発作を抑えるか、怒りの矛先を別のところに向けるべきだった。それなのに、たったひとりの協力者を悪しざまに罵ることをやめられなかった。

「仮にネレを見つけても、きみはきっと見捨てるんだ」

「マッツ！」フェリがまた彼の名を呼んだ。だが抗議する様子はなかった。もしかしたらはじめてかもしれない。それは悲鳴に聞こえた。

助けを求める悲鳴？

「どうした？」

「マッツ、だれかいるみたい。ここに……」

そのあと彼女がなんといおうとしたか知る機会は奪われた。最後に聞こえたのは悲鳴だった。そしてなにかが粉々に壊れる音。

同時にｉＰｈｏｎｅの画面が真っ黒になった。

56

なんてことだ……。

マッツは浴室の引き戸を開け、リビングに飛びだした。飛行機が急降下しているときのような耳鳴りがする。マッツはアタッシェケースを開けて充電ケーブルをだし、回転椅子の肘掛けに組み込まれたコンセントに差した。

充電中の雷マークが画面にあらわれた。充電開始。だがふたたび電話がかけられるようになるまでじれったい思いをすることを経験から知っていた。ネット環境が安定している自宅でもそうなのだ。一万メートル以上の上空で航空会社のネットワークにつながるまでどのくらいかかるかわかったものではない。

だが待ち時間は六十秒ですんだ。

その一分間、マッツはiPhone、卓上ランプ、窓の外の闇、巨大な主翼の赤色灯、そしてまたiPhoneと視線を彷徨《さまよ》わせた。

頭の中ではふたとおりの悲鳴が反響していた。娘の悲鳴と、たったひとりの協力者の悲鳴。

ｉＰｈｏｎｅが着信音と共に復活した。マッツはパスコードを打ちまちがえ、やりなおして電話の履歴を見た。電池切れしているあいだに電話が三本かかっていた。

またかかってきたので、マッツはすぐに出た。

「フェリ？」叫ばないようにしたら、ささやき声になった。

「フェリってだれだ？」電話の声がたずねた。

マッツは目を閉じて椅子に沈み込んだ。そもそもすわっていることにそのときはじめて気づいた。曇った眼鏡で周囲を見ているような感覚を味わった。世界が縮んで、ネレと赤ん坊と電話の向こうの相手しか存在しないような気がした。奴には最低でも酸を浴びせかけてやりたかった。

「ネレと話をさせてくれ」マッツは声を大きくした。

「カーヤに武器を渡したか？」

「娘を解放したら、すぐに渡す」

電話の声が愉快そうに笑った。

「馬鹿にしているのか？」

まさか。こいつはおそらく精神病質者だ。だが切り札を捨てるような間抜けのはずがない。

「なにか他に狙いがあるんだろう？」マッツは肝心要の質問をした。「クロプシュトックのために働いているんだな！　わたしに飛行機を墜落させて、法案を通過させるのが狙いだ。そうすれば奴はプレ心理テストで数百万ユーロ稼げる」

今度も返事はなかった。だが相手が声の調子を変えたのがわかった。はっきりとはいえないが、いまだにボイスチェンジャーを介していて雑音が入る。重なって聞こえる息づかいも大きくなった。どうやら脅迫者は緊張し、いらついているようだ。

「かれこれ八時間以上インターネットでフライトレーダーを見ている。おまえが搭乗している旅客機のフライトはすべて予定どおりだ。飛行高度、ルート、速度、すべて完璧。おまえが捜査当局に通報しなかったことは誉めてやる。さもなかったら空軍がスクランブル発進している。それがわかった時点で、おまえとの電話は打ち切っていただろう。

だが旅客機を大西洋上で墜落させるには残り数時間を切っている。まずいんじゃないか。それとも大陸まで飛ばして住宅地に落とし、もっと犠牲者を増やそうというのかな？」

マッツは相手が間を置いたところで口をはさんだ。

「頼む。ネレと話をさせてくれ」

「おまえは要求できる立場にない……」

そのとき突然、機内放送が聞こえた。

「乗客のみなさま、シートベルト着用のサインが点灯しました。もうすぐ大気が乱れている空域を通過しますので……」

機長はスペイン語でさらに詳しい説明をした。マッツは奇妙な感じを覚えた。機長の言葉が二重に聞こえたのだ。機内の壁に当たって反響したかのように微妙にずれている。

なぜそう聞こえるのか理解するまですこし時間がかかった。そしてそれがなにを意味するか理解するのにさらに時間を要した。

機内放送、すくなくとも機長の第一声は天井のスピーカーからだけでなく、耳に当てているiPhoneからも聞こえたのだ。脅迫者はすぐに電話を切ったが、一瞬、犯人の人工的な声と重なって機長の機内放送が聞こえた。

ということは……。

気づいたことの衝撃で、マッツはまたしても椅子に沈み込んだ。

マッツは横を向いて窓に触れた。夜の冷気が窓をとおして伝わる。指から前腕、そして心臓に。

ありえない。しかしまちがいない。

脅迫者はすぐそばにいる。

それもこの機内に。

57

考えろ！

マッツはすぐにスイートから出たが、いったん引きかえした。頭を冷やし、計画的に行動すべきだと自分を戒めた。世界最大の飛行機だ。むやみに自爆テロリストを探しまわってもだめだ。自分を犠牲にできる人間をひとりだけ知っている。だがカーヤが犯人のわけがない。

カーヤがエレベーターに乗ったとき、あの声が電話をかけてきた。唇を動かさず、携帯電話を耳に当てずに話せるわけがない。それに事前に録音したものでもなかった。マッツは脅迫者と対話した。

いや、脅迫者ではない。自殺志願者か？

マッツはすわって「確かなこと」と書いて、箇条書きした。

・ネレは誘拐されて苦しんでいる。

・撮影したのはヨハネス・ファーバーではない。

・墜落事故が起きれば、クロプシュトックはプレ心理テストで大儲けする。

しかし自制心を働かせ、分別のある行動を取る心の余裕はなかった。

たったひとつの動かぬ事実で頭の中に嵐が吹いた。

「電話の声の主は機内にいる！」

マッツはスイートを出て、人気のないスカイバーを横切り、アッパーデッキの後方に向かった。

まずはビジネスクラス三十席。眠っている者、読書をしている者、映画を鑑賞中の者。窓が閉めてあったので、動物園の夜行性動物ゾーンのようにどこもかしこも暗かった。つづいてプレミアム・エコノミー。多少明るい。キャビンの照明は消えていたが、ビジネスクラスよりも席の数が多く、したがって闇の中で発光しているモニターの数も多かった。

なにを探せばいいだろう。

年輩の男、若い女、眠っている子ども。自殺願望を持つ脅迫者をどうやって見分けたらいいんだ。

まったく雲をつかむような話だ。五百五十平方メートルはある乗客用スペースを探しまわるなんてどだい無理な相談だ。犯人はコックピットや荷物室にいる可能性だってある。それに人の目があるところでボイスチェンジャーを介して電話で話すはずがない。だがなにもしないではいられない。ペナルティキックを止められないと覚悟していても、立ちすくんでいる選択肢はないので、右か左へ飛ぶしかないゴールキーパーの心境だ。

飛行機の全長は七十五メートル。後部に近づくにつれ、乗客の数が増えた。一番後ろのエコノミークラスでは、スカイ＝スイートの広さに二十人は乗客が詰め込まれていた。合計二百人の乗客。化粧室でボイスチェンジャーを介して電話をかけることができそうな人間がほとんどだ。男、女、ドイツ人、スペイン人、アラブ人、アメリカ人、白人、黒人。若者だって無視できない。

・神経質
・汗をかいている
・落ち着きがない
・ふるえる両手

マッツは自爆テロリスト特有の徴候を反芻した。だがつねにそうとはかぎらない。ドラッグや催眠術で不安をシャットアウトしていれば、爆弾ベルトを起爆させるまで異常を認められないだろう。

それに政治的な動機を持つテロリストに対してでさえ限界がある基準を精神病質者に適用することなどナンセンスだ。

一番後ろまで来ると、マッツは化粧室の前をとおって通路を変え、コックピットに向かって進んだ。後頭部や膝を覗き、靴下や息や香料入りペーパータオルの匂いをかいだ。そんなことをしても無意味なのはわかっていた。

そもそも脅迫者がどういう奴かわかっていないのだから。

声の主が本当に機内にいて、自分も死ぬつもりなら、なんでこんな七面倒くさいことをするのだろう。それだけの知性と計画性があるなら、自分で墜落させた方が早い。なぜネレを誘拐した？　なぜカーヤを使う？

なぜわたしなんだ？

必要なのは爆弾でも、実行犯でもない、心理的にそういう状況が生まれるという事実なんだ。マッツは自分で答えをだした。

人質による脅迫で墜落に至った場合、チェックイン時の安全対策を改善すればすむ。問題はカーヤを精神的起爆剤にするところにある。これぱかりは世界中のどんなX線検査装置でも発見できない。まさにそこが狙いだ。

だがひとつだけわからないことがある。墜落してしまってはマッツが精神爆弾の起爆に成功したことを世界に知らせることができない。どうするつもりだろう。たぶんそれもうすぐわかる。

マッツは前方三分の一ほどの33列目近くにある階段に辿りついた。そこからメインデッキに下りられる。

そこはプレミアム・エコノミーとエコノミークラスのあいだの大きな調理室だった。客室乗務員がふたり化粧室の前の非常口のそばにすわって、小声でしゃべっている。ふたりはマッツのことを気にもかけなかった。

このふたりも犯人の可能性がある。

ヴァレンティノのことが脳裏に浮かんで、マッツは論理的とはいえない行動をつづけながら通路に足を止め、乗客をざっと見わたした。

長くは時間をかけなかったが、目を皿のようにした。

ひとまず異常は見つからなかった。だが彼の心の地震計が揺れを検知した。まだ他の人のところまで届いていないか、神経が鋭敏でなければ感じられないような揺れだ。

震源地は47列。

47列の窓側ブロックは、眠っている乗客に占拠されてすわれなかったK席を含む三席すべてに人がいなかった。だが気になったのはそのブロックではない。

中央部通路側の47G。

マッツは眠っている獲物を脅かさないよう、肉食獣のようにゆっくりと忍び寄った。

そのときあることが起きた。口をあけ、目を閉じて顎を天井に向けていたその乗客が毛布の下から携帯電話をだし、画面を見てまた戻し、さっきとおなじように眠っているふりをしたのだ。

トラウトマンの名がマッツの脳裏に響いた。おどろいたことに「一万二千ドルの錠剤」でフライト中眠りつづけるといっていた男が起きている。

「トラウトマン」マッツはいったん通りすぎ、背後から近づいて叫んだ。マッツは自分の大きな声と同時に自分の思わぬ行動にびっくりした。これまで喧嘩は言葉だけで決着をつけるか、避けてとおってきた。それなのにいつのまにかズボンのポケットに手が伸び、小さなパックからフロスを引き抜いた。それから患者の臨死体験でよく聞くような状況を体験した。自分が幽体離脱し、フロスをトラウトマンの首にかけるところを上から観察していたのだ。つづけてこう叫んだ。

「ネレはどこだ？　娘になにをした？」

次の瞬間、マッツは鼻をへしおられて通路に倒れ、こめかみに拳銃を突きつけられた。目の前が真っ暗になった。

58

リヴィオ

かゆい。だが副作用だけが原因でもなかった。

もちろんもっと早く薬をのむことになっていた。だが今朝は寝坊をし、そのあとこんなにごたごたがつづくとは思っていなかったのだ。

リヴィオはひじ関節の内側をかき、ガソリンスタンドのトイレの鏡で自分の顔を見た。二十九歳で老人斑が出るのはあまりに早すぎる。病気にかかったのは最近。検査結果に衝撃を受けたのもつい数週間前だ。

人生にこんな転機が訪れるとは思ってもいなかった。いずれ発症し、ヴェディング医療モールに入院する羽目に陥るだろう。

なんであそこに通院しているのか、フェリがたずねなかったのは意外だった。

リヴィオは一瞬考えた。あいつが彼の私生活に関心を持たなかったからって怒るいわれはない。自分がその立場だったら、やはり興味など抱かないだろう。誘拐事件と間近に迫る婚姻手続きのことで、あいつの頭はいっぱいだった。

それでもあんまりだ。

蛇口をひねると、頭から水をかぶり、掌にのせていた錠剤カクテルをのみ込んだ。病気を発症しないため。症状が出ないようにするため。

もうすこし気にしてくれてもいいだろうに。あれだけ手助けしたんだ。

「おい、便座にはまってるのか?」外から年輩の男の声がした。

リヴィオはじらしてやることにした。

尻のポケットから携帯電話をだし、電話番号の履歴を表示した。

一番上にフェリチタスの番号があった。

名字はなんだった?

「おい、そろそろ頭のまわりをハエが飛びまわってるんじゃないか?」年輩の男が悪態をつき、拳骨で軽くドアを叩いた。

リヴィオは眉ひとつ動かさなかった。いくらせっついたって動じるものじゃない。

いやがらせができる奴がいるとしたら、それは自分だ。だから自分が嫌いだ。

それにしても、なんであのあほな女医が気になるのだろう。別れてからずっと後頭部に鈍い頭鳴《ずなり》のようなものを感じる。

暗い警告音のようだ。

「あのおばさんをひとりにしてきたのはまずかったな」頭の中で思ったことをリヴィオは口にだした。思ったよりも声が大きかった。

「なにぶつぶついってるんだ?」トイレの前で騒いでいる男がいった。「かあちゃんを呼んでやるから、おしゃぶりがどこにあるか訊くんだな」

数人の笑い声。野次馬が集まってきたようだ。それでもリヴィオは気にしなかった。頭鳴よりはるかにましだ。耳の中で小悪魔がささやく。もう一度リダイヤルボタンを押せ、と。

「あのおばさんは悪くない」リヴィオは心の中の自分と会話をつづけた。

それからそれを繰りかえし三回声にだした。一度はトイレから出るとき(せっつくうるさい野郎にいやがらせをするためトイレットペーパーをポケットに突っ込んだ)。二度目はガソリンを満タンにした車を発進させたとき。そして最後は、電話をかけてもフエリが出ず、留守番電話になったとき。

「気にするな。ほっとけ」リヴィオは最後にそういったが、ナビの指示どおり廃墟に取ってかえした。

59

マッツ
ベルリン到着予定時刻まであと一時間三十八分

鉄の味。

ミステリ小説ではよく口腔内で出血すると、金属の味がするというが、もちろん体液に金属が含まれているわけがない。そんなことを知っていても、ゆっくりと意識が回復したマッツにはなんの役にも立たなかった。

たしかに口腔内で鉄の味がして、臭いもする。吐き気をもよおした。結束バンドのような手錠で彼を拘束した男は席から立ち、懐中電灯で彼の左目を照らした。目の前で炎が踊り、光が炸裂した。

ゴングが鳴る寸前にパンチを浴びて、気づいたらコーナーにいたボクサーの心境だ。だがトラウトマンには、マッツが次のラウンドのために回復するのを待つ気など毛頭ないようだ。

「おまえがなにかやらかすと思ったんだ」

トラウトマンはショーン・コネリー風の髭をしごきながら懐中電灯をしまい、一歩さがった。

「あんたはだれだ?」マッツは呂律《ろれつ》がまわらなかった。どのくらい気絶していたのだろう。

ブラインドが閉めてあるため、外が明るいかどうかもわからない。それに前後不覚になったのが、テーザー銃によるのか、麻酔銃によるのかも判然としなかった。

気づくとエコノミークラスからスカイ＝スイートに運ばれ、窓際の座席に顔を進行方向に向けてすわらされていた。

「クロプシュトックの仲間か?」そうたずねて、マッツはトラウトマンの腕時計をちらっと見た。

時刻変更していないのなら、ブエノスアイレス時間を表示しているはずだ。

血の味がする唾液をのみ込んだ。頭痛がするうえ朦朧としているため、残りの飛行時間がうまく算出できない。しかし勘違いでなければ……たいへんだ。

ほぼ三時間半寝ていたことになる!

「だれの仲間だって?」

トラウトマンはマッツの手首をテーブルの脚につないだ樹脂製の手錠を確かめた。マッツは手錠のせいで立つことができなかった。それに足も、くるぶしのところでしばられていて動かせない。

「あんたが投資したのは自撮り棒ではなく、クロプシュトックのプレ心理テスト。そうだろう?」

トラウトマンは目をすがめ、首を傾げた。

マッツは自分が猫ににらまれた瀕死のネズミのような気がした。

トラウトマンも好奇心はあるだろうが、容赦はしてくれそうにない。マッツが自分のことをどこまで知っているのか気になっても、駆け引きが面倒くさくなれば、引導を渡すだろう。

飛行時間はあとどのくらいだ? 一時間半。

「あんたは本気でこの飛行機を墜落させる気はないんだろう?」朦朧とした意識の中でマッツはたずねた。「機内で事件が起きれば充分だった。いかれた客室乗務員。錯乱した精神科医。それで目的は果たせる。そうだろう?」

そうすれば、クロプシュトックが喉から手が出るほど欲しい法案が可決するだろう。すべての航空会社、パイロット、乗務員全員、たぶん乗客もスクリーニング検査を義務づけられる。数十億ユーロの利益は無理でも、数百万はかたい。

「ジャーマンウイングス墜落事故のあと、プレ心理テストについて議論されている。といっても法案の可決は微妙だ。だが再度事件が起きれば、可決への道はひらかれる。そうだろう?」

トラウトマンは精神科病院から逃げだした患者でもあるかのようにマッツを見た。

「なんの話だ。おまえがいかれていることはわかっていた。いくつも席を予約するなんてまともじゃない。すぐ近くの席にすわって、おまえがなにをするか様子をうかがっていた」

トラウトマンは間を置いて、7Aで見つけたスーパーフロスのパックをマッツに見せた。

「糸ようじ。こんなものが役に立つと本当に思ったのか?」

「糸ようじじゃない」マッツはいった。「武器だ」

トラウトマンはパックのカバーを開けて、フロスを引きだすと、切って匂いをかぎ、微笑んだ。

「やはり糸ようじだ。話をしても無駄なようだな。おまえは頭がおかしい」

トラウトマンは歩きだした。

「どうするつもりだ?」マッツはトラウトマンの背中に向かっていった。

トラウトマンは立ち止まって、首をまわした。

「安全の確保」

「だれにとっての?」

「機内にいるすべての人間」

トラウトマンはジャケットを払って、ベルトにかけたホルスターを見せた。その横には銀色に光る星があった。保安官バッジのようだ。

マッツは目を閉じた。

なるほど。

「航空保安官《スカイマーシャル》か?」

トラウトマンがうなずくのを見て、マッツは万事休すだと思った。

ネレは見つかっていない。

フェリとの連絡も途切れてしまった。

カーヤの心の引き金もまだ充分に引いていない。

トラウトマンへのお粗末な攻撃のせいで、マッツ自身、身動きが取れなくなった。

「できることなら、おまえをずっと見張っていたかったが、俺はこの機全体に責任がある。それにスカイ＝スイートに移ったおまえを追うわけにもいかなかった」航空保安官《スカイマーシャル》はいった。

マッツは目を閉じた。

疲労困憊だ。ここにはいたくない。どこでもいい、なにも考えず、すべての感覚のスイッチが切れるところに行きたい。

「やっと目を覚ました。馬鹿なことをしないよう見張っていてくれ」トラウトマンがそういうのが聞こえた。マッツはヴァレンティノが番犬代わりにつくのではないかと不安になった。奴に仕返しされる。

「こいつの手荷物の中身をあらためて、すぐ戻ってくる」

「わかりました」その声を聞いて、見張りがヴァレンティノではないとわかった。この間ずっとマッツの世話をしていた人物だ。

マッツが目を見ひらいた。そのときカーヤがいった。

「お任せください」

トラウトマンがスイートを出ていくと、ドアが閉まった。

60

彼女は微笑んだ。

困惑、逡巡《しゅんじゅん》、興奮、むきだしの絶望。彼女の顔はこれまでありとあらゆる表情を見せたが、今回ほどとまどっている表情はなかった。

うつろな目は精神的におかしい証だ。どんなに内にこもっていても、目を見れば精神の雑音がわかる。分別をむしばむ苦悩と苦痛の表情。エレベーターに乗っていたときもその表情を見せた。だがそれとはちがう。この表情はなんだ。

カーヤは口元をほころばせてマッツに近寄った。本心から笑みを浮かべている。見せかけでもないし、演じているわけでもない。幸せではないが、自分の心と折り合いをつけたようだ。

状況をよくわかっていなければ、精神が回復したと解釈しそうだ。

だがテーブルに近づいたカーヤが静かにいった言葉に、マッツはぞっとした。

「先生ってすごい。やっぱりプロ。甘く見ていた」

「よくわからないんだが」

「でしょうね。わかってないといったでしょ。一度としてわかっていなかった。でもいまとなってはどうでもいいことだけど」

カーヤはミニバーを開け、水と冷えたグラスを取りだした。グラスに半分くらい水を注ぐと、上着の内ポケットから小瓶をだした。

その小瓶は、マッツが小さい頃、風邪をひいたときに母がいつも使っていた鼻薬のスポイト瓶に似ている。ただし緑色ではなく、茶色で、スポイトは飾りのようだ。

「それはなんだ？」

「ニコチン溶液。猛毒」カーヤはあっけらかんとしていった。「電子たばこから抽出した」

カーヤはその溶液を何滴も落として、人差し指でかきまぜた。爪を噛んだ跡がないただ一本の指だ。

「一年前、たばこをやめたのご存じ？」カーヤは微笑んだ。

マッツは首を横に振った。だがカーヤの質問に答えたわけではなかった。

「どうするつもりだ?」

彼女がにやっと笑った。

「でも電子たばこはおいしくないのよね。それに体に悪い」カーヤは小瓶の口を閉めて振った。

「飲むものか」マッツはいった。だがカーヤはそれに応じなかった。独り言をいいたいだけで、マッツからは返事も質問も期待していなかったのだ。

カーヤは時計を見てため息をつき、ニコチン溶液を取りだしたのとおなじポケットから本物のたばことライターをだした。

「無事に着陸できたら、ベルリンで喫《の》むつもりだった。でも、もうここでおしまいにする」

カーヤはたばこをくわえて火をつけ、胸いっぱいに煙を吸った。

「ふう!」

彼女が息を吐くと、霧のようにかすんだ灰色の煙がスカイ=スイートに漂った。鼻が血で詰まっていたので、臭いはわからなかったが、煙が目にしみた。

「前からやろうと思っていたの」カーヤは笑って、またたばこを吸った。目が落ち着きを失っている。「それにしても、こんなことになるなんてね。こんなふうに落とすつもりじゃなかったのに」

マッツは手錠を動かした。

「カーヤ、あなたも脅迫されているのか？　にっちもさっちもいかないからといって、そんなことをしてはだめだ」

カーヤは窓の外を見て、独り言のようにつづけた。

「落とすって飛行機じゃないの。先生のことよ」

「なんだって？」

カーヤははじめて彼の目をまっすぐ見た。

「もうすんだ」

「説明してくれないとわからない」

カーヤはマッツの方にかがみ込んだ。

「この飛行機ではなく、先生を地に堕としたのよ。あなたひとり」

カーヤの口から真実を聞かされ、マッツは五感全部で反応した。

耳の中で聞こえるエンジン音が大きくなった。口腔内の血の味が濃くなり、たばこの臭いも感じた。

「わたしを？　どうして？」

「答えまであと一歩。先生、航空保安官《スカイマーシャル》にたずねたじゃない」

「トラウトマンに？」

カーヤは肩をすくめた。

「名前なんて知らない。本名を知ってるのはパイロットだけ。わたしたち乗務員が人質に取られても、彼のことを明かせないように。今回のフライトで航空保安官《スカイマーシャル》が警乗しているることも、たくさんの座席を予約した先生が要注意人物のリストにのっていることも知ってた。ヴァレンティノとの一件があったあと、わたしは機長の指示で先生をスカイ＝スイートに隔離した。でも航空保安官《スカイマーシャル》本人とは接触しなかった。先生が攻撃しなかったら、航空保安官《スカイマーシャル》がだれで、どこにすわっているかわからなかった」

マッツは頭が重くなるのを感じた。真実の断片を知っただけで、鉛のようなその重みでマッツの理性が押しつぶされそうだった。

「トラウトマンだかなんだか知らないけど、あいつはクロプシュトックとなんの関係もない」

「だがあなたは関係があるんだな？」

「先生はわたしにひどいことをした。それを償ってもらいたいのよ」

「わたしが？　どういうことだ……」

マッツはうまく発音できないほど、気が動転した。

「わたしはあなたを診た。トラウマを乗り越える手伝いをしただけだ。人質事件やその後の映像の公開についても相談に乗った。ひどいことってどういうことだ？」

カーヤはうつろな笑みを浮かべた。

「わたしを診てくれたりしなかった。あのときも、今回もそう。その逆。先生はフライトのあいだずっとわたしを壊そうとした」

「脅迫されたんだ。すまない。頼む、この手錠をはずしてくれ」

マッツは彼女に両手を伸ばした。

「まだやりなおせる。手遅れじゃない」

「いいえ、手遅れ。先生にはわからない。絶対にわからないでしょうね」

「わたしにチャンスをくれ」

「だめ。もうその時間はない。あのね、この機内で先生に変な行動を取らせることが狙いだった。まんまとうまくいった。客室乗務員といざこざを起こした。航空保安官《スカイマーシャル》のことを襲った。客室乗務員を心理操作して、この旅客機を墜落させようとした」

「だれが証明できるというんだ？」

「わたしよ」カーヤの下唇がわなないた。「会話はすべて録音してある」

カーヤは制服の内ポケットから小さな携帯電話をだした。

「これで先生は有罪」

マッツはごくりと唾をのみ込んだ。

「それで乗客乗員全員にプレ心理テストをしようという流れになると思うのか？」

クロプシュトックを億万長者にしようというのか。

カーヤはうなずいた。

「アルゼンチンにいたから知らないかもしれないけど、ヨーロッパではプレ心理テストを義務化する法案が数週間のうちに採決されることになっている。数百人の乗客が死にかけたと知ったら、欧州議会の議員たちはどう思うかしらね？　二度とそんな状況を作りたくないと思うんじゃない？　プレ心理テストがあれば、わたしのような精神の時限爆弾とあなたのような自殺する恐れがある乗客が搭乗することを阻止できると」

自殺する恐れがある？

マッツはニコチン溶液を注いだグラスを指差した。

「それを飲めというのか？　自殺に見えるように？」

わたしが異常な精神状態にあったという証拠か。そしてわたしに証言させないために。

「そういう計画だった」

「どうかしている。どういう頭をしているんだ？　わたしがすすんでそんなことをするとでもいうのか？」

「でも先生はすすんでいろいろしたじゃない」

ネレ。

マッツの脳裏に娘の姿が浮かんだ。目をむき、苦痛に引きつった顔。娘の悲鳴も記憶に蘇った。

「娘はどこだ？　娘になにをした？」

「知らない」カーヤはいった。目をしばたたくことも、視線をそらすこともなかった。嘘はついていないようだ。

「じゃあ、だれが知っている？　首謀者はだれだ？」

「そんなことどうでもいい。もうすぐだれもそんなことに興味を持たなくなる」

マッツはカーヤの謎めいた言い方を読みとこうとしたが、うまくいかなかった。

「ばれないと思うのか？　死ぬまで。わたしが機内で異常な行動を取ったその日に、わたしの娘が行方不明になった。おかしいと思う者がきっといるはずだ」

カーヤは残り三分の一ほどになったたばこを吸うと、マッツの顔に煙を吹きかけた。

「いるかもしれないわね。でも警察はいずれブエノスアイレスの先生の住居でノートパソコンを見つける。そこにはこの機の飛行ルートを辿ったフライトシミュレートプログラムが見つかるでしょう。それからフランツ・ウーラントと交わしたEメールも」

クロプシュトックの運転手と？　それってフェリがつきとめた奴の名前じゃないか。

「頭のおかしいヴィーガン。妊婦から赤ん坊を奪うことで工業化した酪農業に一矢報いることができるという妄想に取り憑かれている。先生は自分の娘を使って計画を実行するよう彼にすすめ、資金とカメラを工面した」

「そんなの嘘だ」

「先生のコンピュータにある情報によるとそうなのよ。先生は頭がおかしくなっていた。妻の死を克服できず、移住までした。娘にも憎まれていて、自分が家族を失ったのに、娘が家族を作ることに耐えられなかったというわけ」

「いかれてる！」

「世間はそう見る。先生は気が変になった。何年も前からうつ病にかかり、孤独だった。

娘の妊娠は、多くの人を道連れにした自殺を計画する引き金になった。その中には家族を訪ねる幸せな乗客がいる。そして先生には叶わなかった新しい人生をすでに歩んでいた患者もね、マッツ」

カーヤが彼を名前で呼んだのは、これが最初で最後だった。

「そういう心の内が、簡単な血液検査とすこし面倒なプレ心理テストで見分けられるかもしれない。そうなれば、わたしはチーフパーサーに向かないことが露見するでしょうけど。でもいまとなっては……」

カーヤはニコチン溶液の入ったグラスを指差した。

「やめろ！」そういうと、マッツは無駄と知りつつ手錠を引っぱった。そのとたん手錠が手首に食い込んだ。

マッツはグラスを指差した。なにが決め手かわからなかったが、その毒に賭けてみた。

「そんなもの絶対に飲まないぞ。ネレを解放するといわれてもな。ネレと話させてくれてもだ。ネレの身の安全が確保されたらすぐ……」

カーヤは立ちあがった。

「あきらめなさい。わたしには先生の娘を解放することなどできない。それを決めるのはさっきいったヴィーガンだけ。彼とは連絡がつかなくなってる。一度、写真と映像を送ってきて、それっきり。それが計画の核心でもあるんだけどね。つまるところ、わたしたちとあいつとのつながりは、これでだれにもわからない。接点になるのは先生だけ」

「つながりがわからない？」マッツの声は叫び声に近くなった。「あいつはクロプシュトックの運転手だろう！」

カーヤはまばたきした。

「よくつきとめたわね。やるじゃない。でもそれでなにがわかる？　なにもわからない。だってクロプシュトックは、わたしたちの計画に関係してないもの」

「嘘をいうな」

「本当よ。アンドレはなにも知らない」カーヤはいった。マッツはいいかえそうとして、カーヤの他にも、もうひとり共犯者が機内にいることを思いだした。クロプシュトックのはずはない。きょう、フェリがクリニックで奴に会っている。

「わたしに電話をかけてきたのはだれだ？」マッツはカーヤにたずねた。

あの声の主は何者だ。

機内にいるはずだ。

「質疑応答はこのくらいにしましょう」

カーヤはふるえる手でたばこをテーブルに押しつけ、希望のない会話をはじめたときとおなじような親しげな笑みを浮かべた。

カーヤはニコチン溶液の入ったグラスを手に取り、高級な赤ワインのように揺らした。

「わたしは飲まないぞ」マッツは抵抗した。

「それ、さっきもいった」カーヤは微笑んで、グラスを唇に当てて一気に飲み干した。

マッツは青くなった。

つづいてカーヤは携帯電話をひらいて、おなじキーを何度も押した。ピーという音がした。

「これで録音は消去した。じゃあね」カーヤの笑みは消えた。悲しげな目をしている。自分の命がもうすぐ尽きると観念した表情だ。

「なんでだ?」マッツはたずねた。

ささやく声。麻痺したように。返事はなかった。

「すべてを終わらせにいく」

マッツは立ちあがろうとしたが、手錠のせいでドサッと座席に尻餅をついた。

「どういう意味だ? おい、終わらせにいくってどういうことだ? 飛行機は墜落させないんじゃなかったのか?」

「ええ、そういった」カーヤはドア口に立って答えた。「わたしは知らなかったのよ。でも先生はうまくやりすぎた。わたしの目をひらいてくれた。だから計画を変更する」

61

ベルリン到着予定時刻まであと四十八分

蛇がまたあらわれた。しばらく身をひそめていた。意識の暗いところに隠れ、マッツの絶望を肥やしにし、悪夢で栄養を蓄えていたのだ。だがいよいよ眠りから覚め、新たな力をみなぎらせてしゃしゃり出てきた。

カーヤはなにをするつもりだ。この機を墜落させる気か。そんなことが彼女にできるのか。

マッツは疑問を抱くたびに、不安という名の大蛇が、胸を締めつけるのを感じた。手錠や足枷よりもきつかった。

わたしはなにをしたんだ。なにをはじめてしまったんだ。

飛行機を墜落させることが脅迫者の本当の狙いでなかったとしたら、そいつが搭乗していることもうなずける。そしてネレの運命が乗客乗員の運命と無関係なら、墜落事故が起きた場合、マッツの責任になる。

〝わたしは知らなかったのよ〟マッツはカーヤの最後の言葉を反芻した。どういう意味だろう。彼女は、マッツが自分の心を破壊しようとするとあらかじめ知らされていた。彼女は共犯者だ。役者のように演じて、マッツの心理操作に耐えた。〝でも先生はうまくやりすぎた〃

　マッツは予想外のことをしてしまい、本当に彼女の引き金を引いてしまったのだ。おそらくあの映像だ。これまで関係者のだれも知らなかったことに気づいた。そしていまカーヤは本当に生きた手榴弾となった。マッツが信管を抜いた。カーヤはどこか機内の弱点となるところで爆発する気だ。

「まずいぞ！」

　マッツは息が詰まった。パニックで喉がしまり、頭に圧を感じる。不安という海にどんどんもぐっていくようだ。耳が痛くなり、目に涙がたまった。そのとき目にとまった。

　たばこ！

　テーブルの上。

　カーヤはたばこを無造作にもみ消した。明るい色の銘木でできたテーブルに黒い焦げ跡がついていた。

　ふるえる手でもみ消したせいで、いまだにたばこの吸い殻から煙がひと筋上っていた。まだ燃えている！

　といっても、かすかにくすぶっている程度だ。炎の名残。いまにも消えてしまいそうだ。

それでも……これが唯一のチャンスだ。たぶん人生最後のチャンス。

マッツは手錠をいっぱいに引っぱってテーブルに身をかがめた。だが顔を近づけるのは無理だった。

吸い殻があるのはあごからわずか二センチのところだが、二メートルは離れているように思えた。結果はどちらもおなじ。たばこには届かない。

舌を伸ばしても、吸い殻には届かない。それにうかつなことをすれば、火が消えそうだ。

マッツはまわりを見た。

グラス、リモコン、水のボトル。どれも届かないところにある。

コーラの自動販売機を前にしながら喉が渇いて死にそうな感覚に近い。挫折感を味わって、マッツは頭をテーブルに落とし、大声で叫んだ。絶望の中で鼻が折れていたことを忘れていた。折れた鼻中隔をドライバーでほじくられたような衝撃を受けた。

マッツはくじけまいと自分を叱咤した。激痛で目の前が真っ暗になったあと意識が戻ったが、もしかしたらそのまま気絶した方が気が楽だったかもしれない。

いまごろネレもおなじ気持ちだろうか？

いいや、もっとひどい目にあっているはずだ。出産がうまくいってくれることを祈るしかない。だれかがネレと赤ん坊の面倒を見てくれるといいのだが、写真を見、悲鳴を聞くかぎり望み薄だ。

脳裏に浮かぶ怖ろしい光景を振り払おうと、マッツは首を横に振り、それから目をしばたたいて目を開けた。状況の変化に気づくのにしばらくかかった。

たばこ。

テーブルの上。

たばこが動いていた。わずか数ミリだが、ちょうどいい方向だ。テーブルに頭突きをしたことが功を奏したようだ。

「いいぞ、いいぞ、その調子」マッツは痛みを感じながらも有頂天になった。

もう一度、頭をぶつけてみた。ただし今度は額だけが当たるように気をつけた。それでも歯から目の裏にかけて痛みが走った。気分が悪くなったが、たばこがまた自分の方に転がったので、やったと思った。たばこはまだ燃えている。マッツはまたテーブルに頭をぶつけた。もう一度。そしてもう一度。

そのうち眉間がへこんで、第三の目が覚醒しそうだ。

マッツは舌を使って器用にその吸い殻の向きを五十度ほど変えると、フィルターを唇ではさんで息を吸った。

依存症患者ででもあるかのように夢中で吸った。あまりの痛みに、目から涙がこぼれた。吸い殻が燃えだしたのは見えなかったが、味でわかった。口腔内の鉄の味と粘液にまじって草の香りがし、喉がひりひりした。もう一度息を吸い込むと、煙の臭いがした。吸い殻からひと筋の煙が上がった。しかし心の中で上がった歓声も長つづきはしなかった。

死の恐怖の中でひらめいた思いつきを、これから実行に移さなければならない。

難航しそうだ。

狙った場所に炎を持っていくのに、口しか使えない。

それに手錠を焼き切ろうとすれば、その下や横の皮膚を火傷する恐れがある。

しかし、ほかに選択肢はない。残った時間でなんとかするほかない。不安という名の蛇が力を弱め、機会をうかがっているいましかない。

よし、やるぞ……。

マッツは手を上げ、たばこを手錠の左手首のあたりに押しあてた。息を吸うなり、慣れない煙が肺に入って咳き込んだ。その際、たばこがずれて皮膚に触った。激痛が走って、たばこを口から落としそうになった。

叫んではだめだ。唇を動かしてはいけない！　苦痛はすべてうめき声で我慢するようにした。声はださざるをえなかった。火傷はとんでもなく痛い。だれにも耐えることはできないだろう。

女性が出産で声を出さずにいられないのとおなじだ。

マッツはまたネレのことを思った。苦しそうなうめき声が記憶に蘇る。そのぞっとする記憶をバネにして、マッツはもう一度試した。

手首に口を近づけてから息を吸い、火口を手錠に押しつける。苦痛に耐え、ジュッとずつづけた。

樹脂が溶ける音を聞かなかったことにした。手錠に穴が開き、手首を火傷してもかまわ

「うううう！」

叫びながら顔を上げ、同時に腕を広げた。手錠がまだちぎれないと気づき、彼はすぐ叫ぶのをやめた。両手はいまだに手錠につながれていた。吸い殻は口からすべり落ち、テーブルの角に当たって床に転がった。足元から五十センチほどのところ。もうどうやっても届かない。

「嘘だろ！」

マッツは憑かれたように手錠を動かし、テーブルの角にぶつけ、渾身の力で腕を広げた。いきなり手錠がはずれた。たばこの火で穴を開けたところがちぎれたのだ。

「や、やった！」

マッツはまた叫んだ。今度はうれしくて、ほっとしたからだ。

両手が自由になると、グラスを割り、その破片で手錠の残りをはずした。

マッツは俄然やる気が出た。はじめてこの危機を自力で乗り越える自信が得られた。

だがそれも、カーヤ・クラウセンの機内放送で希望が潰えるまでだった。

「乗客、パイロットと乗務員のみなさん、お聞きください。どうか騒がないでください。立ちあがって、わたしを取りおさえようとしたり、飛行高度や飛行速度を下げたりすれば、すぐに死ぬことになります！」

62

「どうして？」

カーヤは捕えた相手の顔に向かってどなった。機内放送を聞いた人のあいだでも、おなじ言葉がパニックに陥った叫び声やどなり声や泣き声や興奮して議論する声となって聞こえた。

「どうして？」

縛めを解き、スカイ＝スイートから出たマッツは、カーヤの叫び声が聞こえる方へ向かった。階段下のラウンジだ。そこに人が四人いた。

カーヤはファーストクラスに通じるドアの前に立ち、ドアにはめ込まれた窓のすぐ下にしゃがんでいる人物に拳銃を向けていた。カーヤの体の陰になっているため、階段の途中にいたマッツには、それがだれかわからなかった。

カーヤの右にはヴァレンティノが立っていた。顔をこわばらせている。彼はラウンジに通じるカーテンをしっかり閉めている。おそらく後部の乗客が野次馬根性あるいは英雄気どりで飛び込んでくることを阻止しようとしているのだ。

ヴァレンティノは機内の全員が感じている不安を顔にだすまいとしているが、成功はしていなかった。

「どうしてあんなことをしたのよ？」カーヤは床にしゃがんでいる人物にかみついた。彼女はまだマッツが来たことに気づいていなかった。彼女は後ろを気にしているが、本気で取り押さえようとする者はいないようだった。手にしている拳銃は航空保安官《スカイマーシャル》から奪ったようだ。

トラウトマンはラウンジの中央にある円形のソファにすわってぐったりしている。顔の皮膚が溶けたように見える。

熱湯をかぶって火傷したときのようだ。醜い水ぶくれはできていないものの、サンドペーパーでこすったかのように真っ赤だ。

たぶんコーヒーをかけられたのだろう。

マッツが階段をさらに一歩下りたとき、ビジネスクラスで使われるガラスのコーヒーポットが床に転がっているのが見えた。

いれたてのコーヒーを顔にかけられては、いくら屈強な航空保安官《スカイマーシャル》でも拳銃を奪われてしまう。だが乗客が気づくにきまっている。だからカーヤは機内放送を流したのだ。

「水」そうささやきながら、トラウトマンは火傷した顔を両手で押さえていた。襲われたときに目もやられたのだろう。なにも見えないようだ。

マッツはふたたびカーヤに視線を向けた。彼女は足元にしゃがんでいる人物に向かってまだ叫んでいる。

「もう長い付き合いよね。あんたはわたしの秘密を知っている。わたしのことはなんでも知っている。信じていたのに、ずっとだましていたのね」

カーヤは相手の足を踏んだ。ニコチンが血中にまわった徴候はまだあらわれていない。まあ、そんなものだ。痙攣がはじまるまで三十分はかかる。

マッツはさらに階段を下りた。

「あんたはわたしの心を操った。わたしたち全員を操った」

「そんなことない」泣き声だが、聞き覚えのある女性の声だ。女性は腕と上半身でなにかをかばっている。

「みんな、ここから出ていけ！」そう叫んで、カーヤは航空保安官《スカイマーシャル》の拳銃を四方に向けた。そのときマッツを見つけ、かすかにうなずいたように見えた。マッツが縛めを解くと見越していたようだ。

他の者が行動を開始した。ヴァレンティノと、ろくに目が見えないトラウトマンがカーテンの向こうに姿を消した。マッツもあとにつづこうとしたが、カーヤに呼び止められた。

「先生は残って、ここで起きることを見ていて」

その瞬間、赤ん坊が泣きだした。女性がかばっていたのは赤ん坊だったのだ。

63

「ザリーナ！」マッツは思わず声をあげた。

カーヤは首を横に振った。

「わかってないわね。本当の名前も知らない。こいつはザリーナじゃなくて、アメリーよ」

マッツはまばたきした。

マニキュア団の三人目？

「そしてこいつの名字は……」カーヤは、正解が明かされる前に場を盛りあげようとしているクイズ番組の司会者のように間を置いた。それから床にしゃがんでいる赤毛の女性の脇腹を蹴った。それほど強くはなかったが、女性はびくっとした。

「名字をいいなさいよ」カーヤが命じた。

女性ははじめて顔を上げ、怯えきったまなざしでマッツの目をまっすぐ見た。

「クロプシュトックか」マッツが先にいった。

カーヤはうなずいた。

「そのとおり。尊敬おくあたわざるアメリー・クロプシュトック！」カーヤはまた彼女を靴先で蹴った。「元大学教授夫人」

「お願い」アメリーが懇願した。「赤ちゃんにはなにもしないで」

赤ん坊の泣き声が大きくなった。母親の体の下でもがく小さな腕が見えた。

「なにもするなですって？」カーヤはアメリーの頭に拳銃を向けた。「あんたの赤ん坊に？」カーヤはラウンジの絨毯に唾を吐いた。「あんたはわたしの人生を台無しにした！　あの映像を撮ったのはあんただったのね。公にしたのもあんた。あれからわたしはセックスができなくなった。わたしには子どもができない。わかる？」カーヤが叫んだ。「あんたの赤ん坊のことなんて口にするんじゃない！」

カーヤはどなりつづけた。だがマッツはもう聞いていなかった。

映像のことしか頭になかった。

アメリーはカーヤの友だちだ。その彼女がカーヤとペールを撮影して公開した。ペール・ウンゼル。構音障害のウンゼル。銃乱射事件を起こし、カーヤを暴行した生徒。

「あなただったのか？」マッツはあぜんとしてたずねた。

カーヤはさらにマッツを真実へと導いた。

「そうよ。こいつがわたしの人生を破壊した。そしてドクター・クリューガー、あなたの人生もね。こいつは人を操るのが好きでね。セックスで他人のボーイフレンドをたらし込んでいた。ヨハネス・ファーバーのこともそうやって焚きつけて、あの映像を友だちに配信させた。そうなんでしょ？」

カーヤはアメリーの後頭部に拳銃を押しつけた。

「お願い。やめて」アメリーは懇願した。

状況を打開するにはどうしたらいいか、マッツは必死に考えた。飛行機は降下しているようだが、空港まではまだ距離がある。時間稼ぎしなければ。ふたりにおしゃべりをつづけさせるんだ。

「どうしてこんなことをしたんだ？」マッツはアメリーの前に膝をついてたずねた。

答えたのは今度もカーヤだった。アメリーは怯えてふるえるばかりだった。

「それがこいつの性《さが》。アメリーは人を支配するのが好きなのよ。自分が中心でないと我慢できない。だからあの映像を公開した。わたしが学校の英雄になったのが気に入らなかった。そうでしょ？」

「そうよ、そうよ」アメリーは泣きじゃくった。赤ん坊よりもはるかに大きな泣き声だった。

「でもわからないのは、どうして映像をカットしたかよね」そう叫ぶと、カーヤはもう一度蹴った。「どうして？」

「若かったから、深く考えなかったのよ」アメリーはいったが、よく聞き取れなかった。

「嘘をいうな。わたしを徐々に壊そうとしたんでしょ？」

マッツはカーテンの方を見た。カーテンは揺れていない。助っ人になりそうな人はそばにいない。すべてがマッツの肩にかかっていた。

「そんな。わたし、わからない」アメリーはカーヤを見ようとせず、すすり泣いた。アメリーは本音をいっている、とマッツは思った。おそらくなにも考えず、ナルシストの病んだ心の声に従い、肝心なことを隠したのだろう。精神不安定な友人を操るのに、もう一度あの映像を使うことになるなんて、当時は考えもしなかったはずだ。

「わたしは馬鹿だった」カーヤは急に静かな声でいった。その声を聞いて、マッツの不安が増した。「あんたと組んでこの計画をやってると思ってたのに、わたしはあんたの操り人形でしかなかった」

わたしも操り人形だった、とマッツは思った。ザリーナことアメリーに自分の座席を提供することまでした。無力な赤ん坊を抱えて途方に暮れている母親という古典的な鍵刺激にまんまと引っかかったのだ。彼女は自分の座席の下に「武器」を隠した。マッツが映像分析への協力を彼女に求め、秘密を露見させたのは番狂わせだったが、彼女はずっと黒幕だった。

そしてあの電話の主がアメリーだったこと。命の危険を感じるような状況でなければもっと早く気づけたかもしれない。そのことに拳骨で殴られたような衝撃を受けた。

アメリーは赤ん坊が寝ているとき、赤ん坊を座席に固定するなり、客室乗務員に預けるなりして化粧室から電話をかけてきたのだ。時間が許すときは、カーヤが赤ん坊を見ていたのかもしれない。

「立て！」カーヤはアメリーに命じた。

「お願い。やめて！」

「どうしたの？」カーヤは皮肉を込めてたずねた。「本当らしく見せたかったんでしょ。だからクリューガー先生にあの映像の完全版を見せた。わたしの心の病がぶりかえすようにね」

カーヤはちらっとマッツを見た。氷のように冷たい目つきだった。

「うまくいったじゃない、アメリー。でも、ついてなかった。わたしが本当に拳銃を手に入れるとは思わなかったでしょ」

アメリーが顔を上げた。「お願い。やめて！」といって、マッツに手を伸ばし、上体を起こした。胸元に抱いていた赤ん坊の姿はなかった。

マッツはとっさに赤ん坊の細い腕をつかんで抱きよせた。母親から自分の腕に。

「こいつ」カーヤがいうのが聞こえた。万事休すだった。反動で拳銃が彼女の手からはじけそうになった。

マッツが赤ん坊を抱いて「やめろ！」と叫ぶと同時に銃声がとどろき、母親がばたっと倒れた。

「嘘だろ」マッツはうめいて床を見た。

どす黒い血がアメリーの眉間からあふれだしていた。

64

「一歩も動くな」カーヤがどなった。ヴァレンティノにいったのだ。彼は銃声を聞きつけて、ビジネスクラスとのあいだのカーテンから姿を覗かせていた。

「さがりなさい。さもないと、この飛行機を落とす」

カーヤは乗降口のガラス窓に銃口を押しあてた。

「落ち着け。落ち着くんだ」マッツはそういったものの、発砲したらなにが起きるか知らなかった。そばにいる人間が割れた窓に吸い込まれる光景を映画で見たことがある。実際にそうなるのかわからないが、確かめたいとは思わなかった。

撃たれて床に横たわる母親をぼうぜんと見つめているヴァレンティノの方へ、マッツは這っていった。

「どこへ行くの?」

「彼に赤ん坊を預けたいんだ」

マッツはわんわん泣いている赤ん坊をヴァレンティノに渡した。

「この子を安全なところに」マッツはヴァレンティノにいった。もっとも機内のどこが安全かわからなかった。それからマッツはカーテンを閉めて、カーヤのところへ戻った。

彼女は汗をかいていた。瞳孔も縮小している。心理的に危機的状況にある証だ。もしかしたら毒物の影響もあるかもしれない。もうとりかえしのつかない状況だ。カーヤは殺人を犯した。心理的圧迫はもはやない。またおなじことをするだろう。それもすぐに。だれかが止めれば別だが、この機内でそれができるのはマッツだけだ。カーヤの精神科医。彼女の傷ついた心を彼ほどよく知る者はいない。

マッツはひざまずいて、無駄と知りつつザリーナの脈を診た。なにかしないではいられなかったのだ。この怖ろしい状況を理解するために。ぞっとする考えが彼の脳裏に浮かんだ。もし電話の声がザリーナだったのなら、ネレの居場所を知るたったひとりの人物が死んだことになる！

「娘はどこだ？」カーヤがさっきいったことは嘘でないと承知しつつ、マッツはそうたずねずにいられなかった。

「本当に知らない」カーヤはいった。

マッツは彼女の言葉を信じた。一瞬目を閉じ、気を取りなおして立ちあがった。

「終わった」マッツは自分とカーヤに向かってぽつりといった。マッツは床に横たわる死体を指差した。「この人にはもうなんの力もない。武器を置いたらどうだ」

「断る」

「断る？」

マッツが視線を合わせようとすると、カーヤは目をそらした。

カーヤは汗びっしょりだ。蒼白い顔に急性湿疹が出て、よだれがたれている。毒がまわりだしたのだ。いつ二発目の銃声が聞こえてもおかしくない、とマッツは覚悟した。

「まだわからないの?」カーヤがたずねた。ゲームオーバー。救いはもうない。マッツにとっても、ネレにとっても。毒を飲んだカーヤはいうまでもない。

いまマッツにできることは、被害をこれ以上拡大させないことだ。その一心で泣き崩れることなく目の前のカーヤに話しかけた。

「すべてはわからない。だがだいたい想像はつく」できるだけおだやかにいった。まわりの世界がしぼんだ。彼の中では飛行機も乗客乗員ももはや存在しなかった。いるのはカーヤとマッツだけ。そして彼の口からひとりでにこんな言葉が漏れた。

「アメリーはクロプシュトックの前妻で、ジャーマンウイングス墜落事故以降、パイロットに受けさせるべきだという議論が湧き起こったプレ心理テストでひと儲けしようとしていた。狙いはおそらくクロプシュトックのラボで開発した馬鹿高いプレ心理テストと、乗客や乗務員が向精神薬を服用しているか調べる血液検査だ。そのためには法律が可決される必要がある。それをあと押しするのに、旅客機で事件が起きる必要があった。あなたたちがきょうここで仕掛けたことだ。アメリーは、協力すれば莫大な報酬を約束するといったんじゃないか? あなたは世界に裏切られたと感じている。だからその報酬で弁償してもらおうと思ったのだろう。しかし映像を撮影したのがだれか知ってしまい、アメリーがあなたを対等のパートナーではなく、はじめから操り人形と見ていたことに気づいてしまった」

「ブラボー！」カーヤは喝采を送るふりをした。「ついにつきとめたじゃない。でも、どうして人間はそんなに賢く同時に馬鹿なのかしらね？　アメリーはたしかに工作がうまい。でもドクター・クリューガー、あなたにはわからないだろうけど、わたしはその何千倍も性悪《しょうわる》よ。だって、あれはわたしが望んだことだったんだもの」

「えっ？」

「銃乱射事件」

マッツはうなずいた。

「ああ、そのことはわかっている。映像を見てあなたを馬鹿にした者全員への仕返しだった」

「ちがう。二度目の未遂事件じゃない。最初の銃乱射事件よ」

「なんだって？」

「わたしはあれをペールといっしょに計画したの」

マッツは息をのんだ。

なにをいってるんだ？

「わたしは彼のガールフレンドだった。だから仲間になにをいわれようが、他の男の子には見向きもしなかった。彼はわたしのすべてだった。わたしは、彼をいじめた連中に仕返しをする手伝いをしたのよ」

そういうことだったのか。

マッツはぼうぜんとした。

施療したとき、どうしてそのことに気づかなかったのだろう。ふたりは恋人同士、仲間だった。共犯だったのだ。

だからペールはカーヤを人質にした。

あれは偶然じゃない。わざとだったのだ。

「でも最後までやり遂げられなかった。わたしにはその勇気がなかった。シャワー室にいた子たちを殺したくなかった。ペールに、やめてほしいと思った。それから女子更衣室で最後のセックスをした。そのあと心中するつもりだったけど、わたしは臆病風に吹かれてしまった。だから彼はわたしをそこから追い払ったのよ」

「しかし、あなたは戻ってきた」

最後の別れのキスをするために。

カーヤはうなずいた。

「映像が公開されて、暴行されたというのは嘘で、本当はその気だったことがばれた。でも生徒のコメントで古傷が裂けたのとはちがう。わたしは自分の卑怯な裏切りを思いださせられたのよ」

「それで第二の銃乱射事件で決着をつけることにしたのか？」

「罪滅ぼし。代償を払うことにしたの。ボーイフレンドだったのに、彼の味方になってやれなかった。みんなが彼をからかい、悪ふざけしたときも、彼の自転車のタイヤに穴があけられたときも。わたしは彼と人知れず会っていた。マニキュア団にも内緒だった。彼はわたしとおなじだった。心が通じていた。わたしたちはおなじ音楽を聴き、ハッパをやり、死ぬことを話した。それからわたしたちが強い絆で結ばれていることに気づいた」

マッツは無意識に鼻をつまんだ。気持ちを集中させるときの癖だ。そして刺すような痛みを感じた。

基本的に診断は単純だ。

内気なティーンのふたり、コミュニケーション不全を起こし、理解してもらえないと感じていた。ひとりはいじめにあい、もうひとりは心が引き裂かれていた。多くの若者とおなじように感情の安全弁が見つけられず、いっしょに大きな事件を起こす計画を立て、だれの目にも明らかな噴火に至った。

当時、カーヤを施療したときは本当になにもわかっていなかった、とマッツは実感した。あの動画のせいで生徒たちから不当なそしりを受け、貶《けな》され、中傷の的にされて彼女は心的外傷後憤慨障害を起こしたとずっと思い込んでいた。だがペール・ウンゼルとの密かな関係に本当の原因があったのだ。約束どおり心中しなかったことを悔い、罪の意識が彼女の心をむしばんでいた。罪の意識なら、マッツも自分の経験からよくわかる。妻の死の床から逃げだして以来ずっと、そのことで苦しんできた。

マッツはごくんと唾をのみ込んだ。自分の娘を救う手立てが見つからず絶望しかけている自分を叱咤した。かといって、ネレは自分が助かるために人が死ぬことを望まないはずだ。だからカーヤを説得することにした。

「それで一年後もう一度、拳銃を持って登校し、ペールとはじめたことを終わらせることにしたんだな」

カーヤは悲しそうにため息をついた。

「気をしっかり持とうとした。嵐の前に心をしずめたかったのよ。それでトイレに行った。そこで壁のシールを見た。心理的緊急支援。最初の事件のあと、そういうくだらないシールが学校中に貼られた。わたしはまたおじけづいちゃったのよ」

「根っからの人殺しじゃないから」

カーヤは足元の死体を見ながらあざ笑った。

「そうなの？」

「あなたは無辜の人を殺したりしない」

「罪のない人なんていない。あなただってそうよ、ドクター・クリューガー。あなたはすべてを台無しにした」

「セラピーでか？」

「あなたはわたしを説得した。賢く、やさしい言葉で、わたしが欲していた希望を奪った。銃声を轟かせてこの世からおさらばしたかったのに。いまもその夢を見ている」

「だめだ。それはいけない。それではなんにもならない」

「どうせ無駄なこと。いくらあなたでも狼を子猫にするのは無理。わたしの考えを変え、再教育することなんてできない。さて、行くことにしましょ」

「どこに?」

「どこにって、コックピットよ。こいつを墜落させるんだから」

「それは無理だ」マッツは飛行機恐怖症対策セミナーでの説明を思いだしながらいった。「パイロットがいるところには勝手に踏み込めない。ドアは防弾仕様だ。拳銃を使っても開けられないぞ」

カーヤはにやっと笑った。

「ジャーマンウイングスのパイロットが自殺したあと最初に変更されたことがなにかご存じ?　外から開けられるようセキュリティコードが設定されたのよ。パイロットがひとりで閉じ籠もれないようにするためにね。そのセキュリティコードを知っているのはだれだと思う?　お手つき三回まではいいわよ……」

65

「頼む、カーヤ……」

「ほっといて。学校のトイレで泣いていたときは、あなたに止められた。でも二度目はない」

カーヤはマッツを拳銃でコックピットの方へ押した。

「そのとおりだ。わたしが悪かった」マッツはいった。「なぜだと思う？　あなたにものすごく興味を覚えたからだ」

カーヤは施錠されたコックピットドアの前で立ち止まると、拳銃の撃鉄を起こしてマッツの胸元に銃口を向けた。マッツは覗き穴の横のテンキーを見た。カーヤにいわせると、それでドアが開けられるという。

「評判を取って」マッツは心にもないことをいった。「名を売りたかったんだ。スター精神科医が生徒を救う！　そういう新聞の見出しが欲しかった」

カーヤはうなずいた。眉をひそめている。視覚障害を起こしているのかもしれない。ニコチン中毒の典型的な症状だ。やがて血圧が低下し、呼吸困難になる。

「アメリーもそういってた」

もちろん彼女ならそういったにきまっている。そういう嘘をついて、カーヤを餌に食いつかせたのだ。

「そのとおりだ」マッツは彼女の心にもっと踏み込むため呼び方を変えた。「わたしはきみを薬漬けにした。だがきみの頭の中にある真実などどうでもよかった。きみは命を絶とうとしている。きみは、生きていても仕方がないと多くの人にわからせたいのだろう？」

「そうよ」

うかつだった。

彼女はティーンにありがちな破滅衝動に駆られていたのだ。普通は一時的な衝動だから、心配するにあたらない。思春期になるとそういうネガティヴな考えに駆られるが、すぐにまた消え去る。だが親族の死とか友だちの自殺といったトラウマを抱えると、病的な空想に取り憑かれてしまうことがある。カーヤの場合もそれだったのだ。マッツはそのことに気づかなかった。

「死にたいというきみの願望を思いとどまらせたわたしは、ホモセクシャルの人をヘテロに再教育しようとする司祭と変わらない」

「どうしてそんなことをいうの？」カーヤは拳銃を強くにぎりなおした。手がふるえている。

「腹が立つ」

それでいい。

「機内で死に値するのはひとりだけ。わたしだ」

マッツは声を低くした。

「わたしはきみを利用した。この世がどんなにひどいか、きみが訴えたとき、わたしは耳を貸さず、薬を与えて、きみの自我を抑制した」

マッツは意を決してカーヤを見つめた。

「もうやめろ」

彼女に近づく。銃口に人差し指を突っ込めるくらいの距離だ。カーヤは拳銃を持つ手を上げ、マッツの頭を狙った。

距離にして五十センチ。この距離なら狙いをはずすはずがない。

それでいい。

「どいて」カーヤがいった。

マッツは彼女に覆いかぶさった。痛みは感じなかった。コーヒーを浴びせられたような激しい熱さを感じただけだった。壊れたスピーカーのような音がした。銃声が割れた教会の鐘のように響き、銃弾が脳内を跳ねた。

〝金属の味〟まったくうまいことをいう。血液に含まれているのは鉄分だが、五セント硬貨をなめたときのような味がする。だから金属の味という比喩は妥当だ。

だが真っ黒なのはなぜだろう。

いや、灰色の幕に無数の小さな穴がちりばめられているといった方がいいかもしれない。その小さな穴からじめっとした霧が流れ込んでくる。

その霧と共に冷気が染みてきた。

そして冷気と共に無が広がった。

66

十八時間後

小さい頃、兄のニルスに脅かされたことがある。マッツはそのときの不安を一生忘れることができなかった。

「無ってどんなものか想像できるか？」兄にいわれた。夏休みになると毎日のように行ったトイフェル湖の草地にねそべっていたときのことだ。

「どうやればいいの？」

「この湖と草地と岸辺をないことにするんだ」

「わかった」

「それから、ぼくらがいないことにする」

次にマッツはベルリンを地図から消した。つづいてドイツ、ヨーロッパ、地球、太陽系、銀河系、天体、宇宙と脳内の世界から根絶やしにしていった。

「なにが見える？」兄は訳知り顔でたずねた。

「深くて真っ黒な無」

「いいねえ。それも消すんだ」

「どうやって？」

「その無をしぼませて、小さな点にする。そして消す」

マッツは草地に寝そべったまま目を閉じて、兄のいうとおりにしたが、うまくいかなかった。

なぜなら無はなににも置き換えることができないからだ。

「無理だよ」マッツはいった。無を小さな点にして消しても、真っ黒な無限の虚空《こくう》が残ってしまい、どうしても消せなかった。

「だろう」兄が勝ち誇ったようにいった。「無は想像を絶する。無限に空っぽの空間じゃなくて、なにもない状態なんだ。無はなにもかも消したあとに残った穴なのさ」

マッツは当時、兄がいったことが完全にはわからなかった。しかしいまならわかる。

想像を絶する、と兄がいった場所を見つけたのだ。

マッツはまさに、なにもかもが消えたあとの穴と化した自分の中心にいた。周囲にあるのはなにもない状態以外のなにものでもなかった。

マッツにはなにも見えなかった。いくらやっても目が開かない。まぶたがいうことを聞かない。というかすべての筋肉、四肢、つまり体全体との接点を失っていた。話すことや唾をのみ込むことはおろか、体が一切動かなかった。

触覚も切断されていた。ふだんなら、感じることのない衣類をその気になれば意識することができる。だがそれも感じられなかった。こそばゆさも、摩擦もない。全裸で真空の中に浮いているようなものだ。自分に触れることもできない。視覚と触覚を失ったことで、口が利けなくなり、耳も聞こえなくなった。聞こえるものといったら、頭の中で考えたことだけで、血流や腸管蠕動《ぜんどう》や呼吸といった体内で起こる音さえ知覚できなかった。静寂は痛いほどだった。

健康な人の場合、五感がひとつ失われると、理論的には他の感覚が失われた感覚を補うといわれている。目の不自由な人は耳が鋭くなり、耳の不自由な人はまわりの人のわずかな感情の変化を表情から見てとれる。

思考する以外なにもできなくなったマッツの場合、意識を支配する感情は不安だけになった。いくら必死に呼吸しても、それが聞こえない。アドレナリンを発散しても、それがわからない。だがパニックには襲われた。

どこだ？　わたしはどうなってしまったんだ？

そんな疑問が脳裏で悲鳴をあげた。聞こえない音、耳をつんざく沈黙。

だが突然状況が変わった。

いまだになにも見えないし、いえないし、触覚もないが、それでもなにかが聞こえた。振動音。超音波歯ブラシの音に似ている。バチバチという電気音がしだいに大きくなり、人工合成されたコオロギの鳴き声を連想させた。それでも美しい音だと思えた。そう、それは音だ。

すべてが消えた穴に落ちているものと思っていたが、なにかと接点が持てたのだ。雑音はやがて心地よい真摯《しんし》な声に変わった。

「ドクター・クリューガー。わたしの声が聞こえますか?」その声がいった。マッツは応えようとした。大声をだし、目を見ひらき、腕を振りまわそうとしたが、どうすればそういうことができるのか思いだせない。

「気の毒ですが、あなたは重度の脳幹障害を起こしています」その声がいった。ショックだった。

閉じ込め症候群。医者である彼には当然わかった。もちろんそうはっきりとはいわれなかった。医者にとってもこの残酷な言葉は口にしづらいし、診断を下すには、何週間とはいわないまでも、何日も検査をする必要がある。しかしマッツは専門医だ。自分で分析できるし、脳と体がほぼすべて切断されていることがわかる。コンセントが抜かれたのとおなじだ。生きながら、役に立たない自分の体に埋葬されてしまったのだ。

「わたしはドクター・マルティン・ロート、パーク・クリニックの医長です。シンポジウムで会ったことがあります。神経放射線科医や外科医とチームを組んであなたを治療しています。いまのところ人工呼吸を施し、脳波用電極を使ってヒューマン・ブレイン・インターフェースを構築しました」

マッツは脳内でうなずいた。毛髪を剃った頭蓋に貼られた小さな電極とそこからコンピュータに伸びるケーブルを脳裏に思い浮かべた。マッツも自分のクリニックで、脳幹梗塞《こうそく》といった重い病気にかかった患者を治療する際、何度もそういう処置をしたことがある。脳幹を構成する中脳と延髄をつなぐ「橋《ポンス》」が損傷したのだ。患者によっては、脳波を測定することによってしか基本的なコミュニケーションが取れなくなる。周囲で起きていることを聞くことができるのは例外的だ。大半の閉じ込め症候群の患者は見ることができても、聞くことができない。マッツの場合は反対の症状で、よくない徴候だ。というのも、脳髄に加えて後頭葉も損傷していることを意味するからだ。

「わたしの声が聞こえるのはヘッドホンをつけているからです。ヘッドホンのおかげで邪魔な雑音が遮断されています」ロート医長がいった。「それから自覚はないでしょうが、まぶたの筋肉が痙攣して、瞬目したように見えます。ちょっと試してみてください」

マッツはロート医長の指示に従ってまばたきした。

「すばらしい。これからこうしたいと思います。わたしの質問にイエス／ノーで答えてください。イエスのときは一回。ノーのときは二回。わかりましたか？」

マッツは三回まばたきした。すると医長の笑い声が聞こえた。

「この状況でもユーモアを忘れないとは、すばらしい」

そのとき別の声が聞こえた。どこかで聞いたことがあるが、だれなのか思いだせない。

「じつはお客がいるんです。紹介しましょう」医長がその人物とマイクで会話したようだ。「ただその前に、なにがあったか知りたいでしょうね」

マッツはまばたきした。

「あなたは撃たれたんです。機内で。銃弾は脳を直撃し、脳幹と脊髄のあいだを切断しました」

ふつうこの診断を聞けば、目をつむり、涙が出るのを堪えるところだ。悲鳴をあげるところでもあるが、ひとまずごくんと唾をのみ込もうとした。だがなにもできなかった。舌の存在が感じられなかったからだ。

「警察は当初、あなたが機内で発砲した犯人だと思いました。しかし誤解は解けています」医長は咳払いした。「あなたは英雄です。犯人に飛びかかり、その結果として障害を負ったのです。あなたが犯人を押さえたおかげで、パイロットがコックピットのドアを開け、犯人から武器を奪うことができました。飛行機は無事、ベルリンに着陸し、搭乗者は全員助かりました」

ふたたびコオロギが鳴くような声がした。マイクとヘッドホンの接続がよくないようだ。だが雑音が大きくなる前に、医長が話をつづけた。

「犯人に射殺された女性以外の乗客全員ということですが」

アメリー・クロプシュトック、とマッツは思った。機内で起きたことは鮮明に覚えている。まるで数分前まで機内にいたかのようだ。だが実際には数時間が経っているはずだ。いや、数日を集中治療室で過ごしているかもしれない。

「あなたは二時間前に一度目を覚ましました」マッツが考えていることがわかったのか、医長がいった。現代医学はまだ閉じ込め症候群についてほとんどわかっていないが、大きく進展しようとしていた。まばたくこともできない閉じ込め症候群の患者ともコミュニケーションが取れるようになっている。もちろんMRIの中で長時間の質問を行い、そこで得られた検査データを正確に読み解けるようになるまで何週間、いや何ヶ月にもわたる試行錯誤が必要だ。

「あなたが搬送されてきて数時間後、瞬目でコミュニケーションが取れる可能性に気づきました。しかしあなたはなにも覚えていないでしょう。銃創によって完全に記憶を喪失していたでしょうから。そこでいまだ実験されていない最新の診断法をおこなう決断を下しました。ハーバーラント教授にも協力してもらいました。ご存じかもしれませんが、催眠応用医学の専門家です。あなたの精神が正常で、臨床的に覚醒していましたので、わたしたちはあなたに催眠術を施しました。治療を受けたことを記憶していないかもしれませんが、うまくいったと思います。記憶の中であのフライトをもう一度体験できるよう、インターフェースを介してあなたのさまざまな感覚を刺激しました。ヘッドホンを通して離陸時と飛行中の典型的なエンジン音を聞かせもしました。寝床はウォーターベッドで、飛行機の振動に似せたソフトなバイブレーションをかけました。嗅覚も刺激するため、室内芳香剤を浸した綿棒を鼻に挿入したりもしました」

マッツはエアコンと血の匂いに加えて香水の匂いを思いだした。

カタリーナの香水か！

「うまく機能しましたか？　催眠術の助けで機内での最後の数時間に意識を戻すことができましたか？　思いだせましたか？」

マッツは一回まばたきした。

「よかった。すばらしい。なぜそこまでしたか気になっていることでしょう」すべてが消えたはずの穴に閃光が走った。まるでだれかがマッツの頭の中で写真を撮ったかのようだった。電気化学的反応。マイクのハウリングだ。そのときロート医長はいった。「クロプシュトック先生がすべて説明してくれます」

67

「聞こえるかね？」アンドレ・クロプシュトックはたずねた。声が大きくなった。「やあ、クリューガーくん」

　マッツはまばたきした。

「いいぞ。すばらしい。あっ、いや、すまない」

　マッツはびっくりした。クロプシュトックは本当に衝撃を受けているようだ。常日頃《つねひごろ》、学会誌で評判を取ることに余念がない男だが、いまは彼の言葉にそうした打算は微塵も感じられなかった。

「本当にすまなかった。わたしが直接関わったことではないものの、どうやって詫びたらいいかわからない。だからその……ええと……きみに……。自分の無実を証明するのが目的ではない。ロート医長と捜査当局には全面的に協力して……えっ、なんだって？　ああ、そうか。すまない」

　言葉が途切れたのは、医長が割って入ったからだろう。どうやら話を早くすませるよう医長が促したようだ。

「だが質問をはじめる前に、知っておいてもらいたいことがある」

　質問？

「わたしはプレ心理テストを開発した。その必要性があると考えたんだ。液体の機内持ち込みを禁止しても、乗客とパイロットの精神状態がチェックできなければ意味がない。だがその話はよそう。いま話したいのは別れた妻アメリーのことだ。あいつはテストの認可を早く下ろさせようと懸命になっていた。じつをいうと、妻はうちのクリニックの事務長だった。だからいろんなものを見ることができる立場にあった。研究成果、投資計画、もちろん患者のカルテも。本業は写真家で、医療助手の教育は受けていない。だが生まれつき仕切るのがうまかった。しかしわたしは結婚してからだいぶたって、妻が細かいことに病的なほどこだわることに気づいた。そして他人の心理操作が天才的にうまく、また危険であることもわかった。だからわたしは子どもを作らないことにしたんだ。ピルまでのませていた。それなのに、あいつは妊娠した」

クロプシュトックは咳払いをした。

「アメリーは自分の意思を通すためになにをすべきか知っていた。子作りに関してはなにをすべきでないかも。わたしはあいつに首根っこをつかまれた。あいつの支配欲が若い頃から病的なほどだったことに、わたしは長いあいだ目をつむってきた。だが、あいつがあるビジネスプランを提案したとき、もう限界だと思った」

マッツはビジネスプランという言葉にぞっとした。

「あいつはわたしが無料で治療しているフランツ・ウーラントの存在を知った。彼は人畜無害だが、社会に適応できないヴィーガンでね。工業化した酪農業がどんなにひどい動物虐待か世に知らしめたいという願望に取り憑かれていた。そしてあいつは、わたしが妊娠中のきみのお嬢さんを治療していることにも気づいた」

ネレ。マッツはハッとした。すべてが消えた穴の中で覚醒してから面食らうことばかりで、ネレのことをすっかり忘れていた。

ネレはどこだ？　マッツは心の中で叫んだ。無事なのか？

「新しい患者の運命にちょっと細工をしたらどうか、とアメリーがいったときは冗談かと思ったよ。必要なのは事件が起きることだ、とあいつはいった。わたしは本気にしなかった。たぶんホルモンのせいだと思ったんだ。妊娠していたからな。赤ん坊が産まれればすこし冷静になるだろうと。だが、あいつの妄想は一向に変わらなかった。わたしは結局アメリーと別れた。どうもそれが大きな過ちだったようだ。計画を実行すれば、わたしの心を取りもどせるとあいつは思ったんだ」

クロプシュトックはふたたび咳払いした。だが彼の声はそのあとも控え目だった。

「自分で仕切るために、アメリーはみずから旅客機に搭乗した。しかもズーツァを連れて。もちろん自分に嫌疑が及ばないように、関係する人間を心理操作するためだ。赤ん坊を連れた母親を見て、悪い人間だと思う者がいるかな？　だが結局、常軌を逸した計画で自分の命を代償にした。死んだのが彼女だけでよかった。ズーツァは元気だ」

「先生……」背後で医長が注意した。

「わかっている、ドクター・ロート。本題に話を戻そう。ドクター・クリューガーが事情を知っていることは大事だ。さもないとなにが大事で、なにが大事ではないかわからないからな」

クロプシュトックの声が大きくなった。

「たしかに、それは必要なことだ。これ以上事態を悪化させたく……」

まだ悪化するというのか？

「アメリーはカーヤ・クラウセンとおなじ学校に通っていたが、何年も音信がなかった。だがアメリーはクラウセンに接触し、言葉巧みに、きみがクラウセンの治療に失敗したのだから、償わせるべきだと思い込ませた。金だよ。大金で釣った。クラウセンは、人生を台無しにされたと妻にいいくるめられた。われわれのような人種は、心の病に苦しむ患者で金儲けをしているとでも吹き込んだのだろう。そうやって、自分の計画にクラウセンを加担させた。ウーラントをいいくるめるのも簡単だったはずだ。あの男は以前から、産婦から赤ん坊を奪うことがどんなにひどいことか人間を使って実演したいと考えていた。アメリーは彼に金とカメラを与えた」

マッツはぞっとして、心をかきみだされた。クロプシュトックの言葉はかゆみ成分のようにマッツの心に作用した。

「全部確認したわけではない。手持ちの情報から推測したことだ。あいにくクラウセンに確かめることはできない。着陸の直後、彼女はニコチン中毒で死んだ。もうひとつ気にかかっていることがある。そのことは知っておいてほしい。もしも……」

もしも、なんだ？

「法的にわたしは無実だが、道義的には問題を感じている。わたしも無関係ではないからだ。きみに連絡を取るようお嬢さんにすすめたのはわたしだ。家族の絆を取りもどしてほしいと思ってね。アメリーはこのときの話し合いのメモを読んだにちがいない。お嬢さんから教わったきみが乗る便名もメモしていた。あいつはそれを見て、きみとカーヤ・クラウセンを結びつけることにしたんだろう」

かゆみがひどくなった。いいかげん本題に入れとクロプシュトックに叫びたかった。

「まったくひどい話だ。死んだアメリーのことで弁解するつもりはないが、暴力をふるう気はなかったはずだ。あいつの目的はタイミングを測って人を心理操作することだけだった。それがあいつの得意とするところだ。彼女は心理操作の天才で、じつに女性的な計画を立てたといえる。カーヤときみを言葉巧みに操り、自分の手を汚さず、まったく別の動機を持つ無関係なフランツ・ウーラントを使った。もしきみが命がけで立ち向かわなければ、ふたつの事件の関連は証明できなかっただろう」

クロプシュトックが泣いているような気がしたが、それを確かめる前にロート医長の声がした。はるかに事務的だったが、せっつくような口調だった。

「これで事情はわかったでしょう。そこでうかがいます。あなたのお嬢さんはどこですか？」

嘘だろう！

マッツはその質問が来ることを覚悟していた。それでも聞かずにすむように祈っていた。だがその質問がだされた。醜い口を開けた闇にもう一度のみ込まれそうな気がした。

〝なんてことだ。ネレは見つかっていないのか？〟

マッツは気が動転した。彼の中の穴が渦を巻いた。そのとき思った。〝赤ん坊もか！〟

これだけ時間が経ったのなら、とっくに産まれているはずだ。

それとも……死んだか！

そのひと言がマッツの脳裏に響き渡り、ロート医長の次の質問をあやうく聞き逃すところだった。

「機内でなにか見たか聞いたかしませんでしたか。お嬢さんの居場所がわかる手掛かりはないですか？」

68　ドクター・ロート

「いまのは瞬目かな？」

ロート医長はクロプシュトックにうなずいた。まちがいない。マッツのまつげにつないだ電極も反応した。ベッドの上のモニターに映っている波形にも変化があった。

医長はベッドの横に立ち、銀色のマイクを手にして、まぶたの下で甲虫のようにうごめく患者の眼球を見つめた。

マッツの顔は目と口を除いてすべて包帯で巻かれている。黒いヘッドホン、口に挿入された呼吸チューブ、何本ものケーブルにつながれた頭蓋のカバー。ミイラと化したエイリアンのようだ。

ドレナージは銃弾の射入口と射出口につながれ、脳内の圧を逃がしていた。それでも、膨張を抑えつづけるのは無理だ。患者はいずれ意識を失う。せめてもの慰めは痛みを感じないことだ。

おそらく。

閉じ込め症候群の研究はまだよちよち歩きの状態で、この重篤な脳障害については不明な点が多すぎる。それでも患者の意識を保ち、音響信号でトランス状態に持っていけることがわかっていた。医長にとってドクター・クリューガーは、記憶を取り戻すために催眠術を施すはじめての患者だ。

成功するかどうかはだれにもわからない。

医長は携帯電話をつかみ、事務局の短縮ダイヤルにかけて、警官がどこで待機しているかたずねた。医長は二十分前、ドクター・クリューガーが「覚醒」したことをヒルシュ刑事に伝えていた。

刑事はきのう、ドクター・クリューガーが搬入されたとき、彼を「犯人」だと思い込んで、取り調べをするといって聞かなかった。

「刑事は市内に出ています。来られるまですこし時間がかかるでしょう」というのが事務局の返事だった。

医長は礼をいって通話を終了させ、刑事を待たずにひとりで「質問」をつづけることにした。

「あなたの考えていることはわかります、ドクター・クリューガー。時間が経ってしまいました。誘拐事件の場合、被害者が保護される可能性は一時間ごとに低くなります」

医長は歯に衣《きぬ》着せずにいった。いま重要なのは患者が自分の怖ろしい運命をどう受け入れるかではなく、彼の娘の安否だ。

「あなたのスマートフォンから誘拐犯グループによる拷問の写真が見つかりました。お嬢さんを捜索していますが、まだ発見されていません。そもそも機内での事件と誘拐事件が関連していることもわかったばかりなんです。射殺された女性の身元がクロプシュトック先生の元の奥さんだと判明して、先生が率先して証言してくれたから明らかになったことなんですよ。先生は知っていることを洗いざらい教えてくれました。あなたは唯一の証人です。あなたのお嬢さんを救うべく、あらゆる手を尽くしています。わかりましたか？」

ロート医長は、瞬目を確認して満足した。

「よろしい。質問にイエスかノーで答えてください。それであなたが体験したことと、あなたのお嬢さんを見つける手掛かりを探ります。いいですね？」

マッツは一回まばたきした。医長はマッツには感じられないとわかっていたが、彼の手をにぎった。こういう形で気持ちを伝えるのが医長の癖なのだ。患者はただ診断を伝え、処方箋をだすだけの対象ではなく、好意を示すべき相手なのだ。

「あなたのお嬢さんがどこにいるか知っていますか？」医長は単刀直入に訊いた。

マッツはまばたきした。医長はおどろいた。まばたきは一回でも二回でもなく、いきなり六回つづいたからだ。

「どういうことだ？」クロプシュトックがたずねた。

医長にもわからなかった。マッツが間を置いてもう一度六回まばたきするか待ってみた。

なにも起きなかったので、大きな声でできるだけはっきり「わざと六回まばたきしたのですか？」とマッツにたずねた。

マッツは一回まばたきした。

イエスということだ。

それからマッツは五回まばたきして間を置き、それからまた十二回まぶたを動かした。

「ちょっと待ってください」医長はベッドの足元側にあるメモボードを手に取った。

「モールス信号か？」クロプシュトックがたずねた。

「いいや、そういうリズムとはちがいます」

医長は急いでメモをし、指を折って数え、謎が解けたという顔をした。

「文字かな？」

医長はクリューガーの目を見つめた。

「アルファベット。アルファベットですか？」
かすかだが、あきらかにまぶたが動いた。
「なるほど！」医長の背後でクロプシュトックが叫んだ。
ロート医長は興奮して、もう一度はじめからやるようにマッツに頼んだ。
彼はまた六回まばたきした。
F
次は一回すくなかった。
E
「十二回」クロプシュトックがいうと、ロート医長がメモした。
L
そして最後に九回。
I
「フェリというのは？」ロート医長がクロプシュトックにたずねた。
「フェリチタス・ハイルマン。精神科医だ」
医長はマイクのスイッチを切った。
「ドクター・クリューガーの知り合いということですか？」
クロプシュトックはうなずいた。
「彼女はきのう、わたしのクリニックに来て、ドクター・クリューガーの娘が事件に巻き込まれたといった。クリューガーがブエノスアイレス発ベルリン行きの飛行機に乗っているともいっていた。それで気づいたんだ。妻が計画を実行に移したのではないかと。妻はズーツァを連れてバカンスから戻ってくることになっていた」

医長はあぜんとしてメモボードを下ろした。

「それなのに黙っていたのですか?」医長は眉を吊りあげた。「なぜそのことをすぐ警察に通報せず、悲劇が起きたあとで連絡を寄こしたのですか?」

クロプシュトックもすこし語勢を荒くしていいかえした。

「警察にどういえばよかったのかね? 『患者が誘拐されたようだ。そしてその父親が飛行機事故を起こそうとしている。わたしの妻が裏で糸を引いている』とでも?」

クロプシュトックは首を横に振ってつづけた。

「憶測の域を出なかった。そのうちドクター・クリューガーが警察に通報せず、自力で解決しようとしていることがわかった。へたな動きをしたら、娘さんの身に危険が及ぶ恐れもあった」

医長は怒りが収まらず、手で払いのけるようなしぐさをした。

「あなたのいうことは信じられません。あなたは事件が起きることを望んだんですね、ドクター・クロプシュトック」

「そんなことはない」

「あるいは自分の身の安全を図った。繋がりがあると疑われたくなかったのでしょう。

別れた奥さんが死ななかったら、協力を申し出ることはなかったのではないですか？いまこうしているのは自分の無実を証明したいからでしょう」

とうとうクロプシュトックが怒りだした。

「とんでもない。ドクター・ハイルマンが来たとき、手掛かりを与えた。ウーラントの連絡先を彼女に教えるよう医療助手に指示した。あいにくウーラントの行方はいまだにわかっていないが」

「ではなぜドクター・ハイルマンのことを話してくれなかったのですか？」

「どうして話す必要があったんだ？　彼女はドクター・クリューガーの娘を捜していた。それをしているのは彼女だけじゃない」

ロート医長はクロプシュトックの言い訳にはもう耳を貸さず、携帯電話を耳に当てて庭に面した窓辺に立った。

日の光が降りそそぐ秋の一日。並木道を散歩したり、庭園のベンチで会話を楽しむ見舞客や患者の姿があった。すこし離れた病棟の中で壮絶な状況に置かれている人がいることなど、だれひとり想像もしていない。

「ヒルシュだが？」刑事が電話に出た。背後で車の走行音がした。

「パーク・クリニックのドクター・ロートです」

「そちらに向かっているところだ」

「それはよかった。まず確認したいのですが、捜査中にフェリチタス・ハイルマンという人物が浮かびあがりましたか？」

「いいや」

「患者がその人物を示唆しました」

「わかった。待ってくれたまえ」

いったん通話が切れ、しばらくして刑事からロート医長に電話がかかってきた。問い合わせをしたか、携帯電話で捜査ファイルを閲覧したのだろう。

「フェリチタス・ハイルマン、四十二歳、プレンツラウアーベルクの精神科開業医か？」

「そのはずです」

「奇妙だな」

医長は携帯電話を別の耳に当てなおした。「というと？」

「事件との関連性は見つかっていないが。パートナーだという人物から捜索願がだされている」

「なんですって？」

医長はクロプシュトックをちらっと見た。クロプシュトックは会話をひと言も漏らさず聞こうと聞き耳を立てていた。

「きのう婚姻手続きをする予定だったが、あらわれなかったそうだ」

「偶然じゃないですね」

ヒルシュ刑事は勘が働いたらしく。大きな声でいった。

「俺もそう思う。うかつだった。そっちを後回しにしてしまった。こんな有力情報があったのに」

「どういうことですか？」

「ハイルマンの婚約者から花嫁の携帯電話の最後の位置情報をもらっていたんだ。聞いたら驚くぞ」

車の走行音が大きくなった。ヒルシュ刑事は速度を上げさせたらしい。

「どこですか？」医長はそうたずね、刑事からフェリの最後の位置情報を聞かされて背筋が寒くなった。

「VEB畜産コンビナート。古い搾乳施設の近くだ」

69

ヒルシュ刑事

「ぼちぼち入場料を取った方がいいですね」喘息《ぜんそく》持ちらしい警備員があえぎながらいった。警備員の青灰色の制服ははちきれそうだった。M&V警備会社の車から顔をしかめながら降りてくると、異常に大きな鍵の束から南京錠の鍵をだし、ヒルシュ刑事とふたりの巡査のために門を開けた。巡査のひとりは少年合唱団にでもいそうな童顔で、もうひとりはもっと若い感じの女性警官だ。ふたりとも警察学校出たてのようだ。行方不明者の捜索にまわされる人間などこんなものだ。黒い覆面をかぶり、完全武装をした特別出動コマンド（ＳＥＫ）が突入して、ドアを蹴破るなんていうのは映画の中の話でしかない。現実には息も絶え絶えのデブと青二才をふたり連れて、息の詰まる牛舎を見てまわるしかない。

「この二十四時間でこんなところに興味を持つ人が三組もいるなんてね」ヘルムート・ミュラーと名乗った警備員がブツブツいった。刑事のあとをついてくるのに必死だった。

まったく俺も体重計泣かせだが、こいつはフラフープをズボンのベルトにできそうだ、とヒルシュ刑事は警備員の方を振りかえって思った。

「それはだれだ？」

ミュラーはペンギンのようによちよちついてきた。

「まず学生たち。きのうここで無許可でポルノを撮影しようとしていたんです。それから逃げた花嫁を捜す花婿。そして刑事さん」

ヒルシュ刑事は手分けして捜索するようふたりの巡査に合図した。女性警官は手前、もうひとりの巡査は奥の方。刑事は警備員に案内されて中間にある囲いへ足を向けた。

「ポルノ？」刑事は三脚と汚れたストレッチャーを見ながら聞きかえした。

「そういってたんです。もちろん問答無用で追いだしました」

もちろんか。

「これを置き去りにしたのか?」刑事は三脚とストレッチャーを指差した。

警備員は二重あごをかきながら荒い息をした。

「別にいいでしょ。ここはゴミだらけですからね。どうせそのうち解体されます。本気で警備をしたってつまんないですよ」

刑事は汚れたストレッチャーを見て、その横のすのこ状の床に残った跡に注目した。最近まで木箱かなにかがそこに置いてあったようだ。

「ヤーネク・シュトラウスはなにをした?」刑事はたずねた。

「だれですって?」

「花嫁を探しにきた婚約者だよ」

「ああ、あいつですか!」警備員は体をかいた。「名前は知りませんでした。大騒ぎしましたけどね、中には入れませんでした。禁じられてますから。捜索命令書とかそういうものを持っていなかったですし」

「令状だよ」ヒルシュ刑事は訂正した。

「えっ?」

「捜索令状というんだ。一般人が持っているわけがない。なにか別の公的な紙を渡したんじゃないかね?」ヒルシュ刑事は親指と人差し指をこすってみせた。

「ちょっと。俺は正直者でとおってるんですけど」

「ほう」刑事はつぶやいた。「それならドナルド・トランプはフェミニストだ」

「なんですって？」

刑事は手を横に払った。そのとき若い巡査の呼ぶ声がバラックに響いた。

「刑事、来てください」

刑事はかつて牛を追い立てたり、餌を運ぶのに使った通路に出て、巡査のところへ向かった。

巡査はバラックの奥の出入口からおよそ五十メートル離れたところに立ち、下に通じる階段を指差していた。

「なにか見つけたのか？」

「ええ、たぶん。ちょっとまずい感じです」

刑事は警備員から懐中電灯を受け取ると、巡査のあとから階段を下りた。下はむっとする異臭に包まれていた。

「女性のおまわりさんが捜索しているところにも地下に通じる穴があります」警備員が背後からいった。刑事にはひとまずどうでもよかった。

「ここです」若い巡査はいわずもがなのことをいった。

刑事はすでに気がついていた。

「俺の目は節穴じゃない」というと、穴をふさいでいると思しき板に光を当てた。

板をずらすと、刑事は穴の縁に立って下を照らした。

なんてことだ……

刑事は手で口をふさいだ。はっきりと目視することはできなかったが、若い巡査もうっとうめいた。

二本の懐中電灯の光が赤く染まった布を照らし、身じろぎしない人体を浮かびあがらせた。

ちくしょう。刑事はそう思うなり、声にだして叫んだ。もう疑いの余地はなかった。

「手遅れだったか」

70　マッツ

医療チームは好きなときにオン／オフができた。

すべてが消えた穴。その穴はしだいに大きく暗く冷たくなっていき、マッツの残された感覚をも奪っていく。マイクのスイッチが切られ、ヘッドホンからなにも聞こえなくなると、はてしなく落下する感覚に襲われた。めくるめく悪夢だ。

五歳のとき、残酷なメルヘンで王子さまが閉じ込められたシーンが頭から離れず難儀したことがある。ザラザラした黒っぽいレンガ壁を脳裏に思い浮かべた。その先は永遠の闇。だがまさか自分の体が目に見えず、手で触ることもできない壁となり、はるかにぞっとする牢獄を作りだすなんて想像もできなかった。

「やあ、ドクター・クリューガー」

ロート医長の声が聞けて心底うれしかった。闇を破り、落下にブレーキをかけてくれるならどんな音でも歓迎だ。

「聞こえますか?」

マッツはまばたきした。「それはよかった」とロート医長にいわれた。口調がさっきとすこしちがう。緊張している。いいにくいことを口にしようとしているようだ。

「ネレがどうかしたのか?」マッツは無限の牢獄に向かって声にならない声で叫んだ。もちろん返事は得られなかった。

「警察からの知らせはまだありません」医長はいった。だが嘘のように聞こえる。

マッツのことを慮《おもんぱか》っているのだろうか。

「いまは報告を待つしかありません……」医長の重い息づかいが聞こえた。「しかしその時間を有効に使いましょう。捜索に役立つことをなにか思いだしませんか」

どっちの捜索だ? ネレか、それとも殺人犯?

できないとわかっていたが、マッツは腕を振りまわし、かみつき、足で蹴りたかった。

医長はなにか隠している。きっとベッドの前で良心がとがめているような表情で立っているはずだ。見えなくてもわかる。

「お願いです、ドクター・クリューガー。最悪な状況なのは承知しています。しかしわたしたちは藁《わら》にもすがる思いなんです。もう一度あなたに質問するよう警察から頼まれました」

マッツはくらくらした。自分しかいない宇宙をきりもみ状態で落下する彗星になった気分だ。医長がいわずにいるのはなんだろう。マッツが完全に自分の殻に閉じこもってしまうのを恐れているんだ。彼はネレがまだ生きているという一縷《いちる》の望みにすがった。医長が最悪の知らせを口にしない以上、まだ望みはある。医長につきあうことを決意し、最後の質問に答えることにした。

「ドクター・クリューガー、よく考えてみてください。あなたのお嬢さんを捜す一助になりそうなことに機内で気づきませんでしたか？」

マッツは考えた。それからまばたきした。

一回。

71

リヴィオ

どうかしていたとしかいいようがない。家に帰ってテレビの前にすわり、なにも見なかったふりを決め込むことなどできなかった。

といいつつ、あれが事件に関係するか確信が持てなかった。きのうのことだ。フェリが気になって、もう一度ＶＥＢ畜産コンビナートに戻った。たしかに表示灯をネジ止めしたクリーム色のタクシーが跡地から出てきた。それだけですでにあやしかった。

だが運転手はそこになにかを運んだだけかもしれない。あるいはクスリを買うとか、ゴミを捨てるとか。可能性はいくらでもある。その一方で、捜しているのはクロプシュトック付きの運転手だ、とフェリはいっていた。跡地でタクシーを探せとも。それに跡地から出てきたタクシーは客を乗せずにブランデンブルク州の片田舎を四十キロ以上も北上し、またしてもなにかの跡地で止まった。ますますあやしい。

リヴィオはかなり距離を置いてあとをつけた。その跡地に着いてからは、とくにおかしなところはなかった。タクシー運転手はトランクを開けて、死体なりなんなりを引っぱりださなかったし、悲鳴も聞こえなかったし、争う様子もなかった。その逆で、運転手はタクシーから一度も降りなかった。

運転手は一時間近く車の中にいて、じっとあたりを見ていた。そのうちリヴィオは我慢できなくなった。

どうだっていいじゃないか。リヴィオは車のギアをバックに入れ、家に帰った。

それがきのうのことだ。

ところが、きょうになっても気になってしかたがなかった。

フェリと、頭のいかれたタクシー運転手のことが脳裏を離れなかった。電話をかけても、フェリは出ない。携帯電話の電源が切られている。

結婚の翌日。

だれにもじゃまされたくないのだろう。リヴィオは自分にそういいきかせたが、それでも胸騒ぎは収まらなかった。

きのうあとをつけていることをタクシー運転手に気づかれていたらどうだ。リヴィオは尾行の専門家じゃない。距離を取ったつもりだが、充分ではなく、目立ってしまったとしたらどうする。

警察に通報しようかとも思ったが、前科者の自分ではだめだ。フェリも、通報してはいけないと何度もいっていた。もしかしたらただの勘違いかもしれない。通報するのが一番いい方法か？

いや、そんなことはない。そうとは思えない。

「キナ臭い」という心の声は一向に消えなかった、午後になってからもう一度その場所に行ってみた。ブランデンブルク州の片田舎。案の定、タクシーはまだ納屋の前に止まっていた。

きっとまだいると思っていた。胸騒ぎがはずれたことはいまだかつてない。

なにかまずいことになっているようだ。

もちろんタクシー運転手は運転席にいなかった。

リヴィオは移動した。ゆっくりとその廃墟となった施設をめざす。

古い給水タンクの陰からリヴィオは見た。長髪でやせた学生風の男がトレーラーハウスから出てきて、ぬかるんだ庭を横切り、灰色に色褪せたレンガ造りの建物に姿を消した。男は片手に黄色いプラスチックケース、もう片方の手にカメラを持っていた。

ちくしょう。なにをする気だ。

隠れているところからは、そいつがドアを開けても、中までは見えなかった。

フェリチタスもネレも確認できない。

だが勘違いでなければ、悲鳴が聞こえた。

72

マッツ

マッツはまばたきした。

「なんですって？　なにか気づいたことがあるのですか？」

マッツはあらためてまばたきした。

「わかりました」マイクがガサゴソいう音を拾ったが、ロート医長はなにもいわなかった。返事をメモするためになにか用意しているようだ。マッツはたてつづけにまばたきをした。

ロート医長ははじめ、どういうことかわからなかったようだが、最後にこうたずねた。

「回数を数えろというんですね？」

マッツは、そうだと答えた。

「わかりました。ではもう一度はじめからお願いします」

マッツは四十七回まばたきした。

今度もロートが正しい答えに気づくまでしばらくかかった。

「四十七は文字ではなく、数字？」

マッツは一回まばたきした。

「カルテの番号ですか？」

マッツは二回まばたきした。番地か、電話の番号かと訊かれて、また二回まばたきした。

「座席ですか？　47列目？」

マッツが肯定すると、ロートの笑う声が聞こえた。

「なるほど、47列目にあやしい者がいた。乗客？」

マッツは一回まばたきした。

「座席は？　一回はA、二回はBという調子でお願いします」

マッツは十回まばたきした。

「47K？　窓側の席。ちょっと待ってください」

カチッと音がした。マッツはまた脳内の穴に落下した。このすべてが消えた穴の中で外の人間が彼とつながりを作ったり、切ったりできることに戦慄を覚えた。

感覚的には一年とも、わずか十秒とも思える一時間が過ぎ、ふたたびコオロギが鳴くような音が聞こえた。つづいてロート医長がすこし困惑ぎみにいった。

「捜査官と話しました。あなたは今回のフライトで席を四つ予約したそうですね。そのひとつが47K」

質問されなかったので、マッツはじれったくなった。

「では質問します。あなたは47Kにすわっていたのですか？」

マッツは二回まばたきして否定した。

「だれか別の人がすわっていたんですね？」

マッツは一回まばたきした。

「男性？」

マッツはその問いも肯定した。そして次も。

「手立てがあれば、その人物を描写できますか？　なにか特徴はありますか？」

だがそのあとの質問はことごとく否定せざるをえなかった。

いいや、名前も知らないし、顔も覚えていない。タトゥー、ピアス、傷跡、母斑といった特徴もなかった。それに声も聞いていないし、動いたときのしぐさも、髪の色も、服装も記憶にない。

ロートはついに決定的な質問をした。

「匂いは？」

マッツは一回まばたきした。

「その男に特定の匂いがあったのですか？」

マッツはあらためて一回まばたいた。

またすこし間があった。マイクが切られ、マッツはまたしても底なしの穴に落下した。

すこししてロート医長の声がした。

「わたしたちは治療中にあなたの嗅覚をごくわずか刺激はしました。使用したのは室内芳香剤と婦人用の香水だけです」

マッツは一回まばたきした。

「香水？ 47列の男性客がお嬢さんとおなじ香水を持っていたのですか？」

マッツは二回まばたきした。

「ちがうのですか？」

くそっ。どういう目隠しごっこなんだ。探す方ではなく、事情を知っている方が目隠しをしなければならないなんて。しかもいまにも死にそうなんだぞ。

「もう一度やりなおしましょう。その男性は香水を身につけていたんですね？」

まばたきは一回。

「しかしお嬢さんの香水ではない」

マッツは肯定した。医長は声にだして考えた。

「しかしこちらで用意した香水はひとつだけです。しかし別の匂いというのなら……」

そうだ、医長、あなたはうっかり別の匂いをかがせたことになる。ご明察、シャーロック。

マッツはひどい疲れを覚えた。しかしこれまで知っている疲れとは別物だ。はるかに広範囲に及ぶ、深い疲れで、いわくいいがたい悲しみと結びついていた。論理的に考えれば、催眠状態のあいだ妻を知覚したが、それはどれほど真に迫っていても幻覚だったのだ。そのことに気づいて、かろうじて残っていた生きる気力まで粉砕された。マッツの意識を覚醒させたのは別の匂いだったのだ。これでネレを救う手掛かりは消えた。それにどうせ医長はネレが死んだことを隠しているにちがいない。この期に及んでどうして無意味な質問をつづけるのだろう。

「知っている人の香水だったんですか？」

ああ、そうだ。

「あなたにとって大切な人でしたか？」

マッツはまた一回まばたきした。

「カーヤ・クラウセン？」

ちがう。

「フェリチタス・ハイルマン？」

「奥さん？」

警察が犯人を見つけようとしていることはわかった。だがマッツにはもうどうでもよかった。みんな、奪われてしまった。妻、娘、自分の命。もはやとりかえしのつかないものばかり。

「奥さんの香水？」

ロート医長への最後の好意のつもりでマッツは一回まばたいた。医長が興奮した。

そうだ。カタリーナのお気に入りの香り。

医長がだれかにたずねた。おそらく別の医師か看護師だ。

「香水はだれのだ？　だれが持ってきたんだ？」

それからマッツはふたたびひとりになった。脳内は痛いほどの静寂に包まれた。

73

フランツ

グーグルマップで敷地の衛星写真を見るだけでも目がうるんだものだ。だが実際にその場に立つのは、それとはまったく次元が異なる、死ぬほどつらい体験だった。この敷地がどれほど多くの悲惨な光景を目《ま》の当たりにしたか考えただけで気分が悪くなる。ひどい不正がおこなわれると、その周囲の重力に痕跡を残す、とフランツは確信していて、片田舎にあるこの子牛育成施設の跡地もその重圧に耐えかねて崩れそうだと思っていた。

子牛を肉牛として育てる施設。一方の母牛はそうとも知らず、毎日電動搾乳器で炎症を起こした乳房から牛乳をしぼりとられる。

ここではもう過去のこととなった悲惨なできごとだが、それでもフランツは気力を削がれる。ドイツでこういう悲劇が今でも無数に繰りかえされていることを知っていたからだ。

フランツは人気のない庭を横切って冷蔵室に向かった。こういう片田舎では、なにもかもがのろのろとゆっくり進行する。

きのうここに到着したときはすっかりまいってしまい、まる一時間なにもせず車の中にいた。そのくらい疲労困憊していた。数分、意識が飛んで、走り去る車の音で目が覚めた。

幸い表示灯は取りはずしていた。こんな村はずれには、迷い込む者などほとんどいないはずだが、きのう通りかかった車の運転手は、跡地の前に止まっているタクシーを見てあやしんだかもしれない。

ベルリンであんな面倒に巻き込まれると知っていたら、最初からここへ来ていたのに。最初に警備員、次に女医がバラックに入り込むとは。だけどプランBを用意してあったからだいじょうぶだ。今度はうまくいく。

フランツは古い冷蔵室にあとで取りつけたアルミドアを開けた。悲鳴は離れたところからも聞こえていた。

「助けて！　助けて……」

まわりにだれもいなくてよかった。フランツが大きなステンレス製の冷蔵室に入ると、悲鳴がぴたっと消えた。冷蔵室は建物の中に二室組み込まれていて、どちらも車が二台以上収まる大きさだが、冷蔵室としてはもう機能していなかった。古い室内蛍光灯はともったが、消したら二度とつかないような気がして、つけっぱなしにしている。念のためその頑丈なドアにレンガを当てて閉まらないようにした。いくら古くてもいまだに気密性があるかもしれないからだ。

フランツは黄色いプラスチックケースを床に下ろし、カメラをオンにした。ネレはそこにつながれるとすぐに手錠をはずそうともがいた。

「赤ちゃんはどこ？　どこにやったの？」

ネレはすごい剣幕で怒っていた。きのうウィンチで穴から引っぱりあげ、ここまで運んできたときの朦朧とした彼女とは雲泥の差だ。

フランツは冷蔵室にわらを敷き、金属のベッドとマットレスを運び込んでいた。被写体はそのベッドに手錠でつながれていた。ただし左手だけ。残りの手と足はそのままにした。充分に距離を置けば、そこまで厳重にする必要はないと判断したのだ。

「あたしの赤ちゃん！　どこなの？」

ネレは立とうとしたが、すこしも動けず、膝をついた。フランツが着せた白い寝間着を身につけているが、裸足で、髪の毛には汚物がこびりつき、ヒステリーを起こした精神病質者のようだった。

「いいね。とってもいい」そういうと、フランツは暴れる彼女に泣きながらカメラを向けた。

「まさにこういうのを期待していたんだ。わかるかい、ネレ？」

「どこなの？　あたしの赤ちゃんはどこ？」ネレは彼にかみついた。

「出産のあと子どもと引き離された哺乳類はみんなそうたずねるだろう。しかもぼくたちがチーズやチョコレートやヨーグルトを食べたいがために、乳牛は子牛から引き離される。そんなものを食べたら太って病気になるというのに」

「病気なのはあんたでしょ」ネレは彼に唾がかかるほど激しくどなった。

フランツはうなずいた。

「ぼくが撮りたいのはその苦悶の表情だ。だれも直視できないだろう。ほら、これ」

フランツは足で黄色いプラスチックケースをネレの方に押した。

「それは？」

「搾乳器」フランツはネレの胸を指差した。「電動式じゃないけど、目的は果たせる」

そういうとシャツの袖で涙をぬぐった。ネレの不安と苦痛はフランツにもよくわかった。だがこの世には必要悪というものがある。闘わずして成功する革命などあるだろうか。破壊を伴わずに終わらせられる戦争なんてあるだろうか。

「あんた、捕まったらどうなるかわかってるんでしょうね？」ネレも泣きながらいった。

「ぼくが望まなければ、見つかりっこないさ」そう答えると、フランツはふたたびカメラのスイッチを入れた。

そのとき、汗のにじんだうなじにかすかな風を感じた。フランツは振りかえって人の声を聞いた。「それはどうかな！」

そのときレンガが振りおろされた。レンガの角がフランツの額に食い込み、頭蓋骨を割った。

74

ネレ

フランツはカメラを落とし、血を噴きだしながら彼女の横にドサッとくずおれた。一瞬の防御反射もなくコンクリートの床に顔から倒れた。彼はうんともすんともいわなかった。うめき声ひとつ漏らさなかった。

鼻が折れ、頭蓋骨がくだける音を聞いて、ネレは穴の中で体験した怖ろしいできごとを思いだした。あのときは、だれかが頭上の板をずらしたので、すこしだけ明るくなって助かったと思った。

「くたばれ」というひと言で、だれかが期待を粉砕し、板を戻した。

あの声の主がまた戻ってきて、もう一度ネレを裏切る気だ。

「ダーフィト」ネレは別れた恋人の名前を叫ぼうとしたが、恐怖で喉が詰まり、ささやく声しか出なかった。

「リヴィオと呼べ」彼は微笑みながらいいなおした。「いまは本名を名乗ってる。もうくだらない手品なんかやめた。ダーフィト・クップファーを名乗るのはやめた」

リヴィオは死んだフランツのそばにレンガを落とし、手袋の汚れをジーンズでぬぐって冷蔵室を見まわした。

「どうして?」ネレは彼に食ってかかった。

「それを聞くか? 病気をうつしたくせに」

リヴィオは怒りに体をふるわせ、左右のこめかみに青筋を立てた。

「おまえは赤ん坊を俺に押しつける気だったろう。そのうえ俺も一生ヴェディング医療モールの世話になる。おまえとおなじようにな。HIV陽性。おまえのせいだ」

リヴィオは腹立ちまぎれに、死んだフランツの襟をつかんで体を持ちあげ、ネレの方へ引っぱった。

「じゃあ、これはすべてあなたが計画したことなの?」ネレはあぜんとしていった。

リヴィオが粗暴なストーカーから人殺しに急変するなんてありえない。

「あんたに病気をうつしたから? 子どもの養育費を払いたくないから?」

「あほか?」リヴィオはフランツを五十センチほど引っぱった。「このいかれた野郎とは関係ない。だけど、こいつは天の配剤だ。いい気味だ」

リヴィオの口元に唾がたまった。

「家から追いだされたからな。おまえに嫌がらせをしたくて、家の中に『プレゼント』を隠した」

ネレはクッションの溝にあったカミソリの刃のことを思いだした。

「診断を知ったとき、おまえを懲らしめてやろうと思った。ナイフでパンクさせたタイヤみたいに」

そしてドアの前に置かれた籠の中の死んだドブネズミみたいに。

「だけど計画なんて立ててないぜ。このいかれた野郎とはちがう。おまえって、ほんと男を地獄に送る性分なのな。なんでこいつがおまえにこんなむちゃくちゃなことをしたのか知らないけど、いい気味だ」

「どうしてここに来たの？」

「こいつが最後までやり通せないんじゃないかって心配になったのさ。案の定、おまえはまだ生きている。それはそうと、フェリはどこだ？」

「だれ？」

リヴィオはネレをつないだベッドのそばに死体を落とした。

「フェリチタス・ハイルマン。おまえを捜していた女だよ」

「あの人のことは構わないで！」

「なんだって？　おまえのいうことを聞けっていうのか？」リヴィオは手を横に振った。

「安心しな。あの女が俺に引っかかるように基本プログラムを実行に移しておいた。おちゃめなワルガキは保護本能をくすぐる。これで女なんてみんなイチコロさ」リヴィオはにやっとした。「だけどあの女に手をだしたりはしないさ。ただおまえのところまで案内してもらえばよかった。だがもう、このあとは口をだしてほしくない。だから、あの女がどこにいるのか知りたいんだ」

ネレの胃が引きつった。ひどい悲しみを覚えた。ひとりぼっちで、だれも助けてくれない。そのことをこれほど実感したことはなかった。

「わたしのことは好きにすればいい、リヴィオ。昔みたいに殴りなさいよ、このくそったれ。わたしを救ってくれた人を裏切るもんですか」

「救ってくれた？」

フランツを殴り殺すのに使ったレンガをリヴィオは拾いあげた。ネレは誘拐犯とおなじ運命を辿りたい一心で早口にいった。

「フランツがあの人を鉄パイプで殴って怪我させた。でも、出産を手伝ってくれた。あの人がいなかったら、へその緒が切れなくて、あたしは助からなかった。フェリのおかげ」

リヴィオはネレの手前、腕二本分離れたところで立ち止まった。手袋をはめた左右の手でレンガを何度も持ちかえた。

「俺のことを話したのか？　あいつは、俺がだれか知ってるのか？」

知るわけない。そんな話をする余裕があったと思うの、とネレは腹を立てた。だが、リヴィオがなんでそんな質問をしたのかわかっている。こいつは、フェリに知られるとまずいと思っているのだ。こいつが穴の中のネレを見つけながら見捨てたこと、つまり他人の好意を自分の目的のために利用する人殺しであることが証明されるからだ。

だからネレは嘘をついた。

「ええ、あんたのことは全部フェリに話した。あの人はあんたが何者か知っている。あんたがあたしを殺せば、犯人がだれか警察にわかる。一生刑務所ね」

リヴィオは一瞬たじろいだが、それからゲラゲラ笑った。

「嘘だ。おまえのことはよく知っている」

クスクス笑いながら、リヴィオはまたフランツを持ちあげた。長い髪をつかみ、それからわきの下に腕を入れてネレに投げつけた。ネレは死んだ誘拐犯の重みでつぶれそうになった。

吐き気を堪えながら体をずらすと、ネレはベッドから死体を落とした。

「フランツがやったように見せかける気ね?」誘拐犯の血に染まったネレが叫んだ。あいている方の手で顔の血をぬぐったが、かえって血が顔中に広がってしまった。「逃げ切れると本気で思ってるの? 赤ん坊の父親を最初に疑うに決まってる」

リヴィオは首を横に振って、床のカメラを指差した。

「こいつが撮った映像が残ってる。俺とこのいかれた奴にはなんの接点もない」リヴィオは皮肉を込めて笑った。「逃げ切れるさ」

リヴィオはフランツの死体の横にレンガを落とした。ネレの手が届かないところだ。だがこの距離なら、犯人が油断したとき正当防衛で殺害したと捜査官に思われそうだ。リヴィオは自分をどうするつもりだろう。ネレは焦りを覚えた。あたしのことまで殴り殺すつもり？　それとも、また置き去りにする気？

ネレはドアを見て、思わずほくそ笑んだ。

「それに俺は協力的だった」リヴィオはそうつづけたが、ネレはろくに聞いていなかった。「おまえ、俺たちが別れる前に、俺が赤ん坊の父親だって産婦人科医にいっただろう。きょう看護師から電話があった。おまえの父親はその病院で昏睡状態らしいぜ」

「えっ？」リヴィオの言葉に、ネレはまた耳をそばだてた。「なんですって？」

「それでも医者たちがどうにかおやじさんとコミュニケーションを取ったらしくてさ、おまえの香水のことを訊かれた」

父さんが昏睡状態？

「なにがあったの？」

リヴィオはその質問に答えなかった。あるいは質問を誤解したらしい。

「死にかけてるってさ。エイズにかかったふしだらな娘の記憶を持ってあの世へ行くのはいやだろうな。看護師には、シャングリラっていうあの臭い香水を教えておいた。おまえが母親の思い出に浴室にしまってあるやつだ。ほら、俺にむりやりかがせたことがあるだろ。おまえのおふくろが生きていたときどんな匂いだったか、俺が興味を持つと思ったのか？　シャングリラはもう生産中止だけど、俺は親切だからね、在庫を置いているフリードリヒスハイン地区の店を教えてやった」

ネレは目を閉じた。この何時間で身も心も痛めつけられた。気が変になりそうだ。だが瀕死の父親を想像しただけで苦痛の極限に達した。

「あんた、痛恨のミスをした」ネレはやっとの思いでいった。小さな声で静かに。問題を抱えつつも、礼儀正しい会話をしているかのように。

「香水か？」リヴィオはたずねた。

「ちがう、そこのレンガ」

「俺は手袋をはめている。指紋は残らない」

「そうじゃない。フランツはそれをドアストッパーにしていた」

リヴィオが出口を見て、眼の玉が落ちそうなほど目を丸くした。ネレのいわんとしていることがわかったのだ。冷蔵室のドアが閉まっていた。これでもう外に出られない。

リヴィオは青くなってあたりを見まわすと、出口に駆けより、扉を手探りした。

「やっても無駄よ」そうささやくと、ネレは渾身の力でかがみ、あいている方の手を死体に伸ばした。

リヴィオは取っ手かなにか開閉する機構がないか探ったが、無駄だった。ドアには鍵穴しかなかった。

「閉じ込められたわけよ。密閉された牢獄に」自信はなかったが、ネレはいった。リヴィオがパニックに陥ったのを見て、いい気味だと思った。

「う、嘘だろ。ありえない」リヴィオはそうどなると、ドアを憑かれたように手で叩き、足で蹴った。

ネレは欲しかったものを見つけて、フランツのアノラックのポケットから手を抜いた。

その瞬間リヴィオが振りかえった。ネレは身をこわばらせた。

「なにを持ってる?」リヴィオがたずねた。

ネレは手錠がかけられた方の手を強くにぎりしめた。

「鍵か?」リヴィオは勘を働かせた。ネレは自信を持って首を横に振ることができなかった。

「そのいかれた奴は鍵を持っていた。当然だ」

リヴィオはゲラゲラ笑いながら近くにやってきた。ネレはできるだけベッドの奥へとさがった。

「こっちによこせ」

リヴィオはネレの腹を殴ってかがみ込んだ。ネレはうめいたが、あきらめなかった。

リヴィオは彼女の指をむりやりひらいた。ネレは彼の力に敵《かな》わなかった。

「これはなんだ?」ネレが手の中のものをみせると、リヴィオはあぜんとしてたずねた。

「ガムよ」ネレはありのままにいった。

フランツがポケットに入れていたものだ。ネレはそれを自由に動かせる右手でつかんで、左手に持ちかえていたのだ。

「鍵はないのか？」リヴィオが失望の色を顔にだしてたずねた。

「ええ」ネレは疲れ切っていたが、気力を振りしぼった。「ないわ。ここでいっしょに朽ち果てるのよ」

そしてそういうなり、誘拐犯のポケットで見つけたカッターナイフをリヴィオの目から頬にかけて振り下ろし、頸動脈を切り裂いた。

75

ドクター・ロート　三時間後

事件現場ははじめてだった。悲劇で終わりそうで不安だった。

ロート医長はこれまでたくさんの捜査に協力しているが、まだ一度も事件現場を訪ねたことがなかった。事件を解決するため捜査官とコート・ダジュールまで足を延ばしたことがあるが、事件現場を見ずに、捜査官を行方不明者の元へ導いた。そのときは生きたまま発見したが、今回は死体を見つけることになりそうだ。

「二台の車の持ち主が判明した」ヒルシュ刑事が隣でいった。「納屋の前のタクシーは被疑者であるフランツ・ウーラントが登録していて、雨水タンクの裏に止まっていたルノーはリヴィオ・クレスの所有だ」

ふたりは元子牛育成施設のぬかるんだ庭に止めてあるトレーラーハウスのそばに立っていた。トレーラーハウスはすでに確保して内部を捜索し、いまは特別出動コマンドの現場指揮官から無線でさらなる報告が入るのを待っているところだ。

黒い制服に身を包んだ完全武装のコマンド隊員が三人、ちょうどレンガ造りの廃屋に入った。

「どうだ、ソユーズ?」刑事は無線で現場指揮官にたずねた。

「施設は確保」現場指揮官がいった。「これから冷蔵室を開けます」

刑事はロート医長についてくるよう合図し、ふたりしてレンガ造りの建物に向かった。

「催眠療法は魔法ではありません」ロート医長が反論した。「退行催眠をかけなかったら、患者はフライト中に体験したことを思いだせなかったでしょう」

「ああ、そうだな。あなたは大変な貢献をした、ドクター。ただここだけの話だが、催眠術にかかった人が急に犬のように吠えたり、数を忘れたりするのを催眠術ショーで見たことがある。患者にもそういうことができるのかね?」

ロート医長は目を丸くしてため息をついた。ふたりは冷蔵室の入口の前に立った。

「医療催眠はそういう見世物とはちがいます。それにドクター・クリューガーは昏睡状態ではなく、閉じ込め症候群です。覚醒していますので、音や声で催眠術をかけることができるのです」

刑事は笑った。

「それでこんな僻地に娘がいるとあの男はいったのか?」

医長は刑事のあとからタイル張りの前室に入った。すこし離れたところからガス切断機の音が聞こえた。

「娘さんが好きな香水だと聞いて覚醒のトリガーにしましたが、嘘だったとドクター・クリューガー本人から教えられたんです。その嘘の情報はネレ・クリューガーの元恋人であり、赤ん坊の父親から……」

「……なんでそんな嘘をついたか知らないが、そいつの携帯電話に電話をかけても出ないので、位置情報を辿ってそいつの車のあるこんな田舎くんだりまで足を延ばすことになった」

刑事は医長の腕をしっかりつかんで、足を止めた。

「わかっているとも。そんなにかっかしなさんな。先生とおなじで、俺もいらついている。見込みが薄いのにこんな大掛かりなことをするのは嫌いで……」

刑事の無線機がカチッと鳴った。ガス切断機の音が消えた。

「刑事?」

ふたりは現場指揮官のすぐそばにいたので、無線を使わなくても声が聞こえた。

「なんだ?」そういって、刑事は奥へすすんだ。ロート医長もあとにつづいて、切断された金属のドアの前で銃を下ろした三人のコマンド隊員を見た。

「なんてことだ」先に現場を見たヒルシュ刑事が声を漏らした。

「窒息死したのか?」コマンド隊員のひとりがいったが、だれも返事をしなかった。

「なにも触るな」という声を聞いて、ロート医長は隊員たちの肩越しに冷蔵室の中を見た。なにもかも赤い血に染まっていた。真っ赤。どこもかしこも血だらけだ。

もっともおぞましいのはネレの顔だ。血に染まってて、かかっている。まるで血でいっぱいのバスタブに顔をつけ、目を閉じて息を引き取ったかのように見える。他にも死体が二体。一体は頭を割られ、もう一体は喉を切られている。なんとも不気味な静物画というほかない。

ロート医長は胃がひっくりかえった。そのとき、きらっと光るものを見なかったらそのまま吐いていただろう。その白い輝きに気をそらされて、吐き気を忘れた。

それは……ネレの目だった。

「生きている」だれかがいった。冷蔵室に飛び込み、ネレのそばに膝をついて微弱な脈拍を診た医長は、何人もから犯行現場を荒らすなとどなられてはじめて、生きていると繰りかえしいっているのが自分だと気づいた。

「生きている」

ネレが口を開けるまで、医長はそういいつづけた。ネレは叫ぶ気力も残っていなかった。冷蔵室内の酸素を消費し尽くし、窒息死する寸前だった。しかし彼女が声をださなくても、医長は唇の動きが読み取れた。かりに唇を動かさなくても、ネレの考えていることはわかった。こういう状況で母親が考えることは決まっている。

「あたしの赤ちゃんはどこ?」と医長にたずねた。

そしてどこか離れたところ、おぞましい部屋の外で捜査官がヒルシュ刑事を呼んだ。

「なんだこれは。こっちです。これを見てください!」

76

ネレ　二日後

冬が来た。それはまちがいない。パーク・クリニックの本館六階にある、いまは患者のラウンジになっている元喫煙室でも、冬のきざしが感じられた。床まであるピクチャーウィンドウからは病院の庭が見渡せる。ここは十年前まで精神科病院だったが、型破りな医長の采配で評判のいい私立総合病院へと変貌を遂げていた。

葉を落としたナラやボダイジュの枝が風に揺れている。先週まで患者と見舞客が秋の日だまりに包まれていた芝生は冬枯れし、固そうに見える。空は灰色の雲に覆われ、小糠雨はいまにも雪に変わりそうだ。

誘拐されたのがこんな寒くじめじめした天気のときだったらと思うと、ネレはぞっとした。それからあのまま見つからなかった場合のことを思って、背筋が寒くなった。なにもかも、いま車椅子にすわって、コーヒーカップを両手に包んで手を温めている女性のおかげだ。コーヒーには砂糖がスプーンで二杯入っている。だが牛乳は入れなかった。ふたりとも、当分のあいだ牛乳は飲めないだろう。

「本当にだいじょうぶ？」ネレはたずねた。フェリはうなずいた。頭にはまだ包帯が巻かれている。フランツにあれだけひどく殴られたのだから無理もない。といっても、診察した医師の説明では、鉄パイプでの一撃はそれほど強いものではなかったらしい。すくなくとも殺意はなかった。それでもフェリはひどい脳震盪《しんとう》を起こし、頭蓋骨にひびが入った。操業停止した畜産コンビナートの縦穴で彼女を発見したとき、だれもが死んでいると勘違いした。

事実、ヒルシュ刑事たちが見つけなければ、地下に置き去りにされたフェリはおそらく死んでいただろう。

「あなたはすごい人だって、みんながいってる」ネレは微笑んでフェリの手をにぎった。「あんな怪我をしていては、本職の助産師でも、あれだけの処置はできなかったはずだって」

フェリは微笑んだ。彼女はネレからマキシコシ社のチャイルドシートに視線を移した。

小さな赤ん坊が口をもぐもぐさせている。まぶたをほんのすこし開けた大きな目。寝顔に浮かぶ天使の微笑み。

「あなたがいなかったら、あたしたち、あの地下で死んでいた」

「それをいうなら、お父さんがいなかったらよ」フェリがやさしくいいなおした。

実際、命の恩人はそのふたりだ。フランツはフェリの持ち物を調べ、バッグに医師免許証があるのを見つけた。ネレの出産を手伝えるかと訊かれ、フェリはうなずいた。頭にひどい怪我を負っていたが、ウィンチで穴に下ろしてもらった。ゴミの中は臭くて狭かったものの、彼女は超人的な働きをした。

「産婦人科で看護の実習をしていたから、手順を思いだしながらやったのよ」フェリは謙遜《けんそん》した。

フェリが勇気をもってヘソの緒を切らなければ、母子ともに苦しみもだえて死んでいただろう。そしてリヴィオがしたことに父が気づかなければ、警察が彼の携帯電話の位置情報でネレの居場所をつきとめることはなかったはずだ。リーベンヴァルデの子牛育成施設にいるなんてだれが思いつくものか。

「赤ちゃんの名前は決めたの？」そうたずねると、フェリは乳児から目を離した。

「ヴィクトリア」ネレはいった。ふたりは笑みを浮かべた。

「勝者。ぴったりの名前ね」フェリはいった。

「でしょう」

冷蔵室の奥の子牛の追い込み牛舎でヴィクトリアは見つかった。すこし体温が下がっていて、喉が渇いていたが、怪我ひとつなく元気だった。実際、フランツは彼なりのいかれた論理で、赤ん坊を殺さず母親から引き離しただけだったのだ。もちろんヴィクトリアに障害が出るかどうか、とくにＨＩＶを感染したかどうかは、いまの時点ではなんともいえない。はっきりするまで六週間はかかる。だがあれだけの危難を乗り越えたのだから文句はいえない。それにＨＩＶはいまや死刑判決ではない。ヴィクトリアが生きているだけで、ネレは満足だった。

「あなたは命の恩人よ」ネレはもう一度フェリに礼をいった。

「わたしは馬鹿なだけよ」フェリは微笑んだ。「精神科医なのだから、リヴィオの様子がおかしいことに気づかなければいけなかった」

ネレは鼻にしわを寄せた。

「あいつに引っかかったのは、あたしの方が先。あたしなんか、あいつのがさつなところまで愛しちゃったんだから」

「でもあなたは、彼がナルシストだと見抜く訓練を受けていなかった。わたしがプロ失格なのに変わりはない」

フェリは病院指定のガウンから携帯電話をだし、テーブルに置いた。

「きのう、はじめてまともに考えることができるようになって、あなたのアパートに入っている薬局に電話をかけたの。警察に頼んで、防犯カメラの映像をすべて調べてもらった」

「それで？」

「あなたが誘拐され、あなたのお父さんに頼まれてわたしがアパートに行った日、彼があなたの住まいに入り込んでいた」

「リヴィオが？」ネレは目を白黒させた。

「ええ。あなた、破水したせいであわててドアを開けっ放しにしたでしょう。それでわたしは住まいに入れたんだけど、先に彼が入り込んでいた。わたしは彼を不意打ちしてしまったというわけ」

フェリは彼女に左手を見せた。ネレがきょとんとしたので、フェリは説明した。

「わたしが、あなたのことをマッツと電話で話していたとき、彼は聞いていたのよ。そしてわたしが浴室に入ったとき、明かりを消し、ドアでわたしの指をはさんで、そのすきに逃げた。わたしの前にアパートから駆けだす彼の姿を防犯カメラが捉えていた」

「でも、あたしのところへなにしに来たのかしら？」

フェリは身を乗りだして、もう片方の腕もテーブルにのせ、ネレの手に重ねた。

「ナルシストというのは、拒絶されることに耐えられないの。別れたあと彼はストーカー行為をつづけたでしょう。病気をうつされたことと、赤ん坊ができたことの腹いせをしようとしたのよ。

警察は、あなたの住む通りでタイヤが連続してパンクさせられた事件も彼のしわざだったと見ている。捜査を攪乱《かくらん》するため、関係ない人の車のタイヤまでパンクさせたのよ」

クッションの溝にあったカミソリの刃がネレの脳裏をよぎった。〝おまえの血は人を殺す！〟ドブネズミ入りの籠の一件があって鍵を換える前に、あいつはカミソリの刃をあそこに仕掛けたのだ。

手遅れだったのだ！

ドブネズミ、タイヤ、カミソリの刃、腹いせ。

納得がいったが、ひとつだけ腑に落ちないことがある。

「でもどうしてあいつといっしょにあたしを捜すことになったの？」

フェリはうなずいた。

「わたしを巧妙に心理操作したのよ。悔しいったらない。気づけなかったなんて」

フェリは体をすこし背もたれに戻したが、ネレの両手は離さなかった。

「まずリヴィオはあなたの住まいで、あなたが誘拐されたことを知った。もっと詳しく知りたいと思ったんでしょうね。クロプシュトックのところへ向かったわたしのあとをつけて、携帯電話をすった」

「携帯電話をすったの？」

「そういうこと。しかもわざと売ろうとしているところを見つかるようにした」

ネレはフェリから手を離して立ちあがった。

「あいつのやりそうなことだわ。あたしもはじめ、愛に夢中なティーンみたいにあいつを追いかけてしまった。それにあいつは手品で金を稼いでいて、手先が器用だった」

フェリのまなざしは悲しげだった。

「あの廃墟に辿り着いて、手分けしてあなたを捜したとき、あやしいと気づくべきだった。わたしは手前の地下を捜し、彼は奥の地下に下りた。一階に戻ったとき、彼はわたしを変な目で見た。足をすべらせて、服を汚しただけだったのにね。あれが、腹に一物ある目つきとは思わなかった。いまにして思えば、あなたを見つけたことを気づかれるのではないかと気をもんだんでしょう。そのあとあわてふためくようにして、わたしをひとり残して立ち去った。あのときすぐ警察に通報するべきだった」

「いいえ、あなたがしたことは正しかった」

ネレはまたすわって、あらためてフェリの手をにぎった。そのとき婚約指輪に触れた。銀細工の指輪で半円のへこみがある。

「新しい日取りは決まったの？」ネレがそっとたずねた。

フェリはまばたきして窓の外を見た。午後四時になったばかりだが、空がもうどんよりしていた。庭園のポール型ライトが次々と点灯した。

「ヤーネクはわたしの好みとは正反対なのよ」フェリは小声でいった。「無鉄砲で、なにをするかわからない人とはちがう」

フェリはまたネレに顔を向けた。

「でもわたしが憧れる相手は、いつもわたしを壊そうとした」

ネレはどきっとした。涙が出そうになって、目頭を人差し指でぬぐった。

「あたしもおなじ」といって悲しそうに微笑んだ。ネレもずっとそういう男の餌食になってきた。彼女を殴り、いいなりにしようとしたのはリヴィオが最初ではない。ネレの死を望み、あの狂信的な動物愛護者の犯行に便乗したのは、あいつがはじめてだが。

ふたりはしばらく黙って手をにぎり、ドアの横にある冷蔵庫の作動音とコーヒーメーカーのゴボゴボいう音に耳を傾けていた。

ネレが気を取りなおしていった。

「あのね。父が日頃いってた。恋に落ちるのは自動的だって。青天の霹靂《へきれき》のように突然、圧倒的な感情に襲われる。その感情に抗うすべはない。『恋に落ちるのは偶然だ』というのが父の口癖。でも愛は……」ネレは間を置いた。最後のガーデンライトが点灯し、庭は黄色い光に染まった。

「愛は決心するものよ」

フェリはうなずいた。だがネレには、フェリが話についてこられているか確信が持てなかった。

「百パーセント相性が合うパートナーなんて存在しない。よくて七十パーセントか八十パーセント。二十パーセントから三十パーセントしか相手を満足させられない人もけっこういる。問題はそれでも決心を曲げないか、あるいは新しい挑戦に乗りだし、もっといい人を捜すかどうかじゃないかな」

「あなたは賢い父親を持ったわね」フェリはいった。ネレはフェリの顔が一瞬曇ったような気がした。マッツが去っていった日のことを思いだしたのかもしれない。

「それで？」そうたずねると、ネレはまた婚約指輪をなでた。「フィアンセとはどうするの？　決心はついた？」

フェリはため息をついた。

「彼の方はね。いまでも結婚したいといっている。あれだけのことがあったのに。でも……」フェリは手を引いた。「考えているところ。まだ心が決まらない」

フェリはまたコーヒーカップを手に取った。コーヒーはもう冷めていた。フェリはハエを追い払うようなしぐさをした。

「でも今度はあなたが心を決める番よ」

ネレは喉が詰まるのを感じて立ちあがった。まだ足元に不安がある。長いこと横たわっていたので、筋力が落ちていた。

「そうね。急がなくちゃ」

ネレは眠っているヴィクトリアを乗せたチャイルドシートをつかみ、フェリにもう一度感謝の言葉をいうと、ラウンジを出て、人生でもっとも困難な道を歩みはじめた。

エピローグ

マッツ

マッツはすべてが消えた穴の中を永遠の無めがけて落ちていた。そこには黒よりも明るい色はなく、よりどころとなる考えはひとつしかなかった。その考えは落下にブレーキをかけることはなかったが、ぐるぐるまわって目がくらむのを抑えてくれた。マッツの頭にあったのは、つねにおなじ面を上にして落ちる一ユーロ硬貨だ。鷲が刻まれた側。マッツはそっちに賭けた。もう千穣《じょう》回は繰りかえしている。千秄《じょ》の一万倍。十の三十一乗。

神が存在しない可能性はそれだけ低い。

神。死にかけた無神論者がすがる最後の希望。

だが宇宙が誕生する確率はごく普通の硬貨を一千京《けい》回投げてつねにおなじ面を上にして落ちる確率とおなじだという。しかしそれを割りだしたのは数学者と自然科学者であって、神学者ではない。ビッグバンが起きて十万分の一秒後のわずかなずれ。それだけで宇宙は誕生しないという。マッツがいま落ちている無も生まれないのだ。

森羅万象の背後に神がいるという考えは、学問的には百京分の一の偶然に賭けるよりもはるかに信憑性がある。

マッツが十の十九乗をイメージしようと無駄なあがきをしていると、はるか彼方から聞き慣れた声がかすかに聞こえてきた。なにをいっているのか聞き取れないが、言葉が目に見えた。紫色に光りながらどこまでも数珠つなぎになっている。オーロラだ。マッツはそっちに精神を延ばすことができた。思考の力でその数珠にしがみつくと、落下が止まった。同時に声が大きくなった。ついに救済された、死んだのだ、とマッツは思った。それ以外にネレの声が聞こえることの説明がつかない。おだやかな美しい声だ。憎しみや非難の響きは一切なく、やさしく愛情にあふれている。

「聞こえる、パパ？」ネレがたずねた。

マッツはドクター・ロートと取り決めたとおりにまばたきした。

「はい、これ」ネレはいった。心の闇をサーチライトのように照らす贈り物。匂いがする。この数日マッツの存在を決定づけていた不安と心痛と暗黒を吹き払う匂い。マッツはいまも穴の中だが、その匂いが、忘れたと思っていた感情を呼びさました。希望、信頼、愛情。

「ヴィクトリアよ」ネレはいった。マッツは自分の胸に置かれたらしい赤ん坊の匂いを夢中で吸った。「愛してる、パパ。救ってくれてありがとう」

ネレは泣いた。マッツも心の中で涙を流した。そしてまばたきした。自分は愚かだったと訴えても、ネレに伝わったかどうかわからない。とにかくまちがいだらけの人生だった。ネレの元を去ってはいけなかったのだ。だが、よしとしよう。ネレと赤ん坊が生きているのだから。

それでいい!

「もうひとつ持ってきたものがあるの」ネレは泣きながらいった。一オクターブ低い悲しそうな声だった。

そのとき、まわりが明るくなった。

だれかが心の暗幕を取り払い、明かりをつけたかのようだった。

マッツは、目に涙が浮かぶのを感じた。まばゆい光輝。見えるだけでなく感じる。

マッツはまばたきした。だが考えを伝えるためにまぶたを動かすのとはちがっていた。本当にまばたきしたのだ。そして見えた!

穴はなくなっていた。体を取りもどしていた。

ゆっくり光に目を慣らしてからあたりを見まわす。さっきから聞こえる眠くなるような音で気づいていたが、いまは自分の目ではっきり確かめることができた。マッツはまた機内にいた。スカイ＝スイートに戻っていたのだ。

クリーム色の椅子、ブラインドを開け放った窓、眼下に雲海が広がる輝くばかりの美しい空。

マッツはかぶっていた麦わら帽子を取って、手でまわした。催眠術を施されたとき目にした47Kの男は自分だったと気づいて、マッツは思わず吹きだしてしまった。

精神というのは、おかしないたずらをするものだ。

マッツはゆっくりと分厚い絨毯を歩き、キャビンの壁にあしらった銘木に触ってみる。

それから浴室の前を通って寝室へ向かった。ドアが半開きだ。温もりのある淡い光が漏れている。

マッツを飛行機に連れもどした匂いが強くなった。

ドアを開ける。

「やっと来てくれたのね」世界一美しい女性が声をかけてきた。彼女はベッドに横たわり、さんざん待たされたといわんばかりに深い愛情を込めてマッツに微笑んだ。

「カタリーナか?」マッツはたずねた。彼女がまた消えてしまわないかと怯えながら。

彼女はうなずくと、片手で体の横にある毛布を叩いた。

「こっちへ来て」

マッツは鼻から息を吸った。妻の匂い。ネレが持ってきてくれたにちがいない。マッツはカタリーナの傍に横たわる。

「すまなかった」そういうと、マッツは泣きだした。

カタリーナは彼の手をつかみ、彼の顔に自分の顔を重ねて相好を崩した。

「いいのよ」

そのとき彼女がマッツを上目づかいに見た。彼はそっと顔を近づける。ファーストキスをしたときのように。シュテーグリッツ地区の場末の酒場。ふたりはそのとき、お互いにかけがえのない存在だと感じた。光がさらにまばゆくなった。飛行機も、キャビンの壁も、ベッドも、いや、ふたりの周囲にあるものすべてが雲散霧消した。あるのは空気と眼下の雲海だけ。そしてそれも消え、本当に大切なものだけが残った。

永遠に。

（了）

脅迫状が届く前にこれだけははっきりさせておきます。ヴィーガンに他意はありません。その逆で、わたしが一週間に一日しか達成できないことを成し遂げている彼らにはまったく頭が下がります。わたしも動物性食品を一切口にしないようにしたいのですが、あいにく根気がつづかない。フランツの動機には共感しています。彼が語る近代酪農業はあいにく空想の産物ではありません。ただ状況を変えるために取った手段は認められないものです。

それから本書のための取材中、なんども自分の胸に訊きましたが、わたしは飛行機恐怖症ではありません。飛行することを懸念しているというのが適切な言い方でしょう。離陸のときに汗をかいたりしませんが、高度数千メートルの氷のように冷たい空気の中をパイプ状の乗り物が時速一万キロでつっきっているところをついつい想像してしまいます。マッツ・クリューガーとおなじで、わたしも飛行は人間がすることではないと思っています。着陸したあと滑走路にあぐらをかいて、気持ちが追いつくのを待ちたいという衝動に駆られることもあります。体とちがって気持ちはそんなに速く動けないからです。

もちろんこの十年間で航空事故で死んだ人の数よりも、毎年ボールペンの破片を飲み込んで死ぬ人の方が多いことは知っています。しかし血の通わない統計を見て、安心感を覚えたことはいまだかつてありません。ボールペンの破片を飲み込んで亡くなる人のうちいったい何人が飛行中に筆記具をかんでいた人か。まあ、考えてもはじまらないですね。

わたし自身はパニック障害に襲われることはありませんが、滑走路上で脈拍が上がる多くの人の気持ちがわかります。以前、ミュンヘン発ベルリン行きの機内で若い女性が隣席の男性の手をつかんで、こんなことをいいました。「あなたとは知り合いではありませんが、つかませてもらっていいですか？　さもないと悲鳴をあげてしまいそうなんです」

感情的な支えを求められた男性の横にたまたますわっていたわたしにも、その会話が聞こえました。かわいそうに、その男性には少々荷が重かったらしく、よせばいいのにジョークをいって場を和ませようとしました。曰く「飛行機にバイエルン人とシュヴァーベン人とベルリン人がいっしょに乗っていたときのことです」（誓っていいますが、本当にこうはじめたのです！）ジョークのオチはわからずじまいでした。女性が泣きだしたからです。その瞬間、手を握られた男性も、飛行機恐怖症の人に飛行機のジョークをいうのは禁物だと気づいたようです。

しかし、それが『座席ナンバー7Aの恐怖』誕生の瞬間ではありません。いつもとはちがい、今回この主題を取りあげることにした具体的なきっかけをあげることはできません。朗読会をすると、アイデアをどうやって見つけるのかよく訊かれます。それなりに答えるようにしていますが、本当をいうと、アイデアがわたしを見つけるといった方が正確です。たいていは執筆中。日々の生活でインスピレーションを受けることもあります。けれども登場人物たちが動きだすのは、わたしがコンピュータに向かってからです。わたしは登場人物たちの体験を紡ぐ者というより、筋の展開に度肝を抜かれる観察者という方があたっていることが多いです。だからわたしには、どういう話を語るかという選択肢はありません。ときどきEメールでこんな質問を受けることがあります。
「フィツェックさん、たまにはサスペンスもの以外の小説を書いてみたくなりませんか？」

あいにくわたしに選択の余地はありません。

わたしが最初に書いた小説は、あらゆる出版社で没になりました。ドイツ生まれのサイコサスペンスに市場開拓のチャンスはないというのが理由でした。それで思ったものです。「そうなんだ。自分が書いているのはサイコサスペンスなんだ」

これには意表を突かれました。というのも、当時わたしはサイコサスペンスを本気で読んでいなかったからです。わたしはジャンルがなにかなど考えもせず、自分が読みたい物語を書いていたにすぎないのです。それを読みたいのが自分ひとりではないことを祈りつつ。

最近よく質問されます。本を一冊書くのにどのくらいの時間がかかりますか？「こんなにたくさん」書くなんて、どうやっているのですか？

二〇一七年六月二十一日、自分のフェイスブックにこんな一文を掲載しました。

「わたしの本はどれも内容がちがいます。わたしはシリーズものや連作を書きません。主人公は常連ではなく、物語はたいていの場合、一度だけの完結したものです。シリーズにすると反復が多くなり、マンネリになる恐れが大きくなるからです。ただしテレビ番組『事件簿番号ＸＹ』風のつづきものを期待している方たちを失望させる危険もあります。

わたしも読者のひとりです。好きな作家の本が気に入らなかったとき、書きすぎたせいだと思ったことがあります。あるいは時間をかけなかったせいだ、とも。しかし自分が小説家になり、自分についてすこし学んだいまは、ちがう感想を抱いています。小説家という職業とその日々の仕事について完全に思いちがいをしていたのです。

以前は、サスペンスものを書くには何年も構想を練る必要があり、無人島にでも引きこもって、考えに考え抜き、登場人物と筋に命が宿るまであらゆるアイデアを駆使するものだと思っていました。同業の作家たちの中にはそれを実践している人もいるでしょう。ところがわたしの場合、物語は考えただけでは生まれないのです。アイデア、どんでんがえし、ネタ明かしなどはほとんどの場合、執筆中に思い浮かびます。わたしはクリエイティブであるために書かねばならないのです。

考えてみれば昔からそうでした。作家としてデビューしたばかりの頃、『治療島』『ラジオ・キラー』『前世療法』『サイコブレイカー』の四作をわずか二年ほどで出版したことに、ほとんどだれも気づかず、最近は、はじめの頃を思いだして、『あまり書きすぎるな』とよくいわれます。しかし本当はいまよりもずっと憑かれたように書いていたのです。当時はほぼ毎日ラジオ局で働いていましたから、執筆できるのは週末か、バカンス中か、仕事を終えた夜しかありませんでした。

いまは読者のみなさんのおかげで執筆にもっと多くの時間を割き、何ヶ月も集中することができます。同業の作家の中には、翻訳をしたり、教師をしたり、銀行に勤めたりしながら、毎年なにかしら作品を発表している人がたくさんいますが、わたしはちがうのです。彼らの何年にもわたる想像力と根気には、ただただ頭が下がります。

わたしはまた、作家業というのがあらかじめ時間が決まっている従来の仕事とちがうことを学ばなければなりませんでした。それに『フィツェックよ、今日はコメディを書くのだ』などともくろむこともできません。アイデアが作家を見つけ、文章にする速度も決定します。その逆はありません。

どこかオカルトっぽく聞こえるかもしれませんが、多くの同業者に訊いてみると同様の体験をしています。わたしたち作家は、発想が正確にどこから来るのかよくわからないことがあります。わかっているのは、わたしたちの中になにかあるということだけです。それは机に向かいたくなる衝動です。

本を書くということは依頼されて生産するものではありません。自己実現です。ミュージシャンが毎日音楽を奏で、スポーツマンが毎日体を動かさざるをえないのとおなじで、わたしには毎日机にすわっていられることが大きな喜びなのです。そうです、机に向かうと、わたしは躁《そう》状態になるのです。『スイッチが入る』と、誕生日であろうと、クリスマスであろうと、毎日書きます。

もちろん気を配る必要はありますし、裏をとったり、草稿に手を加えたりするのは当然ですが、『時間をかければ作品はよくなる』という方程式はインチキです。といっても、質量共に旺盛な作家（マルクス・ハイツ、マルティン・ヴァルザー、スティーヴン・キング）と比べたら、わたしなど遅筆なほうです。でも逆のこともいえるのです。以前は毎年作品を発表していた大好きなサスペンス作家の新作を五年も待たされたのですが、読んでみてすこしがっかりしたことがあります。

ところで、わたしの場合、締め切りは出版社ではなく、自分で課しています。さもないと絶対に入稿できないからです。わたしは自分の作品に百パーセント満足していません。締め切りを二〇〇六年に設定しなかったら、いまでもデビュー作『治療島』に手を加えつづけているでしょう。

映画監督のローランド・エメリッヒが『物語は決して終わらない』といったことがあります。物語を手放すことはできないというのです。その意味で、まだたくさんの本をみなさんのところへ送りだしたいと念じています。もちろん年に二冊は絶対に無理ですが。

それにこれから生まれるサスペンスものが、みなさんの趣味に合うかどうか、またこれまでみなさんが好んできた物語と比肩しうるかどうかも約束できません。もし趣味に合い、他の作品と比肩しうるなら、それは偶然です。というのも、わたしはおなじことを繰り返さないようにしているからです。繰り返しについては、先に書いたところを参照してください;)。

みなさんにただひとつ約束できることは、わたしの物語はどれも、わたしの心から生まれた物語であり、みなさんの心の琴線に触れるようつねに心がけているということです」

そうやってわたしは書きつづけます。いつかだれかが舞台装置をばらし、手を叩いて、こういうまで。

「親愛なるフィツェック様。もう実験は終了です。この十一年間、あなたは小説家だと信じてきました。しかし本当はパーク・クリニックの患者なのです。それを自覚したいま、どんな気持ちですか？」

それまでは、閉鎖病棟のわたしの独房に届くみなさんのメッセージを楽しく読ませていただきます。アドレスはこちら。fitzek@sebastianfitzek.de

＊　＊　＊

さて作家の人生でもっとも大切な方々であるみなさんに感謝の言葉を述べましたので、他の方々がヘソを曲げる前に残りを急いで片付けましょう。まずはドレーマー・クナウアー社から。ハンス＝ペーター・ユープライス社長とすばらしいスタッフたち、ヨーゼフ・レックル、ベルンハルト・フェッチュ、シュテフェン・ハーゼルバッハ、カタリーナ・イルゲン、モニカ・ノイデック、ベッティーナ・ハルストリック、ベアーテ・リーデル、ハナ・プファッフェンヴィマー、ジビュレ・ディーツェル、エレン・ハイデンライヒ、ダニエラ・マイヤー、グレタ・フランク、ヘルムート・ヘンケンジーフケン。ベアーテ、エレン、ダニエラ、ヘルムートにはとくに感謝しなければなりません。マーケティング、造本、カバーデザインは今回もすばらしかった。

担当編集者レギーネ・ヴァイスブロートは今回の原稿の編集作業ではたいへんなストレスを抱えたはずです。というのも、彼女は飛行機恐怖症だからです。それにもめげず、一文一文を駐機中のエアバスのように仔細にチェックしてくれました。サブの編集者であるカロリン・グレールにもお礼をいいます。ふたりはいつも、わたしがコースをはずれないように心を砕き、飛行高度を上げて、不時着しないよう鼓舞してくれました。

マルク・ハーバーラント（わたしの親友で、『サイコブレイカー』でその名を拝借したことがあります）は飛行機恐怖症で、本書でも話題にしている飛行機恐怖症対策セミナーに出たことがあります。彼のおかげで興味深く有益な情報をたくさん入手しました。全部を作品に生かすことはできませんでしたが、搭乗ゲートと飛行機をつなぐ狭いボーディング・ブリッジを歩くだけで閉所恐怖症が募る人が多いことを知りました（搭乗中、かならず渋滞になります。なんでこんなおしゃぶりみたいなものの中で立ち尽くして、しゃがんでしまわないのか不思議です）。ところでそれが理由で、この空港から伸びる「指」には窓がないか、アクリル窓になっているのです。

マルクはまた、離陸前にいったん筋肉をすべて緊張させるといいと教えてくれました。意識して身体中の緊張をコントロールできれば、複数の突発的な状況に同時に対処することは不可能だと脳に思い込ませることができるというのです。それをさらに洗練させたのが「ヤコブソンの漸進的筋肉弛緩法」で、あがり症の方にはおすすめです。いざというときに試してみてください。墜落のジョークを聞かされるよりはよほどましです。

それはそうと、マルクが参加したセミナーは最後にひと波乱ありました。それは人生こそがもっとも信じ難く、ありえない物語であるという格好の証拠になりました。セミナー最後のフライト実践で、乗った飛行機が激しい乱気流に遭遇し、セミナー参加者はおろか、ハードボイルドな乗客までこぞって悲鳴をあげたのです。そのあと、こんな激しいのはめったに体験しない、とパイロットもいったそうです。この「聞きしにまさる」体験をしても、マルクは効き目がなかったときの返金制度を使わなかったそうです。しかし彼は参加者の中でも例外でしょう。

いつものことですが、わたしは実用書を書いているわけではありません。それでも本書に書いたことは事実に即しています。機内でもっとも安全な席と、もっとも安全でない席については一致を見ていませんし、たくさんの研究が行われていますが、後方の座席のほうが生存率が高いという意見が大勢を占めています。実際クラッシュテストも実施され、先頭の七列は完璧に破壊され、7Aは飛行機の外に放りだされました。ユリアーネ・ケプケの生還というあの信じがたい出来事も本当のことです。またいくつかの航空会社が携帯電話でネットサーフィンや通話を可能にしました。でもわたしのようにスマートフォン依存症の人間にとってはありうれしいことではありません。安息できる最後のオアシスが失われたのですから。それからパイロットをはじめとする乗務員に心理テストなどを実施するという話も現実味を帯びています。

しかし本書の主人公がどうしたら本当に飛行機を墜落させられるかについては当然、百パーセント記述することはしませんでした。自殺の方法についても、あいまいな表現にとどめました。手引書を書く気はないからです。

ところで事前取材は、『乗客ナンバー23の消失』のときとちがって、すぐにアドバイザーを見つけることができました。『乗客ナンバー23の消失』のときはクルーズ業界の裏事情を明かす勇気のある船長を見つけるのに何ヶ月もかかりましたが、『座席ナンバー7Aの恐怖』ではなんの問題もありませんでした。わたしの学友マルク・ポイスがパイロットとしての経験を十二分に教えてくれましたし、飛行技術に関わる個所は読み合わせもしてくれました。もしヨーロッパでポイス機長の飛行機に乗る機会があったら、安心してフライトを楽しんでください。彼は最高です！（もし本書が気に入らなかったら、コックピットへ行って、本書で彼をひっぱたいても結構です。そうすれば、あなたは逮捕され、わたしの本を批判する人がひとり減ることになります！）

それからエア・サービス・ベルリン社長であるパイロット、フランク・ヘルベルクにも感謝します。彼はすでに『ラジオ・キラー』『*Abgeschnitten*（切断：未訳）』などの作品でもアドバイスをしてくれました。それなのに『*Noah*（ノア：未訳）』の作品発表会に招待するのを忘れて申し訳ないことをしました。本人にいわれてしまうとは。二度とこんなことはしません。とにかくごめんなさい。

わたしのマネージャー、マヌエラ・ラシュケへの感謝はこんな心からのお願いで形にしましょう。たまには休暇をとってくれ！　働きすぎだとみんないっているぞ。きみの支えはすばらしく、根気強く、プロの鑑《かがみ》だが、すこしの時間ならなくてもなんとかなる。一日、二日ならね。クリスマスと大晦日《おおみそか》。そうすればお母さんのバルバラともいっしょに過ごせる。それから忘れちゃいけない。ご主人のカレともね。きみの助力はありがたいし、サイコサスペンス作家と働くことでいろいろ変な目にあっているというのに、理解があるのはうれしいことだ。でもここでは具体的な話はよそう。すばらしいＰＲエージェントのザプリーナ・ラボウに書いてはだめだと禁じられているから。

ほんと、ザプリーナ、きみのアドバイスと支援と長年の信義には深く感謝する。

ここで欠かせない人のリストをつづけたいと思います。まず大好きな義母ペトラ。ファックスというものを発売されたばかりのときからいまだに使いつづけているわたしとちがって、シュトリことイエルク・シュトルマン、マルクス・マイアー、トーマス・ツォルバッハといっしょにインターネットなどのメディアのケアをしてくれています。

今回も文学的な毒味をしてくれた愛すべきバイエルン人フランツ・クサーヴァー・リーベルにも感謝します。友人のアルノ・ミュラー、トーマス・コシュヴィッツ、ヨッヘン・トルス、シュテファン・シュミッター、ミヒャエル・トロイトラー、ジーモン・イエーガー、エンダー・ティーレにも同様に。

ここで名前を挙げると、たいへんな目にあわせることになる人がいます。なぜなら統計によると、ドイツ人のふたりにひとりが小説のアイデアを持っているというからです。ロマン・ホッケ、その小説をだしてくれる出版社を見つけたかったら、最適の人物です（わたしを出版社につなげてくれたのも彼です）。文芸エージェントAVAインターナショナルで彼を補佐するのはクラウディア・フォン・ホルンシュタイン、グードルン・シユッツェンベルガー、コルネーリア・ペーターゼン・ラウクス、リザ・ブレニンガー、マルクス・ミヒャレクの面々です。

朗読会ではよく写真の提供を求められます。たいてい写真の背後にすっとんきょうな顔をした人物が写っています。彼はわたしの親しい友人でツアーマネージャーのクリスティアン・マイヤー（C＆M警備会社）です。いまでもいっしょに長旅をするので、多くの人から長年連れ添った夫婦のようだといわれます。実際そんな感じですが。

愛するザビーネ、きみの医学的な注釈をちゃんと反映できているといいのですが。彼女とその夫であるわたしの兄クレメンスは医学関係の常連アドバイザーです。ふたりへの感謝の気持ちから、いつかクルージングに招待したいと思っていました。『乗客ナンバー23の消失』を書いたのは、もちろんふたりがプレゼントを受け取る前のことです。

もちろんいつものようにすべての書店員と図書館員にも感謝します。インターネット書店の成功はゆるぎないでしょう。そのことに辛口な言葉を弄するのはよくないかもしれません。他の多くの作家と同様に、わたしもその恩恵に与《あずか》っています。わたしのキャリアはインターネットなしにはありえなかったでしょう。二〇〇六年の時点でわたしのデビュー作はリアル書店ではほとんど入手できませんでした。それでも地元の書店を支援することをみなさんにお願いしたいと思います。それにはたくさんの理由があります。商店街が荒廃しては、だれにもいいことはありません。もうひと言だけ付け加えさせてください。

もしあなたが好きな作家と朗読会で直接会ってみたいと思ったら、それはどこで実現するでしょうか？　インターネットですか、それともリアル書店ですか？

どうか誤解しないでください。大手オンライン書店を悪くいう気はありません。あなたの購買スタイルを急激に変える必要もありません。本がとびきり居心地よく感じる場所、本をよく知る信頼できる書店の類書が並ぶ整理整頓された棚を、たまに訪ねてくだされればそれで充分です。でもびっくりしないでくださいね。わたしが偶然そこにいるかもしれません。

毎度のことですが、あなたの時間を読書に使ってくださりありがとうございます！

愛を捧げます。また本で会いましょう。

セバスチャン・フィツェック

ベルリン、四月のような陽気の二〇一七年七月六日に。

追伸
一番大切で好ましいことは最後にとっておくものです。
ある女性の読者が最近こんな質問をよこしました。奥さんはあなたのような人の横でよく心安らかに眠れるものですね、と。でも妻は「ホステル」や「ソウ」といったサスペンスホラー映画を見てくつろぐ人なんです。それにベルリンのクラブK17のサタデイナイト用衣装はブラディ・ハロウィーン衣装コンテストで優勝しそうなすごいものです。ぶっとんでいて、愛情いっぱいのきみに感謝する、ザンドラ。ぼくに耐え、ひとまず拳銃を持ちだそうとしないとは誠にすばらしい。

訳者あとがき

セバスチャン・フィツェックの『座席ナンバー7Aの恐怖』をお届けする。ドイツで二〇一七年に発表されたもので、『乗客ナンバー23の消失』から三年後の作品だ。そのあいだにも三作発表されているし、そもそも二〇〇六年のデビュー以来、フィツェック名義でない作品や共作も含めると、長編はすでに二十タイトルに及んでいる。『アイ・コレクター』(早川書房)以降、日本での翻訳紹介が止まっていたので、訳出すべき作品は山ほどあるといっていい。フィツェックの作品のこれまでの流れや変化はすでに『乗客ナンバー23の消失』の訳者あとがきで書いているので、そちらを参照いただきたい。

日本での翻訳紹介のブランクが長かったので、フィツェックの作品が今、日本の読者にどのように評価されるか心配だったが、幸い『乗客ナンバー23の消失』はネット上の「翻訳ミステリー大賞シンジケート」で発表されている書評七福神の二〇一八年三月度ベストで七人の書評家中四人が推してくださり、川出正樹氏からは「『乗客ナンバー23の消失』は、〈閉鎖空間タイムリミット・サスペンス〉としてちょっと類を見ないくらいに面白い。『アイ・コレクター』の翻訳から早六年、待った甲斐がありました」とまで誉めていただいた。また年末の「週刊文春ミステリーベスト10」海外部門三位、「このミステリーがすごい！」海外編七位と好評を得た。

おかげでフィツェック紹介の道筋が見えてきた。読者のみなさんを裏切らない作品をと考えて次に選んだのが本書だ。原作は *Flugangst 7A*（直訳すると「飛行機恐怖症7A」）。豪華客船を舞台にした前作と作風が近いことが伝わるように日本語タイトルは『座席ナンバー7Aの恐怖』とした。

7Aが旅客機のビジネスクラスであることは想像に難《かた》くないだろう。乗客となる主人公は飛行機恐怖症の精神科医。彼が自分の恐怖症を押してまで旅客機に乗った矢先、機内で謎の電話連絡を受け、飛行中にその旅客機を墜落させろという脅迫を受けることになる。絶体絶命のピンチである。しかも豪華客船での「密室事件」を描いた『乗客ナンバー23の消失』と比べると、今回の「密室」は圧倒的に狭く、そこで経過する時間もはるかに短い。緊迫の度合いがさらに高まるのはいうまでもないし、そこに仕掛けられたアクロバットのようなトリックも巧緻を極めている。また主人公をパニックに陥れる犯人の脅迫内容もすさまじい。こちらはこちらで犯人の筋書き通りにはいかない。その顚末が事件を起こした者、事件に巻き込まれた者たちの複数の視点で描かれ、そのいかれた動機といい、用意された舞台といい、手に汗握る演出が施されている。右に引用した川出氏の言葉を借りて〈閉鎖空間タイムリミット・サスペンス〉第二弾参上といっておこう。

なお最後に、本書単行本を翻訳していた頃の新刊情報をお伝えしよう。

二〇一八年十月に *Der Insasse*（入院患者）という作品が発表されている。この作品は、一ヶ月遅れの十一月に出版されたネレ・ノイハウスの *Muttertag*（母の日）とドイツのミステリーファンを二分する人気作になっている。GfKエンターテイメント社の統計によると、二〇一八年の一年間にドイツでもっとも多く売れたベストセラー小説部門で第三位につけている。十月発売と後発であることを考えると、この記録はすごい。ちなみに同年一位はフィツェックが二〇一六年に発表した *Das Paket*（小包）だった。

Der Insasse はベルリン郊外にある精神科病院の隔離病棟が舞台で、息子が行方不明になった主人公が、誘拐犯と目される入院患者から真相を聞きだすべく身元を偽ってもぐり込むという、これまた豪華客船、旅客機につづく密室ものだ。しかも初読時には、フィツェックの文章に慣れているはずなのにわからないところだらけで、再読して「そういうことか！」と何度額を叩いたかしれない。出版を検討してもらうためのレジュメの作成も困難をきわめた。おそらくこれまでで一番難しかったかもしれない。無数に張り巡らされたトリックをすべて紹介するのは無理だからだ。絞り込んでも、レジュメは四百字詰め原稿用紙換算で三十枚ほどになってしまった。きっと気づいていないトリックがまだまだあるだろう。作者の仕掛けた罠を残らず見つけて、うまく日本語にできるかチャレンジ精神を大いにくすぐる作品だといえる。いつかみなさんに日本語訳を届けたいと思う。そのときのタイトルは『病室ナンバー〇〇の〇〇』がいいなあ、などと今か

ら妄想を膨らませている。

追記

訳者あとがきは単行本刊行時のものに若干の訂正を加えた。なおフィツェックはいまも健筆をふるっている。共著を除くサスペンスもの単著のタイトルを以下に列記する。

二〇二〇年　Der Heimweg（帰り道）

二〇二一年　Playlist（プレイリスト）

二〇二二年　Mimik（模倣）

解説

千街晶之

ミステリ作家とは読者を騙すことを生き甲斐としている人々だが、中でも、一作の中で一度騙すだけでは満足できず、これでもかとばかりに多重どんでん返しを仕掛けてくるタイプの作家がいる。文春文庫から邦訳が出ている海外作家なら、アメリカのジェフリー・ディーヴァーがその代表だ。

ならば、ドイツから一人選ぶなら誰になるか——というと、やはりセバスチャン・フィツェックしかいないだろう。本書『座席ナンバー7Aの恐怖』（原題『Flugangst 7A』、二〇一七年。文藝春秋から二〇一九年三月に単行本として邦訳）は、そんな彼の作風を存分に味わえる小説だ。

主人公である精神科医マッツ・クリューガーは、極端な飛行機恐怖症だ。そんな彼がベルリン行きの旅客機に乗り込んだのは、出産を控えた娘のネレに会うためだった。ところが、機が上空に達した時、マッツの携帯電話に何者かからネレを誘拐したというメッセージが……。その人物は、娘を助けたければ飛行機を落とせと脅迫する。墜落の手段は、精神科医であるマッツでなければ不可能なものだった。一方、ベルリンではネレが暴力を振るう元彼から逃れて出産のためタクシーに乗り込んだのも束の間、運転手に監禁されてしまう。その男の目的は何なのか？

このように導入部を紹介するだけでも、読者の興味を惹きつけるには充分だろう。しかも機内には、四年前に死んだ筈のマッツの妻そっくりの出で立ちの女が出没するのだ。果たして何が起きているのか、気にならない読者はいない筈だ。そこに、読者の胸倉を摑んで引きずり回すような多重どんでん返しが襲いかかる。章の終わりには必ずと言っていいほど、不穏な記述が待ち受けている。ようやく結末まで到達した時、読者は自分がヘトヘトになっていることに気づくに違いない。

主人公も読者もここまで翻弄しなければ気が済まないセバスチャン・フィツェックとは、どんな作家なのだろうか。著者は一九七一年にベルリンで生まれ、テレビ・ラジオ局でディレクターや放送作家として早くから活躍していた。二〇〇六年、『治療島』で小説家としてデビューする。この作品の主人公は、愛娘の失踪以降、小さな島の別荘に引きこもっている精神科医のヴィクトル・ラーレンツだ。そんな彼のもとに、アンナ・シュピーゲルと名乗る女がやってくる。彼女は、自分が書いた小説の登場人物につきまとわれているという妄想を語り、治療を求めるのだが……。異常心理や我が子をめぐるトラウマ等々、著者の作品を特徴づける要素が、既にこのデビュー作から見受けられる。

サイコ・サスペンスの書き手としてやってゆくのかという当初の予想に反し、第二作『ラジオ・キラー』（二〇〇七年）は打って変わって立てこもりサスペンス小説だった。ラジオ局に、ある男が人質を取って籠城する。この犯人と対峙するのは、ベルリン警察の交渉人で犯罪心理学者のイーラ・ザミーン。だが、彼女は長女が自殺したことで心に傷を負い、その日まさに自分の命を絶とうとしているところだった……。ラジオ局の内と外で進行する事態をパラレルに描く構成は緊迫感満点であり、結末の逆転も鮮やかだ。

第三作『前世療法』（二〇〇八年）では、弁護士のロベルト・シュテルンが、前世の自分が十五年前に人を殺したと十歳の少年から告白され、その言葉通りに廃工場の地下で白骨死体を発見することになる。その後、シュテルンは謎の人物から、白骨となっていた男を誰が殺したかを突き止めろと脅迫される。正体不明の犯人に主人公が引っぱり回されるフィツェック作品の典型的展開だが、冒頭で提示される謎の奇怪さは本書が随一だろう。

第四作『サイコブレイカー』（二〇〇八年）では、若い女性の精神ばかりを破壊する凶悪犯が、吹雪で孤立した精神科病院に侵入する。記憶喪失の患者カスパルら、患者や職員たちは身を守ろうとするが、彼らは次々と姿を消し、あるいは殺害されてゆく。この小説は、外界から隔絶された舞台や精神医学への関心といったそれまでの作品に見られた要素の集大成であると同時に、フィツェックの新境地とも言える。というのも、右に紹介したあらすじは実はある心理学実験のためのカルテに書かれた物語であり、枠の部分では実験の参加者がそれを読み進めてゆくさまが描かれるのだが、『サイコブレイカー』という小説を読むことで読者もまたその実験に参加させられる仕掛けとなっているのだ。のみならず、原書でも邦訳でもあるページに付箋が貼られており、作中の謎々の答えがわからない場合は、その付箋に書き込まれたメールアドレスにメッセージを送れば答えが返ってくるという凝った趣向もある（もっとも返答はドイツ語なので、日本語で知りたい場合は邦訳の版元である柏書房の特設ページを見れば答えがわかるようになっていたが、現在は閉鎖されている）。

テキストとしての本自体に仕掛けがあるという点は、第六作『アイ・コレクター』（二〇一〇年）も同様である（第五作は未訳）。子供を誘拐して母親を殺し、父親が制限時間内に探し出せなければ子供を殺すという連続誘拐殺人事件がベルリンで起こっていた。元ベルリン警察の交渉人で今は新聞記者のアレクサンダー・ツォルバッハは、犯人の罠にはまって容疑者にされてしまう。この作品で目を引くのは、巻頭にプロローグではなくエピローグがあり、それに第一章ではなく最終章が続く（ページ数も逆行している）という奇抜な構成だ。といっても、ジェフリー・ディーヴァーの『オクトーバー・リスト』とは異なって時系列が逆行するわけではないけれども、どうしてそうなっているかは最後まで読めばわかるようになっている。

第九作『乗客ナンバー23の消失』（二〇一四年）の主人公マルティン・シュヴァルツはベルリン警察の囮捜査官だ。彼は五年前、大西洋横断客船〈海のスルタン〉号で無理心中というかたちで妻子を失っていたが、実は心中ではなく、しかも妻子が生きている可能性もあると知らされて〈海のスルタン〉号に乗り込む。だが、船上では次々と奇怪な出来事が起こり、謎は深まる一方である。客船という逃げ場のない閉鎖空間を舞台に、恐るべき事件と陰謀が渦巻く臨場感満点の展開は船に乗るのが怖くなるほどであり、日本でも各種年間ベストテン選出企画で上位にランクインした。

二〇二三年二月現在、邦訳は本書を含めて七作だが、実はもうひとつ、著者の作風を堪能できる隠れた逸品がある。二〇一八年公開の映画『カット／オフ』だ。未訳の原作Abgeschnitten（二〇一二年）はフィッツェックとドイツの法医学者ミヒャエル・ツォコスの合作であり、監督・脚本はクリスティアン・アルヴァルト。娘を誘拐された検視官ポールと、暴力的な元彼から身を隠すため逃げ込んだ孤島で死体を発見した漫画家リンダという二人の主人公が直面する窮地が、島の内と外の二元中継で繰り広げられる構成だ。著者ならではの多重どんでん返しを、刺激的な映像で観られるところにこの映画の醍醐味がある。

こうして振り返ると、著者の作品に登場する主人公の殆どは精神科医か警察の交渉人である（退職した者も含む）。普通ならここまで似た設定の主人公ばかり出せばマンネリの誹りは免れない筈だが、著者の場合、その点についてはもはや開き直った感があり、その代わりに一作ごとの趣向の新奇さで攻めてくるタイプなので、主人公の設定については「またか」と苦笑しながらも受け入れざるを得ないところがある。

『乗客ナンバー23の消失』の「訳者あとがき」でも指摘されている通り、著者の作品世界はリンクしているらしく、『治療島』の主人公ヴィクトル・ラーレンツの名はその後複数の作品で言及されるし、『ラジオ・キラー』に登場したラジオ局制作部長のディーゼル、『サイコブレイカー』に登場したミュージシャンのリーヌスなど、その後再登場したキャラクターも何人かいる。また、『ラジオ・キラー』のイーラ・ザミーンは、『乗客ナンバー23の消失』ではマルティン・シュヴァルツの同僚として名前のみ言及されている。ただし、ジェフリー・ディーヴァーの作品におけるリンカーン・ライムやキャサリン・ダンス、コルター・ショウのようなシリーズ探偵は出てこない。主人公が常に巻き込まれ型なのは、シリーズ探偵の存在が醸し出す一種の安心感が、フィッツェック流のサスペンスの醸成とは相容れないからと思われる。

また、邦訳のある作品限定でいうと、ほぼ例外なく自分の家族、特に子供が人質に取られている（あるいは、子供に関する重要な情報を握られている）ことが主人公の行動の理由付けになっている点が挙げられる。『治療島』のラーレンツは失踪した娘の行方を知りたがっているせいで事件に引きずり込まれるし、『ラジオ・キラー』のイーラは長女に先立たれているのみならず、次女がラジオ局立てこもり事件に巻き込まれていることを知る。脅迫者からの取り引き材料として息子の死の真相をぶら下げられる『前世療法』のシュテルン、記憶喪失ながら娘がいたらしいことは憶えている『サイコブレイカー』のカスパル、犯人を追う最中に息子が病気になったことを知る『アイ・コレクター』のツォルバッハ、生死不明の妻と息子の行方を追う『乗客ナンバー23の消失』のマルティン、娘を誘拐された『カット／オフ』のポール……と、すべての作品の主人公がそうなのだ。

それを踏まえた上で本書を読むと、親子の情から事件に巻き込まれてしまう主人公という著者の作風の特徴が、ここでは更に強調されていることがわかる。というのも、娘を人質にされるマッツのみならず、人質になったネレのほうも、出産まで間もない妊婦という親の立場だからだ。主要視点人物のうち二人までが、我が子の危機に直面した親として犯人と対峙するわけである。

本書には主要視点人物がもうひとりいる。マッツの元友人の精神科医フェリ・ハイルマンだ。マッツとは疎遠になり、今日まさに結婚式を挙げようとしていた彼女だが、マッツからの連絡でネレの窮地を知り、その探索に乗り出す。三人の主要視点人物中、犯人からの監視なしに自由に動き回れる唯一の存在ながら、彼女もまた安全地帯にいるわけではないことは、読み進めていけば明らかとなる。

また、本書は密室状況の乗物を主な舞台としている点で、『乗客ナンバー23の消失』と対を成すような設定の作品となっている（邦題も当然、その点を意識したものだろう）。だが、自分の決断が六百数十人の乗客・乗員全員の生命を左右するという点では、マッツはこれまでの作品のどの主人公よりも苛酷な立場に置かれているとも言える。過去の著者の作品を読んで、主人公がラストでハッピーエンドを迎えるとは限らないということを知っているファンならなおさら不安になるだろう。だが、作中にばら撒かれた夥《おびただ》しい謎は必ずすべて解明される。その点は安心していい。

二〇二三年二月現在、著者の作品は本書を最後に邦訳が途絶えてしまっている。だが、未訳作にも面白そうなものがまだまだ残っている。どんでん返しのドイツ代表選手が繰り出す作品世界の全貌が明らかになるのを一日千秋の思いで待ちたい。

（ミステリ評論家）

単行本　二〇一九年三月　文藝春秋刊

DTP制作　エヴリ・シンク

文春文庫

座《ざ》席《せき》ナンバー7Aの恐《きょう》怖《ふ》

定価はカバーに
表示してあります

2023年4月10日　第1刷

著　者　セバスチャン・フィツェック
訳　者　酒《さか》寄《より》進《しん》一《いち》
発行者　大沼貴之
発行所　株式会社　文藝春秋

東京都千代田区紀尾井町 3-23　〒102-8008
TEL　03・3265・1211㈹
文藝春秋ホームページ　http://www.bunshun.co.jp
落丁、乱丁本は、お手数ですが小社製作部宛お送り下さい。送料小社負担でお取替致します。

印刷製本・大日本印刷
Printed in Japan
ISBN978-4-16-792034-0